여배우는 죽어야 한다

DARK SECRETS: NO TIME TO DIE
by Elizabeth Chandler

NO TIME TO DIE

여배우는 죽어야 한다

엘리자베스 챈들러 | 박효정 옮김

황금가지

레이 스토다드와
머시 고등학교 풋라이터스에게
감사를 전하며

하나

제니? 제니, 거기 있어? 제발 전화 좀 받아, 젠. 너한테 꼭 할 얘기가 있어. 내가 보낸 이메일은 받았어? 어떻게 해야 할지 모르겠어. 위스테리아를 떠나는 게 나을 것 같아.

제니, 어디에 있는 거야? 나를 보러 오겠다고 약속했었잖아. 왜 안 와? 제발 전화 좀 받아.

그래, 잘 들어, 리허설 하러 다시 가 봐야 해. 전화해. 될 수 있는 한 빨리 전화해.

내가 우리 가족이 사는 뉴욕의 아파트로 돌아와 언니의 메시지를 확인한 시각은 밤 11시 즈음이었다. 뭔가 꺼림칙한 마음이 들었기에, 곧바로 언니에게 전화를 했다. 리자 언니는 나보다 나이가 한 살 많았지만, 여러 모로 내가 언니나 다름없었다. 언니는 꽤나 자주 난처한 상황에 처하곤 해서 언제나 내가 리자 언니를 돌봐주고는 했다. 언니는 탁월한 멜로드라마적 재능 덕분에, 학교 카페테리아에서 생기는 작은 오해를 비극적인 오페라로 바꾸는 재주가 있었다.

이번 일 역시 또 뭔가 별 것도 아닌 일을 과장하는 걸 거라고 생각하면서도, 새벽 2시까지 계속해서 언니의 휴대 전화로 전화를 걸었다. 다음 날 아침 일찍 나는 또 한 번 언니에게 연락을 시도했다. 불안감이 점점 커지자, 전화 메시지에 대해서 엄마에게 말해야겠다는 생각이 들었다. 하지만 내가 엄마에게 언니의 메시지에 대해 전하기도 전에, 위스테리아 경찰서에서 전화가 왔다. 리자 언니가 살해당한 채로 발견됐다고.

***

11개월이 지난 후, 메릴랜드 위스테리아의 작은 거리로 나를 태워다 주는 길에 시드 아저씨가 말했다.

"맘에 안 드는구나. 난 정말로 이 전부가 맘에 들지 않아."

"제 생각엔 예쁜 동네인데요. 꽃도 많이 피어 있어요."

나는 아저씨의 의중을 이해하지 못한 척 말했다.

"내가 무슨 말 하는지 알잖니, 제니."

시드 아저씨는 우리 아버지의 운전기사였다. 수년간 아빠를 태우고 우리 집과 극장 사이를 오가며, 리자 언니를 춤과 발성 학원에,

나를 체조 학원에 데려다 주면서 거의 우리 가족의 일원이 된 분이셨다.

“네 부모님은 네가 여기로 오도록 허락해선 안 되는 거였어, 그게 내가 하고 싶던 말이야.”

“체이스 대학의 고등학생 대상 여름 연극 캠프 프로그램은 꽤 괜찮거든요.”

내가 지적했다.

“너는 연기를 싫어하잖니.”

“사람은 변하는 거예요, 아저씨.”

나는 대답했다. 내가 그런 사람은 아니지만.

“네가 변해? 너는 한결같은 사람이잖아, 가족들 중에 가장 정상적인 성격이지.”

나는 소리 내어 웃었다.

“우리 가족들을 보면, 과한 이야기도 아니네요.”

우리 아버지, 리 몽고메리는 영국 연극계 가문의 3대째로서, 모든 행위를 연극처럼 하는 재능을 갖춘 분이시다. 아버지는 채소 목록과 신문 광고를 셰익스피어 풍으로 읽곤 하신다. 아버지는 식기세척기에서 유리컵을 하나 꺼내서 깨끗한지 살펴보실 때에도, 어릿광대 요리크의 해골을 들고 고민하는 햄릿처럼 보이신다. 우리 어머니는 예전에 토리 서머스라는 인기 있는 아역 배우셨다. 어머니는 캘리포니아에서 비참한 6년을 보낸 뒤에 그 직업과 행복하게 작별한 다음, 남자를 만나 결혼을 하셨는데 그분이 지금의 우리 아버지시다. 하지만 어머니는 여전히 과장되고 연극적인(따뜻하고 표정이 풍부하고 사실이나 이유 같은 것들에 얽매이지 않는) 성격을 가진 분이시다. 많은 면에서 리자 언니는 팔랑거리는 나비 같은 성정의 엄마를 닮았더랬다.

나는 어머니를 닮아 붉은 머리고, 아버지를 닮아 신체적으로는 민첩하지만, 일종의 돌연변이 연극 유전자를 물려받은 것이 틀림없다. 나는 끔찍한 무대 공포증이 있다.

“여기는 안전하지 않아.”

시드 아저씨가 계속 주장했다.

“이곳의 살인 사건 발생률은 분명히 뉴욕의 1퍼센트의 10분의 1도 안 될 걸요. 게다가 아저씨, 리자 언니를 죽인 살인범은 북쪽으로 갔대요. 뉴저지가 그놈의 마지막 범행지라던데요. 지금 그 사람은 브루클린 다리에서 아저씨를 기다리고 있을 거라고요.”

내 의견에 시드 아저씨가 툴툴거렸다. 리자 언니의 살인범에 대해 가볍게 얘기할 수 있는 것처럼 보이려 애썼지만 아저씨를 속이지 못한 게 분명했다. 언니의 죽음이 연쇄 살인마의 소행이었다는 것은 한동안 꽤나 도움이 되었다. 연쇄 살인마의 짓이라는 건 그 자체로 모든 것이 너무나 비현실적이었고, 죽음이 언니 개인과는 별개의 것으로 느껴졌기에 나는 그 사건에 거리를 둘 수 있었다. 한동안은 그랬다.

내가 시드 아저씨에게 대학 캠퍼스에서 한 블록 떨어진 곳에 내려 달라고 부탁하자, 아저씨는 쉽라이트 가와 스카보로 거리 사이의 모퉁이에 차를 세웠다. 여행을 떠나기 전에 나는 메릴랜드 동부 연안의 지도를 확인했었다. 위스테리아는 한쪽은 시카모어 강과 접해 있고 다른 한쪽은 오이스터 크릭과 위스트 크릭이라는 큰 개천과 접해 있는 체사피크 만의 가까이에 위치해 있었다. 나는 오이스터 크릭의 끝을 둘러 빙 돌아가 콜로니얼 타운으로 가는 길을 선택했고, 그래서 우리는 다리를 건너지 않아도 됐다. 그 다리 밑에서 리자 언니가 살해당했다.

시드 아저씨는 시동을 끄고 뒷거울을 통해 나를 쳐다봤다.

"네가 목적지가 아닌 다른 어딘가에 내려 달라고 할 때에 의심하지 않기에는, 내가 너를 너무 오래 알았지."

나는 아저씨에게 미소를 짓고는 차에서 내렸다. 시드 아저씨는 긴 검정 세단의 뒤쪽으로 와 내 짐을 내렸다. 내가 드라마 하우스로 끌고 갈 가방이었다.

"어째서 내가 너를 문 앞까지 데려다주면 안 되는 거냐?"

"말씀 드렸잖아요. 저는 지금 신분을 숨기고 여행 중이라니까요."

시드 아저씨가 눈을 굴렸다.

"어이쿠, 내가 엄청 유명한 사람이라도 되어서 너를 데려다주는 것을 사람들이 보면 그 사람들이 네가 누군지를 알 거라는 투로구나. 진짜 이유가 뭐냐, 제니?"

"말씀 드린 그대로에요. 저는 그저 다른 사람들의 주목을 받고 싶지 않다고요."

사실, 나의 부모님은 내가 다른 성(姓)으로 캠프에 참석하는 것을 허락하셨다. 어머니는, 내가 체조보다는 연극 수업을 하고 싶다고 하는 바람에 받은 충격에서 회복된 후에는, 이름을 바꾸는 것이 압박을 줄여 줄 거라고 강조하셨다. 아버지는 신분을 숨긴 여행이 셰익스피어풍의 로맨스 느낌을 준다고 생각하셨다.

하지만 부모님 또한 내가 리자 언니가 참여했던 같은 캠프에 참가하려고 위스테리아의 소도시로 가는 것에 대해 그다지 확신이 있으셨던 건 아니었다. 하지만 아버지는 런던에서 공연을 하고 계셨고, 나는 두 분께 내가 호텔에서 아무것도 안 하고 오랜 시간을 보내기에는 너무 많은 나이인 열일곱 살이라고 말씀드렸다. 나는 위스테리아에 한 번도 와 본 적이 없었기 때문에, 이곳에는 우리의 뉴욕에 있는 아파트와 리자 언니와 함께 쓰던 침실보다는 나를 괴롭히는 기억이 적었다.

나는 가방을 등에 메고 시드 아저씨를 껴안았다.

"휴가 잘 보내세요! 8월에 만나요."

나는 바퀴 달린 큰 여행 가방을 끌고, 체이스 대학의 캠퍼스 방향으로 거리를 가로질러 성큼성큼 걸어갔다. 나는 다시 차를 타고 돌아가는 시드 아저씨를 돌아보지 않으려 애를 썼다. 공항에서 부모님과 작별인사를 하는 것은 유난히 어려웠으며, 시드 아저씨와 작별하는 것도 그보다 아주 많이 쉽지는 않았다. 나는 잠깐의 이별이 영원해질 수도 있다는 것을 배웠던 것이다.

나는 울퉁불퉁한 벽돌로 포장된 인도 위로 여행 가방을 끌고 갔다. 리자 언니의 말대로 이곳은 습도가 높았다. 블록 끝에 도착해서 나는 등에 진 가방 속을 더듬어서 고무줄을 꺼내 내 곱슬머리를 느슨하게 포니테일로 묶었다.

체이스 대학의 중앙 안뜰은 슬레이트 지붕과 여러 개의 판유리로 이루어진 창문이 있는 붉은 벽돌 건물로 둘러싸여 있었다. 나는 안뜰을 향해 곧장 앞으로 걸어갔다. 조명이 밝혀진 출입구와 벽돌로

쌓은 벽이 체이스 거리와 접해 있었다. 나는 그 문을 지나서 첫 번째 안뜰 뒤에 있는 두 번째 안뜰로 이어지는, 나무가 줄지어 심어진 오솔길을 따라갔다. 대학의 건물들 또한 몇 개는 새로 지어진 것처럼 보였지만, 식민지 시대풍이었다. 나는 레이먼드 M. 스토다드 공연 예술관을 곧바로 알아봤다.

리자 언니는 그 건물을 정확하게 묘사했다. 높고 둥글게 마무리된 창문들에, 슬레이트 지붕, 그리고 높은 시계탑이 한 구석에 세워진 오래된 시청처럼 보이는 극장. 주차 구역과 대학의 운동장을 마주한 한쪽 끝에 극장의 입구가 있는 이 건물은 안뜰을 따라 이어졌다.

나는 기숙사에 입실하는 시간인 4시보다 일찍 도착했다. 나는 인도에 여행 가방을 내버려 둔 채, 극장 계단을 올라갔다. 리자 언니와 함께 있었다면, 언니는 들어가 보자고 고집했을 것이었다. 극장의 문턱을 넘으면, 언니는 완전히 다른 사람이 되곤 했다. 극장은 언니가 가장 살아 있음을 느끼는 장소였다.

언니와 내가 처음으로 떨어져 지낸 것은 지난 해 7월이었다. 중학교를 졸업한 뒤 언니는 예술 고등학교로, 나는 가톨릭계 고등학교로 진학했지만, 우리는 여전히 침실을 함께 썼고 여전히 우리 삶의 세세한 부분을 나누곤 했다. 리자 언니는 자신의 재능과 경험에 더 잘 맞을 뉴욕 지역의 권위 있는 프로그램 대신에 메릴랜드의 여름 연극 캠프를 선택함으로써 우리 모두를 놀라게 했다. 언니는 집을 떠나기를 간절히 바라고 있었다.

그럼에도 일단 위스테리아로 가고 나자, 언니는 나를 그리워했다. 언니는 끊임없이 이메일과 문자를 보내며 자신이 새로 사귄 친구,

특히 마이클을 보러 오라고 청했다. 언니는 마이클에 대한 이야기와 어떻게 그들이 사랑에 빠졌는지, 그리고 이번이 그동안 내가 알아 온 언니의 사랑과 어떻게 다른지에 대한 이야기만 했다. 나는 언니에게 놀러가는 것을 계속 미뤘다. 너무나 긴 시간 동안 언니의 그늘에서 살아 왔기에, 내게는 리자 몽고메리의 동생이 아닌 누군가로 존재할 시간이 필요했다. 그러다가 갑자기 나는 영영 세상에 홀로 남겨지게 된 것이다.

지난 11달 간, 나는 학교와 체조 학원에 집중하려고 애쓰며 부모님께는 모든 일이 잘 되어가고 있는 것처럼 보이려고 열심히 노력했지만, 내 정신과 마음은 어딘가 다른 곳에 있었다. 나는 쉽게 주의가 산만해졌고, 계속 물건들을 잃어버리곤 했다. 참으로 아이러니였다. 언제나 리자 언니를 위해 물건을 찾아주던 사람은 나였으므로.

언니가 없는 삶은 전보다 매우 조용해졌음에도 불구하고, 나는 평안하지 못했다. 부모님께도, 다른 누구에게도 설명할 수가 없었지만, 언니의 영혼이 여전히 위스테리아에 남아 있는 것처럼, 언니가 내가 오겠다는 약속을 지키길 기다리고 있기라도 한 것처럼 느껴졌다.

놋쇠로 된 극장문의 손잡이를 잡았는데 입구가 잠겨 있지 않았다. 나를 기다리고 있던 것 같은 기분을 느끼며, 안으로 들어갔다.

둘

로비 안쪽의 창문에는 덧문이 내려와 있었고 비상구 표지에만 불이 켜져 있었다. 반쯤 어두운 극장의 어둑어둑한 별관과 로비에서 놀며 어린 시절을 보낸 터라 바로 집에 있는 것처럼 느껴졌다. 나는 등에 멘 가방을 내려놓고 극장으로 들어가는 문이 있는 쪽으로 걸어갔다. 그 문도 잠겨 있지 않았다. 나는 조용하게 살그머니 들어갔다.

무대 뒤에 조명 한 개만 켜져 있었다. 하지만 그 장소가 아무리 칠흑같이 어두웠다 해도, 곰팡이, 먼지, 그리고 페인트가 뒤섞인 그 냄새로, 닳은 금박 모서리와 해마다 조금씩 길게 아래로 쳐지는 무거운 벨벳 커튼이 있는 오래된 극장 안에 있다는 것을 알 수 있었을 것이다. 나는 가운데 통로로 3분의 1쯤을 걸어 극장 2층 발코니 석의 가장 바깥쪽 줄을 지나 몇 줄 내려가서 앉았다. 좌석은 낮았고 뭉쳐 있어서 울퉁불퉁했다.

"나 왔어, 언니. 마침내 왔어."

언니에 대한 느낌이 언니가 집을 떠난 이후 그 어느 때보다 강해져서, 나를 압도했다. 나는 언니의 목소리를, 무대에 섰을 때의 울림과 변화폭을, 공연 관람 중에 내게로 몸을 가까이 기울이면서 배우의 대사 전달에 대한 비판을 속삭이던 유쾌한 어투를 회상했다.

"들어 봐, 젠. 저 정도 휴지(pause)면 저 사이에 트럭을 몰고 지나가도 되겠어!"

나는 웃음을 터뜨리다가 침을 삼켰다. 어떻게 해야 언니를 그리워하는 것을 멈출 수 있을지 알 수가 없었다. 그러고 있다가 무슨 소리를 들은 것 같아서, 주변을 재빨리 휙 둘러봤다.

바스락거리는 소리. 그냥 쥐가 내는 소리인가 싶었다. 이 오래된 건물은 분명 그들의 나라에 거처를 제공하고 있을 터였다. 누군가 문을 통해 들어온 거라면, 내가 기척을 느낄 수 있었을 테니까.

하지만 나는 모든 감각을 의식해서, 계속 귀를 기울였다. 그러다 내 숨소리만큼이나 부드럽게, 중얼거리는 다른 소리를 깨달았다. 그 소리는 사방에서 들려왔다.

'여자애들 목소리인가?'

그 소리가 점점 커지자 나는 그렇게 생각했다.

'아니, 한 명의 목소리야.'

목소리 위로 다시 목소리가 겹쳐지면서, 어구와 어조가 괴이하게 엮이고 있지만 단 하나의 목소리였다. 리자 언니의 목소리.

나는 감히 숨도 쉬지 못하고 계속 가만히 있었다. 그 소리가 멈췄다. 뒤이어 따라온 고요가 격렬하게 귀를 울렸고, 나는 죽은 언니의 목소리를 들은 건지, 단순히 그런 상상을 한 것인지 확신할 수가 없었다. 천천히 일어나서 주변을 둘러봤지만, 비상구 표지, 발코니의 금박 모서리와 무대의 희미한 불빛 외에는 아무것도 볼 수 없었다.

"언니?"

나와 언니 사이에는 항상 특별한 연결이 있었다. 우리는 닮진 않았지만, 우리가 어렸을 때에는 사람들에게 우리를 쌍둥이라고 납득시키려고 무척 애를 썼다. 우리는 둘 다 왼손잡이였고 둘 다 어학에 재능이 있었다. 우리 부모님 말씀에 따르면, 걸음마 아기들이던 시절, 우리에게는 쌍둥이들이 종종 그러듯 우리만의 언어가 있었다고 했다. 우리가 더 나이가 들어서도, 나는 항상 리자 언니가 무슨 생각을 하는지 알 것 같았다. 죽음을 이겨내는 무언가가 있을 수 있을까?

아니다, 그저 내가 그렇게 원했다. 놓아 주기를 거부하면서.

나는 통로를 계속 따라 내려가서 앞무대 옆의 계단을 올랐다. 커튼이 있는 경계 너머로 튀어나와 있는 앞무대는 꽤 깊숙했다. 만약 리자 언니가 나와 함께 있었다면, 언니는 무대 위로 뛰어올라 즉흥 공연을 시작했을 것이다. 나는 리자 언니가 세상에서 가장 마술 같은 곳이라고 말했던 곳, 무대의 앞쪽 중앙으로 걸어가서 빈 객석을 마주했다.

'나 여기에 왔어, 언니.'

나는 두 번째로 생각했다.

언니가 죽은 뒤로, 나는 언니가 학교에서 집으로 돌아오면 해 주려고 했던 이야기들에 대해 생각하며, 언니에게 마음속으로 말을 거는 버릇을 고치려고 애썼다. 하지만 불가능했다.

'약속했던 대로 왔다고, 언니.'

주위의 공기가 갑자기 서늘해져서, 나는 팔을 문질렀다. 공기의 무게는 거의 무중력 상태처럼 내게 이상한 느낌을 줬다. 머리가 가벼워졌다. 내가 둥둥 떠올라서 내 몸을 벗어날 수 있을 것처럼 느껴졌다. 그 감각은 처음에는 이상하게도 즐거웠다. 그러더니 뼈와 근육이 녹아 없어지는 느낌이 들었다. 나는 나 자신을 잃었다. 나는 더 이상 내 몸을 느낄 수 없었다. 나는 공황 상태에 빠져들었다.

내 주위가 마치 무대 조명을 파란 젤로 덮은 것처럼 차가운 색으로 밝아졌다. 단어들이 머릿속에 갑자기 떠올랐고, 마치 전에 수없이 말해 봤던 것처럼 그 대사들이 익숙하게 느껴졌다. 오 *시간이여, 내가 아닌, 그대가 이 얽힌 매듭을 풀어야 할 것이다. 내가 풀기에는 너무나 어려운 매듭이니.*

뒤이어 오는 운율 속에서 나는 내가 큰 소리로 대사를 말하고 있다는 것을 깨달았다.

"그 연극 아닌데."

나는 낮은 남자 목소리에 팔짝 뛰었다.

"그건 작년에 한 연극이야."

나는 휙 돌아섰다.

"미안해, 놀라게 하려던 건 아니었어."

파란 조명이 희미해지고 관객석과 높은 곳에 매달린 무대 조명이 보통의 색조로 켜졌다. 키가 크고 호리호리하며 엷은 색깔의 머리카락을 가진, 내 또래이거나 조금 더 나이가 든 남자애가 상자 위에 앉아 있었다. 그가 무대 뒤로 들어오면서 조명을 켠 모양이었다. 그는 내 쪽으로 성큼성큼 걸어오더니 미소를 지으며 손을 내밀었다.

"안녕. 나는 브라이언 존스야."

나는 내 주변의 상황에 집중하려고 애를 썼다.

"나는 제니야, 제니 베어드."

브라이언이 나를 한참 자세히 바라보는 바람에, 내가 새로운 성을 말할 때 의심스럽게 들리도록 발음한 모양이라는 생각이 들었다. 그때 브라이언이 미소를 지었다. 스르르 사라지는, 감질나게 하는 미소였다.

"긴 빨간 머리를 한 제니 베어드라. 만나서 반가워. 여기엔 캠프 때문에 왔어?"

"응. 너도?"

"응, 항상 그래. 이번 여름엔 내가 무대 감독이야."

그는 주머니에서 주머니칼을 꺼내서 재빠르게 탁 젖히더니 상자 뒤로 걸어갔다. 그는 무릎을 꿇고, 상자에 칼을 찔러 넣은 후 윗부분을 찢어서 열었다.

"대본 받고 싶니? 내일을 위해서 연습하는 중이지?"

"아, 아니야. 나는 연기 안 해. 나는 무대 작업 일을 하러 온 거야."

브라이언이 내게 다시 호기심 어린 표정을 길게 지었고, 그러더니 『한여름 밤의 꿈』을 복사한 책을 한 움큼 꺼냈다. 그가 다섯 권을 한 묶음으로 만들어 놓으면서 말했다.

"너는 워커 선생님에 대해서 잘 모를 것 같은데. 그분은 우리 연출가신데, 모두가 연기를 해야 한다고 고집하는 분이시거든."

"그분이 고집하실 수야 있겠지, 그런데 그게 꼭 득이 되는 일만은 아닐 텐데. 나는 무대 공포증이 있어. 교실이나 친구들과 어울릴 때라면 연기할 수 있지만, 얼굴로 조명이 쏟아지는 무대 위에 서서, 관객들이 나를 쳐다보고 있으면, 꼭 무슨 일이 일어나거든."

"예를 들면?"

브라이언이 재미있어 하는 듯 물었다.

"목소리가 갈라지고, 손바닥에는 땀이 흥건해져. 곧 토할 것 같은 기분이 들고. 물론……."

나는 덧붙였다.

"초등학교 선생님들 중 아무도 내가 무대 위에서 그럴 만큼 길게 내버려두지는 않으셨어."

브라이언은 웃음을 터뜨렸다.

"정말 창피하거든."

나는 그에게 말했다.

"그럴 수도 있을 것 같다. 어쩌면 네가 극복할 수 있도록 우리가 도울 수 있을지도 몰라."

그가 부드러운 목소리로 말했다.

나는 그 애 쪽으로 걸어갔다.

"어쩌면 네가 그 연출가 선생님께 나는 연기를 못한다고 설명해 줄 수 있을 지도 모르지."

브라이언이 미소를 지으면서, 나를 올려다봤다. 그의 깊은 갈색 눈동자는 진지함과 장난스러움 사이를 왔다갔다 했다.

"시도해 보기는 할게. 그렇지만 경고하는데, 워커 선생님은 자기 방침에 대해서 완고하게 굴 거나, 또 학생들에게 매우 거칠게 대할

지도 몰라. 그분은 그런 것에 자부심이 있거든."

"그 사람에 대해 잘 알고 있는 것처럼 들린다."

브라이언은 리자 언니도 역시 알았을까? 나는 궁금했다.

"나는 여기 체이스 대학 2학년생이야. 그리고 고등학교 시절엔 배우로 그 캠프에 참석한 학생이었어. 작년 우리 연극은 봤니?"

"아니. 무슨 연극을 했는데?"

"네가 방금 전에 인용한 것."

그가 내게 상기시켜 줬다.

잠시 나는 덫에 걸린 것 같은 기분이 들었다.

"「십이야」."

"네가 한 건 바이올라의 대사였지."

그가 덧붙였다.

리자 언니의 배역. 내가 그 대사를 알고 있었던 것은, 내가 언니의 오디션 준비를 도왔기 때문이었다.

여전히, 브라이언이 나를 쳐다보는 방식은 불편했다. 그는 내가 누군지 알고 있을까?

'어리석은 생각하지 마.'

나는 자신에게 말했다. 나와 엄마는 아일랜드 민화에 등장하는 레프리콘 요정의 후손처럼 보이는 빨간 머리인 반면에, 리자 언니는 아버지와 같은 짙은 색 머리카락을 한 호리호리한 소녀였다. 리자 언니의 장례식은 우리의 가까운 친구들과 친척들만 초대해서 비공개로 치렀다. 어머니는 항상 대중 매체로부터 나를 보호하셨다.

"그거 멋진 희곡이지. 우리 학교에서 올해에 그걸 공연했어."

나는 어떻게 내가 그 대사를 아는지를 변명하려고 덧붙였다.

책을 세느라 잠시 조용하던 브라이언이 일어서며 물었다.

"그래서 어디에 머물 예정이니? 방 배치에 관한 우편물은 받았겠지?"

"받았어. 드라마 하우스야."

"운도 좋네!"

"나는 그런 소리 안 좋아하는데."

그가 웃으며 설명했다.

"캠프를 위해서 건물 네 동을 쓰는데, 드라마 하우스, 여학생 클럽 기숙사, 그리고 남학생 클럽 기숙사 두 동이야. 나는 남학생 클럽 기숙사 하나에 상주하는 조교고. 체이스에 다니는 다른 두 명이 다른 남학생 클럽 기숙사와 여학생 클럽 기숙사의 조교를 맡게 될 거야. 그런데 너와 다른 여자애들이 있는 드라마 하우스는 낡은 '군화 여사'가 친히 맡게 될 거야. 작년 캠프 참석자들이 확실히 잘 어울리는 별명을 지어 줬긴 했지."

리자 언니였다. 언니는 규칙에 따르도록 강요하는 어느 누구도 절대로 좋아하지 않았다.

"그 사람 그렇게 지독해?"

내 질문에 브라이언이 어깨를 으쓱했다.

"난 그렇게까지 생각하진 않아. 그렇지만 물론, 우리 어머니니까 관대할 수밖에."

웃음이 났지만, 그의 기분을 상하게 했을까 봐 걱정이 들어 손으로 입을 가렸다.

브라이언은 팔을 뻗어 내 손을 입에서 떼어내며 씩 웃었다.

"미소를 감추지 마, 제니. 얼마나 예쁜데."

나는 볼이 달아오르는 것을 느꼈다. 나는 다시금 그 깊은 갈색의 눈동자와 부드럽고 윤기 없는 속눈썹을 의식하게 되었다.

"내가 비품 몇 가지를 더 확인할 동안 기다릴 수 있다면, 드라마 하우스까지 데려다줄게."

"좋아."

브라이언은 무대 뒤로 향했다. 나는 앞무대의 가장자리에 걸터앉아 다리를 흔들며, 의구심으로 어둠 속을 흘깃거렸다. 브라이언은 내가 리자 언니의 대사를 말하는 것은 들었다고 했지만, 내가 관객석에 앉아서 들은 목소리에 대해서는 언급하지 않았다. 그에게 그 목소리에 대해 묻고 싶었지만 미친 소리처럼 들리는 건 싫었다.

하지만 미친 게 아니라고 나는 스스로 되뇌었다. 이렇게까지 리자 언니를 생각할 수밖에 없는 곳에 있는데, 리자 언니의 대사를 기억해 냈다는 건 그렇게까지 놀랄 만한 일이 아니었다. 언니를 그렇게 잃은 내가 언니의 목소리를 상상하는 것은 그저 자연스러운 일일 뿐이었다.

그때 무엇인가가, 발코니 높은 곳에서 오른쪽으로 멀리, 언뜻 움직이며 내 눈을 끌었다. 억지로 더 보려고 했지만, 너무 어두웠다. 나는 재빨리 일어났다. 반짝이는 은빛이 보였다. 발코니의 옆에 하나 있는 문이 열려 있었고 어두운 형상이 그것을 통해 빠져나갔다. 누군가 거기에 앉아 있었던 거였다.

얼마나 오랫동안? 나는 궁금했다. 내가 처음 안에 들어왔을 때 들은 바스락거리는 소리가 난 후부터?

"무슨 일 있어?"

브라이언이 옆 무대에서 다시 나타나며 물었다.

"아니. 아니야, 그냥 내 짐을 문 앞에 두고 온 게 생각나서."

"괜찮을 거야. 뒷문을 보여 줄게. 모두들 거길 사용하거든. 그러면 돌아가서 짐을 가져올 수 있어."

브라이언은 아까 전까지 켜져 있었던 조명들을 그가 모두 꺼 놓은 무대 뒤로 나를 이끌었고, 우리는 내려가는 계단 쪽으로 향했다. 출구는 맨 아래층에 있었다.

"이 문은 보통 잠겨 있지 않아. 도시에서 온 사람들은 항상 우리가 문을 다 열어 놓는다고 이상하다고 생각하겠지만, 이보다 더 안전한 동네도 없을걸."

'가끔 있는 연쇄 살인을 제외하면 그렇겠지.'

우리는 지면보다 다섯 계단 정도 아래에 있는 바깥 계단으로 나왔다. 극장은 대학의 사각형 안뜰의 뒤를 마주보고 있었고, 길 건너편으로는 빅토리아 시대풍의 커다란 집들이 줄지어 있었다. 그 집들 앞에 차들이 일렬로 서 있었고, 짐이 보도 위에 놓여 있었다. 아이들이 현관 앞 잔디밭에 모여 있었다. 누군가가 손을 흔들면서 브라이언을 불렀다.

"나중에 따라갈게, 제니."

그가 말하고는 그 집을 향해 갔다.

나는 여행 가방을 가져오려고 스토다드 건물의 앞쪽으로 향했다. 모퉁이를 돌자마자 누군가와 마주쳤다. 우리는 서로 잠깐 멈췄다.

내 또래인 그 남자애는 키가 컸고 검은 머리카락에, 검은 티셔츠와 검은 청바지를 입고 있었다. 그 애는 나를 흘깃 보더니, 재빨리 시선을 피했지만, 나는 계속 그 애를 쳐다봤다. 그 애는 거의 놀라울 정도로 파란 눈동자를 갖고 있었다.

"미안해."

그 애가 퉁명스럽게 말하더니, 나를 멀리 피해서 걸어갔다.

나는 돌아서서 길을 건너서 집들 쪽으로 성큼성큼 걸어가는 그 애를 쳐다봤다.

검정색이 드라마틱하고 거칠고 냉담한 느낌을 주기 때문에 연극하는 사람들은 모두 완벽하게 검은 복장을 옷장에 한 벌쯤은, 혹은 두 벌쯤은 갖고 있다는 것을 알고 있었다. 하지만 또한 검정색이란 사람들이 어둠 속에서 자신을 보이고 싶지 않을 때 역시 입는 색이기도 했고, 아마 이 남자애는 보이길 원치 않았던 쪽인 것 같았다, 그것도 나에게. 나는 그 애가 곁눈질하는 모습에서 그런 기분을 느꼈다. 그 앤 마치 내가 자신의 어떤 행동을 현장에서 적발한 양 죄책감을 느끼는 것처럼 굴었다. 예를 들어, 발코니에서 슬그머니 나오는 모습을 들키는 일 같은 것.

그 애가 리자 언니의 목소리를 들었을까? 그 애가 그 일에 책임이 있었을까? 언니의 목소리가 담긴 테이프가 있어서, 그 테이프를 음향 기기로 처리해서 극장의 장비로 재생했다면 내가 들은 결과물을 낼 수도 있었다.

이 설명에는 딱 한 가지 문제점이 있었는데, 또 다른 문제를 불러온다는 점이었다. 그 누군가는 왜 그런 짓을 하고 싶어 한단 말인가?

셋

내가 여행 가방을 찾아서 끌고 건물 주위를 돌아서 길을 건넜을 때, 그 검은 머리 남자애는 네 개의 건물 앞에 모여 있는 아이들 사이로 사라진 뒤였다. 드라마 하우스는 상태가 잘 유지된 3층 집으로 앞에 간판이 있었다. 흰 테두리로 장식된 희미한 노란색 물막이 판자로 덮인 가파른 피라미드형 지붕, 양쪽 방향의 경사각이 다르게 만나는 박공, 그리고 한쪽 모퉁이에 작은 탑이 있는 집이었다.

세로 길이는 나와 비슷한데, 가로 너비는 내 서너 배는 되는 남자애 하나가 드라마 하우스로 가는 보도를 막고 있었다. 그 애의 옆에는 빵빵한 배낭 두 개와 낡은 여행 가방이 마치 지친 개들이 주인 발 옆에서 쉬는 것처럼 서 있었다. 그 애는 여자애들 무리가 수다를 떨면서 웃고 있는 현관 앞을 흘긋 봤다.

"너무 아름다워."

내가 지나가고 싶다는 것을 그 애가 알아채길 바라면서 주변에서 기웃거렸지만, 그 애는 넋을 잃고 감탄만 하고 있었다.

"어떤 애가?"

내가 참지 못하고 결국 물어보자 그 애는 놀라서 눈을 껌뻑거렸다.

"뭐?"

"어떤 여자애를 보고 하는 말이냐고."

그 애는 주머니에 손을 찔러 넣고는 당황한 얼굴로 말했다.

"나, 나는 저 건물에 대해서 말한 거야. 19세기 말의 건축 양식으로, 앤 여왕 시대 양식이야. 삼각형, 사각형, 구형, 원뿔형의 다른 면들을 이용한 저 방식을 좀 봐. 지붕과 박공의 짜임새를 좀 보라고."

그 애는 강한 브롱크스(뉴욕 북부—옮긴이) 억양을 썼다. 나에겐 양키 스타디움의 맥주 행상인을 연상시킬 뿐이지, 19세기 건축물에 심취한 사람의 것으로는 들리지는 않는 그런 억양이었다. 나는 피식 나오려는 웃음을 억눌렀다.

그 애가 계속 말을 이었다.

"내가 칠했더라면, 좀 더 대비되는 색을 이용했을 거야. 빨강, 금색, 초록색. 혹은, 라임 색. 그래, 확실히 라임…… 색으로."

그 애는 마지막 단어를 부끄러워하며 삼켰다.

"남자애들은 저쪽에서 모이는 모양이야."

그 애가 가방을 느슨하게 메더니, 자기 여행 가방에 손을 뻗으면서 중얼거렸다. 그 애는 칠이 벗겨진 회색 건물로 향하기 시작했다. 격자무늬 소파와 자주색 커피 테이블이 그 건물 앞 잔디밭을 채우고 있었다.

나는 그 애의 뒤에 대고 말했다.

"저기, 저 집 말이야, 이제 페인트칠을 할 때도 된 것 같은데."

그 애는 돌아보고는 잠시 미소를 지었다. 숱이 많은 어두운 머리카락과 빳빳한 눈썹에 거의 검정색인 눈동자에도 불구하도, 미소를 짓자 동그란 얼굴이 천사처럼 보였다.

그 애가 남학생 클럽 기숙사로 서둘러 가 버리고 나서, 나는 계속해서 드라마 하우스로 가는 보도를 따라 걸어서 그 건물의 구부러진 현관 앞으로 가는 계단을 올라갔다. 여자애 네 명이 가까이 모여서, 다른 세 명에게 들릴 정도로 크게 떠들고 있었다. 나는 조용한 소녀들에게 합류했다.

"그래서 너 자퇴한 거야?"

우아하게 아프리카 풍으로 머리카락을 땋은 소녀가 물었다. 그녀의 광대뼈는 높았고, 어두운 피부색은 새틴처럼 매끄러웠다.

"아니야, 샤나, 안 했어."

다른 소녀가 피곤한 한숨을 쉬며 대답했다.

"왜? 학교에서 너한테 두 번째 기회를 줬던 거야?"

샤나가 물었다.

"그런 셈이지."

샤나가 소리 내어 웃었다.

"그래, 몇 번째 시도였어, 케리?"

"계획했던 것만큼 많이는 안 했어. 우리 부모님이 나를 보내 버리겠다고 협박한 학교에 다녔던 사람을 알아냈거든. 얼마간은 재미있겠지만, 시들해지겠지."

케리는 이야기를 하면서, 흑색과 백색으로 강한 대조를 줘서 염색한 짧은 머리카락을 긴 손톱으로 빗질했다. 나른하게 반쯤 감긴 활기 없는 눈에는 진한 아이라인이 그려져 있었다. 나는 저런 얼굴을 알고 있었다. 리자 언니가 다른 사람들에게 자기의 관심을 끌고 싶다면 뭔가 하는 것이 좋을 거라고 알려 주기 위해서 가끔 짓던 표정이었다.

"야, 케리, 폴이 돌아왔어."

또 다른 여자애가 말했다.

"그래?"

케리의 얼굴에서 따분해하던 표정이 사라졌다.

"아직도 폴에게 뜨겁구나."

키가 크고 마른 소녀가 말했다.

샤나는 고개를 저었다.

"널 이해 못하겠어."

"케리는 이해받고 싶지도 않을걸."

그 무리의 네 번째 소녀가 말했다. 그녀는 긴 검은 머리를 벨벳으로 묶었고, 아몬드 같은 눈매를 갖고 있었다.

"물론 폴이 잘생기긴 했지. 다만……."

샤나가 말을 시작하는데, 케리가 싸늘하게 말했다.

"오, 저기 누가 오나 좀 봐."

"군화 여사다."

마른 여자애가 중얼거렸다.

우리들 조용한 무리 모두가 다른 아이들이 쳐다보고 있는 사람을 보려고 돌아섰다. 나는 그 사람이 군화 여사로 알려져 있는 브라이언의 어머니라는 것을 알아챘다.

멀리에서 봤을 때에는 폭이 넓은 스카프로 탈색된 숱 많은 머리카락을 감싸고, 금으로 된 커다란 체인을 허리에 두른 모습이 영락없이 연극 무대로의 등장처럼 보였지만, 가까이 오자 강인한 턱, 굳게 다문 입매를 가졌지만 걱정으로 눈 주위에 주름이 진 체육 선생님이나 어머니에 더 가까운 모습이었다.

"모두들, 잘 지냈니?"

그녀는 현관 앞에 있는 우리에게 합류하며, 인사를 했다.

"좋아요, 네, 잘 지냈어요."

우리가 중얼거렸다.

"무대에서는 보다 더 명확하게 말할 수 있길 바란다."

그녀가 말하더니, 미소를 지었다.

"난 마가렛 린 박사란다. 매기라고 불러도 돼."

나는 브라이언이 그의 성을 존스라고 말했던 것이 생각났다. 아마도 그녀는 자신의 결혼 전의 성을 쓰거나 재혼한 성을 쓰는 모양이었다.

"나는 조감독이자, 드라마 하우스에 배정된 너희들 여덟 명의 조교이기도 해."

그녀는 우리가 여덟 명이 맞는지 확인하느라, 잠시 말을 멈췄다.

"혹은 사감이라고 할 수도 있지. 바로 시작하자꾸나. 여기에 평면도 복사본이 있어. 자기 이름을 찾아서 자신의 방으로 가도록 해."

나는 그 도면을 자세히 들여다봤다. 1층에는 매기 선생님의 방,

침실 두 개, 다기능 욕실, 그리고 휴게실이 있었다. 2층에는 침실 네 개와 다기능 욕실이 있었고, 침실 두 개와 욕실 하나가 지붕 아래에 자리 잡고 있었다. 우리는 학생회관의 카페테리아에서 식사를 하는 것으로 되어 있었지만, 이 건물의 지하에는 부엌도 있었다.

"각 방 문에 줄로 된 목걸이에 각자의 방 열쇠가 붙어 있는 걸 찾을 수 있을 거야. 기억해야 할 사항을 알려……."

그때 매기 선생님의 말을 샤나가 막으며 끼어들었다

"방을 바꾸고 싶은 사람은요?"

매기 선생님이 재빨리 대답했다.

"못 바꿔. 이제 잘 들어……."

"하지만 전 바꿔야 해요, 매기 선생님. 저는 절대로 그 방에서는 잠을 잘 수가 없단 말이에요."

샤나가 땋은 머리를 만지작거리면서, 고집을 부렸다.

"나랑 자면 돼. 내 방은 다락이야."

케리가 말했다.

나는 평면도를 다시 한 번 확인했다. 내 방도 그랬다.

"각 학생들은 각자 자기 침대에서 자야 해. 너희들 모두에게 이건 7주간의 파자마 파티가 아니라, 연극 캠프라는 걸 상기시켜 줘야 되겠구나. 11시에 불이 꺼지면, 모두들 잠자리에 들어야 해. 우리 리허설 일정은 엄격하고 너희들은 항상 좋은 컨디션이어야 하니까."

매기 선생님이 말했다.

"하지만 이 방에서 자야 한다면 제 컨디션은 엉망이 될 거라고요. 우리 언니가 이 대학에 다니는데, 언니가 그 방은 유령이 나온다고 했어요.”

샤나가 끈질기게 고집을 부렸다.

“어떤 유령이 나와?”

마른 여자애가 그녀의 밝은 색 머리카락 한 가닥을 꼬면서 물어봤다.

“밤이면 이상한 소리가 난대. 그리고 한기가 들고, 침대를 정돈하고 나면, 다시 흐트러진대. 꼭 누가 거기서 자고 있기라도 했던 것처럼 말이야.”

샤나가 말했다.

나는 재빨리 고개를 젓는 매기 선생님을 곁눈질했다. 다른 소녀들은 샤나의 동그래진 눈을 쳐다봤다.

“그 유령의 정체는 리자 몽고메리래.”

샤나가 계속 말했다.

이제는 나도 그 애를 쳐다봤다.

“그 방이 작년에 그 애가 썼던 방이래, 알잖아.”

“살해당한 그 여자애 말하는 거야? 연쇄 살인마가 도끼로 살해했다던 그 애?”

새로 온 아이가 물었다.

“둔기에 맞았어.”

케리가 진하게 아이라인을 그린 눈을 냉정하게 깜빡거리면서 고쳐 말했다.

나는 속으로 움찔했다.

“캠프 4주째였나, 리자는 한밤중에 혼자서 밖에 나갔어.”

어두운 색의 부드러운 머릿결을 가진 소녀가 말했다.

속이 조여들었다. 나도 언니가 캠퍼스의 괴담 중 하나로 떠돌고 있는, 이런 상황을 예견하고는 있었다.

"그 애는 다리 아래까지 쫓겨 가서, 그 밑에서 발견됐어."

그 소녀가 덧붙였다.

사실, 경찰은 왜 리자 언니가 그 다리 아래에 있었는지 알지 못했다. 언니가 쫓겼는지, 유인을 당했는지, 아니면 단순히 그곳을 걸어가던 중에 사건이 벌어졌던 것인지조차.

"그 애는 머리 뒤를 망치로 얻어맞았어. 사방이 피 천지였어."

"자세하게 말해 줘서 고맙구나, 린."

매기 선생님이 말했다.

"그 애 시계가 부서져 있었대."

린이 계속해서 말했다.

나는 나를 아프게 하는 그 이야기에 다른 여자애들처럼 흥미가 있는 듯이 행동하려고 애를 썼다.

"그것 때문에 경찰이 연쇄 살인마라는 걸 알게 된 거야. 그놈은 사람들을 다리 밑에서 죽이고 손목시계를 부서뜨려서 자기 범행 시각을 알려 준대."

"그게 몇 시였는데?"

새로 온 소녀가 물었다.

"자정."

린이 말했다.

'12시 30분이야.'

나는 속으로 정정했다. 12시 30분. 그 시간까지도 나는 언니에게 연락하려고 애를 쓰고 있었다.

"그래, 내 생각엔 오늘의 이야기 시간으로는 충분한 것 같구나."

매기 선생님이 말하더니, 새로 온 우리 네 명에게 돌아섰다.

"얘들아, 작년 여름에 여기에서 끔찍한 비극이 일어났단다. 우리 모두 큰 충격을 받았지. 하지만 여기는 매우 안전한 캠퍼스고 안전한 마을이야, 그리고 너희들이 캠프의 통행금지 규칙을 잘 따라 준다면, 걱정할 이유가 하나도 없어. 케리, 샤나, 린, 그리고 데니스."

선생님이 그들을 호명했다.

"이 친구들은 작년에도 캠프에 참가했었어. 그리고 너희들이 얼마나 성장을 했든지 간에, 캠프는 캠프야. 여기 새로 온 친구들은, 지어 낸 이야기와 장난의 달인들에게 속지 않도록 하렴."

"우리 언니는 이야기를 지어 낸 게 아니에요. 그 방은 귀신들렸다고요."

샤나가 끈질기게 주장했다.

"내가 그 방을 쓸게."

다른 여자애들과 매기 선생님이 돌아봤다. 선생님이 나에게 자신이 방 바꾸기를 금지했다는 것을 상기시켜 줄 거라고 생각했지만, 아무래도 그녀는 샤나의 방이 자신의 옆방이며, 유령과 함께 침대를 쓰고 있다고 믿는 누군가와 이웃으로 지내기에 7주는 너무 긴 시간이라고 판단한 것 같았다.

매기 선생님이 동의했다.

"좋아, 그런데 학생 이름은?"

"제니 베어드에요. 저는 3층을 배정받았어요."

그녀는 자신의 건물 도면의 복사본에 깔끔하게 정정 사항을 적고 나더니 손목시계를 힐긋 봤다.

"캠프 미팅과 야외 파티가 파빌리온에서 5시에 있을 계획이란다. 모두 자신의 짐을 자기 방에 두고 5시까지 갈 준비를 했으면 좋겠다. 열쇠는 목에 걸고, 나갈 때는 문을 잠그도록 해."

아무렇게나 쌓아 둔 짐 무더기에서 우리 여덟 명이 자기 가방을 집어 들고 현관 앞으로 몰려가자 당연하게도 혼란이 생겼다.

"욕실에서 꾸물거리지 말거라."

매기 선생님이 우리 뒤에서 말하자 샤나가 속닥거렸다.

"말 그대로야, 꾸물거렸다가는 매기 선생님이 있다가 들어와서 너희들을 화장실 밖으로 밀어낼걸."

새로 온 소녀들 중 하나가 겁에 질린 표정으로 샤나를 돌아봤다.

"농담이야."

샤나가 나까지 웃게 만들 만큼 밝고 크게 웃으며 말했다.

현관은 광택제를 바른 목재 장식과 닳은 타일 바닥이 있는 넓은 정사각형 로비를 향해 열려 있었다. 계단은 로비의 뒷벽을 마주하고 위치하고 있었는데, 돌아서 올라가고 거기서 또 돌아서 다시 올라가는 식이었다. 복도 하나가 계단 아래에서부터 집의 뒤까지 곧게 뻗어 있었다. 우리들이 모두 모여서 시간을 보낼 수 있는 휴게실은 로비의 오른쪽에 있었다. 복도를 따라 나아가면 양쪽으로 방이 하나씩 있었는데, 매기 선생님과 린의 방이었고, 계속해서 나아가면 한쪽으로는 내 침실이, 맞은편에는 욕실이 있었다.

리자 언니는 이메일에서 자신이 이 방을 좋아한다고 말했다. 방문을 열자 그 이유가 기억났다. 방의 뒷벽에는 붙박이 벤치가 놓여 있는 깊은 이중창이 있었다. 리자 언니가 로맨틱한 창가 자리에 앉아서 여주인공이 취할 수 있는 모든 자세를 연습하는 모습을 그려 봤지만, 내게는 "꾸물거리고" 생각할 시간이 없었다.

나는 욕실에서 우연히 린과 만나서 함께 현관 앞으로 향했다. 모두가 돌아오자, 매기 선생님은 우리를 구스 레인 길로 이끌었다. 구스 레인은 오이스터 크릭에 이웃해 있는 남학생 기숙사의 뒤뜰을 지나고 있었다.

"방은 마음에 들어?"

케리가 내 뒤로 따라오며 물었다. 그 애의 짧은 흑백의 머리카락이 산들바람에 헝클어졌다.

"괜찮아."

"네가 군화의 옆방이 좋다면야 그러시겠지."

그 애가 목소리를 낮추며 말했다.

나는 어깨를 으쓱했다. 규칙을 얼마나 어길 수 있는지 테스트하러 이곳에 온 건 아니었으니까.

"얘들아, 남자 경보 발령."

데니스가 우리 뒤에서 말했다.

어미 거위처럼 자신의 새끼 거위들이 바로 뒤에 따라오고 있다고 여기며 걸어가고 있던 매기 선생님을 제외하고 모두가 돌아봤다. 우리 여덟 명의 걷는 속도가 느려졌거나, 아니면 남자아이들의 속도가 빨라진 것 같았다. 어쨌든 두 무리는 곧 합쳐졌다. 우리는, 남자애들과 여자애들이 항상 그렇듯이 큰 목소리로 떠들어대며 서로에 대해서 판단해가는 동안, 서로가 정말은 멍청하다는 것이 밝혀지기 전까지는 꽤나 영리하게 들리는 말참견을 했다. 나는 브롱크스에서 온 몸집이 큰 소년이 뒤에 쳐져서 걸어오고 있는 것을 봤다. 멀찌감치 앞서가던 매기 선생님이 걸음을 멈추고 새끼 오리 떼를 헤아리듯이 우리를 뒤돌아 봤다.

샤나가 케리에게 다 알고 있다는 듯한 교활한 표정을 지으며 말했다.

"그런데 폴은 어디 있어? 폴도 여기에 있을 거라고 생각했는데."

한 녀석이 대꾸했다.

"걔도 와 있어. 어딘가에 있을 텐데. 마이크와 브라이언이 걜 찾고 있는 중이야."

마이크? 리자 언니의 마이클? 궁금했다. 한 소녀와 사랑에 빠졌던 소년이 그 소녀가 살해당한 곳으로 돌아올 수 있을까? 말도 안 돼…… 하지만 나만 해도 이곳에 와 있지 않은가. 리자 언니를 사랑했는데도 불구하고.

"폴은 드라마 하우스에 불을 지르려고 돌아온 것 같던데. 너희들, 거기에 중요한 물건은 아무것도 남겨 두지 않았길 빈다."

다른 소년이 장난조로 말했다.

"아직도 모두가 작년의 화재로 폴을 비난하는 것은 불공평해. 증거도 없었잖아."

샤나가 대꾸했다.

"야, 제발 좀. 걔가 그런 거 확실해. 아마 리자가 도왔을 거야."

린이 말했다.

"아마 리자를 잡으려고 그랬겠지."

한 소년이 자기 생각을 말하자, 다른 아이가 주장했다.

"그럴 리가 있냐? 폴은 리자를 다치게 하진 않았을걸. 걘 완전히 리자에게 집착하고 있었으니까."

나는 케리가 입술을 깨무는 것을 봤다.

남자애가 계속했다.

"그게 바로 누군가에게 집착하는 사람들이 자기들이 원하는 것을 얻지 못할 때 하는 짓이잖아. 그런 사람들은 어떻게 해서든 상대의 관심을 얻어내거든."

나는 이런 대화가 싫었다.

"리자가 살해당하기 전부터 폴은 좀 이상했던 것 같아. 게다가 리자가 죽은 이후에는 더 이상해졌어, 자세한 것까지 알고 싶어 하면서 말이야."

데니스가 자신의 길고 가는 팔을 문지르면서 말했다.

"대부분의 사람들이 자세하게 알고 싶어 해. 그 애는 너희 나머지들보다 더 정직했던 것뿐이야."

케리가 딱딱하게 말했다.

"어쨌든 *폴이라면* 딱히 놀랍지도 않다. 너흰 폴이 하는 비디오게임 본 적 없지? 그 자식은 폭력적일수록 더 좋아한다니까."

또 다른 남자애가 말했다.

"영화도 그래. 요람에서도 슬래셔 무비(연쇄살인범의 잔인한 행각을 주로 보여 주는 공포 영화의 하위 장르—옮긴이)를 봤을걸."

누군가가 거들었다.

'끔찍한 애라는 것처럼 들리는데.'

"폴은 솔직히 위험할 정도로 잘생긴 편이긴 해. 하지만 그 앤 일단 누군가에게, 아니면 무엇인가에 빠져들기 시작하면, 좀 무섭거든."

린이 자기의 어두운 색 머리카락을 집어서 열을 식히려는 듯이 흔들면서 말했다.

"최소한 무서운 건 재미라도 있지. 너희 나머지 녀석들에 대해서는 뭐라 할 말도 없다."

케리의 마지막 말에 남자애들은 콧방귀를 뀌었고, 여자애들은 크게 웃었다. 대화는 작년에 캠프에 참석했던 다른 사람들에 대한 이야기로 화제를 옮겨갔다.

리자 언니는 폴의 감정을 깨닫고 있었을까? 나는 걸으면서 생각해 봤다. 언니는 그 애가 사람을 공격할 수도 있는 그런 인간이라는 것을 알았을까? 자아 과잉 아니면 단순히 순진하다고 말할 수도 있겠지만, 언니는 항상 모든 사람이 자기를 좋아한다고 믿었다. "걔들도 마음속으로는 나를 좋아하는 거야." 사람들이 다르게 행동하면 언니는 그렇게 우기곤 했다.

구스 레인 길은 대학의 보트 창고까지 이어져 있었다. 콘크리트 블록으로 지은 건물 너머에는 스컬(조정 경기에 쓰이는 길고 가느다란 보트—옮긴이)의 받침대와 부잔교(부두에 방주를 연결하여 띄워서 수면의 높이에 따라 위아래로 자유롭게 움직이도록 한 잔교—옮긴이)가 달려 있는 부두가 있었다. 강처럼 폭이 넓은 오이스터 크릭은 우리와 멀리 떨어진 나무들이 있는 강기슭 사이를 평화롭게 흐르고 있었다.

부두의 왼쪽에는 지붕널을 덮은 지붕과 테라스가 있는 사방이 탁 트인 나무 구조물인 파빌리온이 있었다. 개천가에 말뚝을 박고 지어져 있어서, 파빌리온은 꼭 키가 큰 풀 같은 초목들의 물결 위로 떠 있는 것 같았다.

8명씩으로 이루어진 다른 두 그룹이 우리를 따라잡았다. 매기 선생님은 조교로 보이는 남학생 여학생들과 함께 의논을 했고, 우리 나머지는 파빌리온으로 오르는 경사로를 따라 올라갔다. 안쪽에는 나무 탁자들과 벤치들이 놓여 있었다. 나는 개천의 풍경이 보이는 햇볕에 바랜 테라스로 향했다. 난간에 기대서서 나는 마침내 왼쪽을 보았다. 작은 초록색 공원 너머로 다리가, 리자 언니가 죽었던 바로 그 다리가 보였다. 나는 몇 분간 자세히 들여다보고는 고개를 돌렸다.

"괜찮니?"

내 바로 옆에 샤나가 서 있는 줄도 모르고 있었다.

"나? 괜찮아."

"얼굴이 하얗게 질렸어. 주근깨까지 창백해졌는데."

그녀가 말했다.

"전부 같이 희미해지지 않았다니 애석하네. 정말로, 난 괜찮아. 나는, 어, 잠시 뭘 못 먹기만 해도 이렇게 보이거든."

나는 농담을 했다. 샤나는 그 변명을 믿었다.

"간식이 준비되어 있어. 넌 여기서 좀 쉬고 있어, 빨강머리. 내가 좀 가져다줄게."

"고마워."

나는 다시 물가로 몸을 돌렸다. 리자 언니는 여기에 도착한 첫날, 늦은 오후의 석양에 반짝이는 시냇물을 보고 긴 풀들이 산들바람에 바스락거리는 소리를 들었을 때, 여기 이곳에서 자신의 삶이 끝날 거라고 생각이나 해 봤을까?

아니. 말도 안 되는 얘기였다.

언니에게는 앞으로 펼쳐질 많은 것들(런던 연극 학교의 장학금, 봄으로 예정된 영화 배역)이 있었다. 언니는 아름다움, 두뇌, 놀라운 재능을 갖고 있었고, 세상은 이제 막 언니의 진가를 처음으로 알아보려던 차였다. 죽을 때가 아니었다.

게다가, 언니가 더 평범한 소녀였다 하더라도, 죽음이 자신 앞에 기다리고 있다는 것을 믿을 10대 소녀는 없을 것이다. 분명히, 햇살이 눈부신 오후 개울 옆에 서 있던 나는, 그렇지 않았으니까.

넷

우리의 감독은 오토바이를 타고 등장했다. 그 사람은 그게 멋지다고 생각하는 모양이었지만, 내 눈에는 배가 불룩 나온 중년의 남자가 다리를 벌리고 오토바이에 걸터앉아 있는 모습이 마치 닫힌 상자 안에서 튀어나오기 직전에 한껏 몸을 말고 있는 장난감 상자 속의 스프링 인형처럼 보였다. 아무튼 극적인 등장이긴 했다. 특히 그가 오토바이를 타고 잔디밭을 가로질러 파빌리온으로 진입하는 경사로 도중까지 올라오자, 그 기계덩어리는 너무 무겁다고 외치면서, 미친 듯이 팔을 흔들며 달려 내려온 매기 선생님에 의해 저지당한 장면이 그랬다.

워커 선생님은 오토바이를 후진하더니 뛰어내렸다. 그는 주인공처럼 인사를 했다. 남자애들은 오토바이를 구경하기 위해서 떼 지어 몰려 내려갔고, 여자애들은 마치 성벽 꼭대기에서 구경하는 숙녀들처럼 파빌리온의 테라스에 줄지어 서 있었다. 워커 선생님이 헬멧을 벗자, 그의 대머리가 드러났다. 불그스름한 머리카락 몇 올을 머리 아랫부분에서 모아 둥근 언덕 같은 머리 위로 빗어 올렸고, 남은 머리카락들은 셔츠 깃에 닿아 구부러질 정도로 길게 자라 있었다.

"여기가 즐거운 극단이로군."

워커 선생님이 경사로를 성큼성큼 걸어 올라오면서 말했다.

우리는 파빌리온 안쪽에서 워커 선생님을 가운데 두고 둥글게 둘러섰다. 그는 우리에게 어디에 사는지, 관심사가 무엇인지 말하면서 자기소개를 해 달라고 했다.

우리 부모님은 몇 년 전에 뉴욕에서 워커 버크 선생님을 알고 지내셨지만, 나는 그를 만났던 기억이 없었고, 만난 적이 있었다 하더라도 그때는 내가 너무 어렸을 때라서 그도 지금은 나를 알아보지 못할 터였다. 내가 지원서와 함께 제출했던 자기소개서는 거의 사실이었다. 거짓말은 일을 그르치기 쉬울 것 같아서, 나는 잡지 편집자와 그의 아내의 딸인 것처럼 쓰는 정도로 나의 신원을 숨기는 데 필수적인 부분만 바꿨다. 나를 제니 베어드라는 이름으로 추천해 주는 것에 동의한 두 명에게 그 소개서를 보여 주었기에, 결코 모순되는 점은 없을 거였다. 지명을 받고, 나는 간략한 자기소개를 했다.

다른 아이들의 자기소개가 계속 이어졌다. 자기소개가 한차례 다 도는 데 적어도 40분은 걸렸다. 마침내 마지막 차례가 돌아왔는데, 드라마 하우스의 건축 구조에 경의를 표하던 몸집이 큰 남자애였다.

"토마스 알바레즈입니다."

그 애는 스페인 발음으로 자신의 성(姓)을 말했다.

"우리 무대 디자이너시군."

워커 선생님이 말했다.

"제가요?"

지원자들은 연극 무대 디자인을 제출하라는 요청을 받았었는데, 그의 디자인이 뽑힌 모양이었다. 토마스의 얼굴이 할로윈 호박처럼 환해졌다.

"물론, 수정은 필요하지만."

워커 선생님이 말하고는 일어섰다. 그는 근육에 경련이라도 난 것처럼 좌우로 목을 문지르더니 소매를 걷어 올렸다. 연설을 마무리 지으려 하는 것 같았다.

"자, 제군들. 내가 자네들에게 무엇을 기대하는지 말하겠다. 절대적으로 최선을 다할 것. 백 퍼센트 그리고 그 이상으로. 그야말로 자네들의 심장, 영혼, 그리고 정신을 다하라는 말이다."

그는 서성거리기 시작했다.

"자네들은 오전 8시 반부터 오후 4시 반까지는 내 것이다. 난 자네들을 아주 매섭게, 저녁시간에 그릇에 코를 박을 정도로 매섭게 다룰 것이다. 저녁 식사 후에도 자네들에게 더 많은 것을 기대할 것이고."

그는 주머니에서 감정 표현을 하기 좋은 소도구인 안경을 꺼냈다.

"그 말은 곧 여러분 각자가 최상의 몸 상태를 유지하길 바란다는 뜻이다. 제대로 먹고, 밤에 8시간을 자고, 위험한 행동을 하지 말아 주길 바란다. 내가 말하는 위험한 행동이 무슨 뜻인지 알 만한 나이겠지."

우리는 서로를 곁눈질했다.

"자네들에게는 해야 할 공부, 외워야 할 구절들, 봐야 할 영화들이 있다. 이곳에서의 자네들의 생활은 온전히 연극에 쏟게 될 것이다. 자네들은 연극을 먹고, 숨쉬고, 자게 될 것이다. 마치 무대가 여러분을 소유한 것처럼 느끼게 될 것이다. 이런 것들을 제대로 명심하지 않는다면, 몸 편한 뉴욕의 돈벌이 재주꾼들에게나 가 보는 게 나을 것이다."

나는 몇 명이나 제대로 생각해 볼지 궁금했다.

"다른 연출가들은 젊은 배우들을 애지중지하지. 그들의 연약한 자아를 아주 조심스럽게 대하면서 실제 실력보다 더 잘한다고 생각하도록 가르친단 말이야. 내가 자네들에게 가르치려고 하는 것은 연기다. 무슨 일이 있더라도, 제군들은 배우게 될 것이다."

'연극 극기 훈련소에 오신 것을 환영합니다.'

난 생각했다.

"장기적으로 자네들은 뉴욕 사고방식보다 훨씬 유용한 기술을 나에게서 배웠다는 것을 알게 될 것이다."

분명히 워커 선생님은 뉴욕을 썩 좋아하지 않는 것 같았다.

그는 말을 마치고 나서 매기 선생님에게 식사 시간의 절차, 통행 금지 시간, 그리고 주말 동안 캠퍼스에 머물기로 선택한 사람들을 위한 특별 지시 사항 등의 규칙을 일러 주라고 부탁했다. 매기 선생님이 말하는 동안 브라이언이 왔다. 마이크에 대한 호기심으로, 나는 주변을 둘러봤지만, 누가 새로 도착했다 하더라도 내가 알아보기에는 낯선 얼굴이 너무 많았다. 우리는 무대 감독이라며 브라이언을 소개받았고, 그는 우리에게 이번 주의 일정표를 나눠 주었다. 내일은 오디션, 대본 읽기 모임은 수요일 아침에, 연기 지도는 그날 오후에 시작하는 것으로 잡혀 있었다.

워커 선생님이 우리에게 말했다.

"모두가 오디션을 보게 될 거고 모두들 스태프 일을 하게 될 거다. 여러분은 32명이다. 나는 요정들 수의 두 배의 배역을 정했고, 26개의 배역이 있지. 하지만 6명의 기술자 팀을 포함한 모든 사람이 최소한 대역 배우 일에 참여하게 될 것이다. 알겠나? 질문 있어?"

토마스가 손을 들고 워커 선생님이 자신을 알아볼 때까지 기다렸다.

"오디션에 대한 건데요, 저는 안 하는 게 나을 것 같아요."

워커 선생님은 한참 동안 그를 쳐다봤다.

"토마스, 혹시 청각에 문제 있나?"

"아닙니다."

"주의력 결핍 장애는?"

"어, 없어요."

"내가 방금 말한 걸 못 알아들을 만한 다른 이유라도 있나?"

"없습니다."

"자네 뚱뚱한가?"

아이들이 킥킥거렸다.

"네."

토마스가 차분하게 대답했다.

"확실히 뚱뚱하긴 하군 그래, 하지만 그건 자네가 시험을 안 볼

구실은 못 된다."

'저앨 민망하게 만들 구실 또한 안 되죠.'

다른 사람을 괴롭히는 하나의 예술 형식을 만드는 연출가들이 있다는 것을 알만큼 충분히 많은 공연을 보아왔음에도 나는 그렇게 생각했다. 나 자신을 다음 번 공공의 희생물로 내놓고 싶지 않아서, 워커 선생님에게는 나의 무대 공포증 문제에 대해서 나중에 말하기로 마음먹었다. 브라이언이 약속을 지켜서 내 일을 좀 수월하게 해 주길 바랐다.

매기 선생님이 우리에게 서로 잘 알아가라고 말하고, 다리와 학교 부두 사이의 구역을 벗어나지 말라고 상기시키면서 모임을 마무리했다. 트럭으로 석쇠들이 옮겨져 왔고, 40분쯤 안으로 햄버거도 준비가 될 것 같았다.

나는 아이들을 따라서 파빌리온 진입로로 내려가서 정자 하나와 그네들이 있는, 작은 공원으로 들어갔다.

"제니, 잠깐만 기다려."

브라이언이 불렀다. 그가 따라오더니 내 옆에서 걷기 시작했다.

"워커 선생님께 네 무대 공포증에 대해서 이야기할 기회가 없었어. 그래도 네가 걱정하지 않았으면 좋겠어. 내일 전에는 말할 테니까, 괜찮지?"

"고마워. 그분 엄청 인상이 강하시던데."

브라이언이 웃었다.

"속지 마. 워커 선생님은 멋지게 그런 척하는 연기를 하는 거야. 하지만 진짜로는, 그저 뉴욕에서 성공하지 못해서 좌절한 연출가일 뿐이지. 우리 어머니는 뉴욕 대학교의 대학원생일 때 선생님을 알게 되셨는데, 우리 어머니 덕에 워커 선생님은 아직도 옥수수 밭 한가운데에서 극장의 마법 같은 순간을 창조하겠다는 꿈을 실현할 수 있는 거야. 공연할 때 빈자리들이 있으면, 우리가 허수아비들로 채우거든."

"정말 안됐다."

내 말에 브라이언이 고개를 갸웃해서, 나는 설명을 덧붙였다.

"내 말은, 나도 그 사람이 썩 마음에 드는 건 아니지만, 원치 않는 장소에 있는 사람은 안쓰럽잖아."

"아, 워커 선생님에 대해서는 걱정할 필요 없어. 자기가 그래야 한다고 항상 생각하는 것처럼, 여기에서는 워커 선생님이 연극의 왕이니까."

내가 그 말에 대꾸하지 않자, 브라이언이 재빨리 덧붙였다.

"어쩌면 내가 너무 냉혹했는지도 모르겠다. 이해해 줘. 나는 지금까지 인생의 대부분을 극장 근처를 맴돌며 살았거든. 그래서인지 이따금 그런 일을 하는 사람들에게 조금 냉소적인 면이 있어."

나는 브라이언에게 미소를 지었다. 나도 그런 게 어떤 것인지 알고 있었다. 브라이언이 내 미소에 화답하면서 말했다.

"너와 계속 같이 있을 수만 있다면 좋겠는데, 제니. 난 스태프라서 지금 당장 햄버거 뒤집으러 가 봐야겠어."

브라이언은 파빌리온과 공원 사이의 인도를 따라 세워 둔 석쇠 쪽으로 돌아갔다. 나는 캠프 참가자 몇 명이 모여 있는 정자를 지나서 잔디밭을 가로질러 개천 쪽으로 계속 걷다가 강변을 따라 난 오솔길을 따라갔다. 2미터 가까이 되는 갈대밭은 파빌리온 주위를 둘러싸듯 자란 것처럼 보였다. 갈대는 강변을 따라서 거의 다리까지 늘어선 목재 방벽에게 점차 자리를 내줬다.

언니가 죽은 후에 어머니는 우리 가족이 위스테리아에 가서 그 다리 밑의 강물에 꽃을 뿌렸으면 좋겠다고 생각하셨지만, 아버지는 그런 것을 못 견딜 것 같다고 말씀하셨다. 그래서 시드 아저씨와 우리 가족의 지인 한 분이 언니의 시신을 집으로 옮겨올 동안 우리 가족은 다함께 뉴욕의 아파트에 모여 있었다. 그리고 이제 나는 언니가 죽었던 바로 그 장소에 있는 나 자신을 마주해야만 했다.

어떤 식으로든 인생을 현저히 바꿀 만한 사건이 일어났던 장소일거라 예상했는데, 가까이 다가가서 보니 회색이 도는 파란색으로 칠한, 녹물이 들고 가장자리가 부스러진 낡은 콘크리트로 된 둥근 기둥들이 지탱하고 있는 조용하고 평범한 다리일 뿐이었다. 다리 밑의 그늘로 걸어 들어가면서, 리자 언니의 시신을 발견하고는 재빨리 물러났을 물가의 진흙과 돌들을 유심히 살펴봤다.

검은 옷을 입고 있는 남자애가 그곳에 있었다. 나는 다시 몸을 숙이고는, 그 애가 보일 정도로만 멀리 떨어졌다. 그 애는 손목을 무릎 위에 얹고 손을 가만히 늘어뜨린 채로, 다리 아래의 강둑에 앉아 개울을 가만히 응시하고 있었다.

그 애가 갑자기 내가 있는 쪽을 돌아봤다. 선명한 파란색 눈동자는 해질녘 다리 밑의 물색처럼 어두워져 있어서, 낮과는 다른 눈빛을 하고 있었다.

나는 그 애가 말하기를 기다리다가 결국 먼저 말을 걸었다.

"나 너를 극장 안에서 봤어."

그 애는 대꾸를 하지 않았다.

"너 발코니에 있었잖아."

그 애는 여전히 침묵을 지켰다.

"눈에 띄고 싶지 않기라도 한 것처럼 행동했잖아."

그 애가 내 말을 들으며 내게 집중하는 방식은, 마치 내가 알지 못하는 뭔가를 집어올린 것처럼 내 마음을 불편하게 만들었다.

"뭐하고 있었던 거야?"

나는 집요하게 물었다.

"이름 좀 알려 줄래."

그 애가 부드럽게 말했다.

"제니야. 제니 베어드. 내 질문에는 답하지 않았잖아. 뭐하고 있었는데?"

그 애가 일어섰다. 그 애는 180센티미터가 넘는 키에, 어깨가 넓고 몸집이 컸다. 그 애가 내 쪽으로 걸어오자, 나는 본능적으로 뒤로 물러섰다. 그 애는 그것을 깨닫고는 멈춰 섰다.

"나는 마이크 윌콕스."

심장이 약간 비틀리는 것 같았다. 언니의 남자 친구.

"제니 베어드, 넌 어디에서 왔어?"

"뉴욕."

"시 아니면 주?"

"시."

마이크가 말했다.

"그쪽 사람 억양이 아닌데."

그건 사실이었다. 엄마와 아빠의 단련된 발성과 우리 자매에게 하신 끊임없는 지도는 뉴욕 억양의 흔적까지 지워 버렸다.

"우리 가족은 여행을 많이 했거든. 아버지께서 계속 다른 직장에서 일하셨어. 그래도 지금은 맨해튼이 집이야."

"작년 캠프에도 맨해튼에서 온 여자애가 있었어, 그 애도 너처럼 훈련 받은 목소리로 말했지. 그 애 이름은 리자 몽고메리였어. 혹시 그 애를 아니?"

"아니. 그렇지만 그 애에 대해서라면 들은 적이 있어. 캠프 참가자들 사이에서 뜨거운 화제잖아."

나는 마이크와 지그시 눈을 맞췄다. 그 애가 얼굴을 찌푸리며 대꾸했다.

"그렇겠지. 네 질문에 답하자면, 나는 리자에 대해서 생각하고 있었어."

"그 애랑 가까운 사이였어?"

"아니. 그냥 친구 사이였어."

"하지만 난 분명히……."

나는 말을 하다 말았다.

마이크가 내 얼굴을 빈틈없이 관찰하고 있었다.

"분명히 뭐?"

"나는 네가 리자 몽고메리랑 사랑하는 사이였다고 들었거든."

배우의 손을 잘 살펴라. 아버지는 항상 우리에게 이렇게 말씀하셨다. 마이크의 얼굴은 침착했지만, 그 애의 손은 긴장하고 있었고, 주

먹을 꼭 쥐고 있었다.

"폴이랑 나를 헷갈린 것 같다."

"아니, 폴은 그 애에게 집착했던 거잖아, 애들이 그렇게 말하던걸. 너희들은 사랑에 빠졌고."

'리자 언니가 그렇게 말해 줬는걸.'

나는 속으로 덧붙여 말했다.

"다른 애들보다는 내가 더 잘 알 것 같은데."

마이크가 짧게 대답했다.

"오늘 극장에서 말이야, 혹시 들었어?"

내가 언니의 목소리를 모르는 것으로 해야 했기 때문에, 마지막 순간을 남겨두고 말을 망설였다.

"……목소리 말이야."

"네가 십이야의 대사들을 낭독하는 소리는 들었어."

"다른 소리는?"

그 애는 생각에 잠겨 나를 쳐다봤다.

"글쎄, 그 다음에 브라이언이 들어왔잖아."

"그 전에 말이야. 얼마나 오래 거기에 있었던 거야?"

"네가 말하기 시작하기 직전에 막 도착했어."

'어쩌면 그럴 수도 있겠지, 하지만 나는 그 전에 바스락거리는 소리를 들었는데.'

"왜?"

그 애가 물었다.

"그냥 궁금해서."

우리는 서로를 도전적인 태도로 쳐다봤고, 우리 두 사람 다 상대가 솔직하지 못하다는 것을 알아챘다.

“음, 슬슬 파티로 돌아가야겠다.”

“재밌게 놀아. 나는 여기 좀 더 있을 거야.”

그 애가 말했다.

“리자를 생각하면서?”

그 애가 고개를 끄덕이고는 덧붙였다.

“걔는 매우 재능 있는 애였어. 그리고 우린 친구이기도 했고.”

‘거짓말쟁이.’

나는 그 자리를 떠났다.

다섯

우리는 그날 저녁 8시 반쯤에 드라마 하우스로 돌아왔다. 여자애들 중 몇 명은 자판기에서 탄산음료를 뽑아서 수다를 떨기 위해 휴게실에 틀어박혔지만, 나는 내가 아닌 다른 사람으로 있는 것에, 항상 제니 베어드로서 어떻게 반응해야 할지에 대해 생각하는 일에 지쳐서, 내 방으로 도망갈 수 있다는 것이 기뻤다.

짐을 푸는 동안, 작년에 왔던 아이들이 리자 언니에 대해 말했던 내용들에 대해 생각해 봤다. 괴짜 남자애 하나가 언니에게 집착했다는 발상은 마음에 들지 않았다. 그리고 언니가 사랑에 빠졌던 남자애가 이제 와서 자기들은 친구 이상은 아니었다고 주장하는 것도 나를 괴롭게 했다.

'어쩌면 내가 언니의 이메일을 잘못 기억하고 있었을지도 몰라.'

그런 생각이 들어 나는 노트북을 꺼내서 언니가 보낸 기록들을 저장해 둔 폴더를 검색해 봤다. 창문 안의 의자에 옆으로 앉아서, 다리를 올리고 편지를 읽기 시작했다.

젠, 안녕!

난 드디어 여기에 도착했어. 이곳은 정말 멋져. 귀여운 남자애들이 이렇게나 많이 별 볼일도 없는 장소를 어슬렁거릴 줄은 몰랐거든. 운 좋게도, 귀여운 여자애들은 많지 않아. 그렇지만 우리 통금 시간은 정말 믿을 수가 없을 정도야. 오후 10시라니!!! 게다가 소등은 11시야!!! 나는 그제야 활기가 도는 시간인데 말이야. 나는 1층에 있는, 창문 옆에 의자가 있고(진짜 창문 옆 의자야! 제인 오스틴 나와라!) 밖으로 기어 나가기 좋은 다른 큰 창문 하나가 더 있는 정말 엄청나게 멋진 방을 배정 받았어. 10시에는 방 안에 있을 거지만 10시 5분에는 밖으로 나갈 거란다. 보고 싶어.

네가 그리워. 진짜 너무 그리워. 사랑해, L.

추신. 내 은 머리핀 좀 찾아서 나한테 보내줄래? 내 방 맨 위 서랍이나, 내 보석함, 아니면 침실 선반, 어쩌면 부엌에 있을지도 모르겠는데, 시드 아저씨 차도 찾아봐. 부탁해.

나는 한 뭉치의 메모를 계속해서 읽어나갔다. 스토다드 극장에 대한 묘사, 오디션 동안 일어났던 재밌는 일들에 대한 이야기, 그리고 워커 선생님에 대한 반발.

그 사람은 항상 나를 비판해, 젠, 다른 누구한테보다도 나한테 더 그래. 내가 다른 애들과 달리 그 사람의 바보 같은 욕설에도 움츠리지 않았기 때문에 그 사람을 화나게 만들었거든. 나는 그냥 그 사람을 노려보기만 했어. 조만간 그대로 돌려줄 거야. 그 사람은 자기가 브로드웨이에서 연출하고 있는 것 마냥 행동하는 별 것도 아닌 인간이라고. 누군가가 워커 선생님에게 자기 분수를 알려줘야 할 텐데. 아무래도 그게 내가 될 것 같네.

"군화 여사"에 대해서도 자주 이야기하고 있었다. 물론, 규칙을 따르는 것을 힘들어하는 리자 언니의 성격을 고려해 볼 때, 언니와 매기 선생님 사이에는 어느 정도 언쟁이 있었을 터였다. 언니는 브라이언은 좋은 사람이라고 생각했다. 폴에 대한 언급은 단 두 곳밖에는 찾을 수 없었다. 언니는 자신에 대한 폴의 관심을 알아채고는 있었지만, 그저 자기의 또 하나의 팬이라고만 여긴 것 같았다.

'아마 그 정도 일에 염려하기에는, 언니가 뉴욕에서 이상한 애들을 너무 많이 봐 온 건지도 몰라.'

언니는 케리와는 사이가 좋지 않았다.

잘난 척하는 속물 이야기를 해 줄게! 걔는 온 세상이 지루하다고 생각하는데, 내가 보기에는 궁극의 속물 근성이라고 말할 수 있지. 그 아이 부모는 그 애가 원하는 많은 것을 해 줬어. 그 애가 가질 수 없는 것은 제외하고 말이지.(이를 테면 폴처럼.) 걔는 모두들 앞에서 내 재스민 향수를 못 참겠다고 큰 소리로 말했다니까. 그래서 내가 그 애한테 말했지. 좋아, 그럼 내 근처 말고 저기 멀리로 떨어져 있지 그래, 그러면 향수를 맡지 않아도 되잖아, 우리 둘 *다* 행복하게 말이야!

나는 리자 언니가 마이크와의 관계를 로맨틱한 방식으로 표현한 것을 정확하게 기억하고 있었다. 언니는 마이크를 마이클이라고 불렀다.

"마이크라니까." 그 애는 계속 그렇게 말하지만, 나는 마이클이 더 어감이 좋은 것 같아.(마이크는 할인 마트에서 일하는 사람 이름이잖아.) 그 애는 너무나 매력적이고 멋진 진짜 남자야.(어두운 색깔의 머리카락, 정말 탐나는 파란 눈동자, 키가 크지만 비쩍 마른 햄릿 같은 체형은 아니야.) 우리는 진짜 사랑에 빠진 것 같지만, 둘 다 서로 조금 속이고 있어. 서로에 대한 경이로움을 지키는 건 언제나 좋은 일이기 때문에, 난 내게 관심을 가지는 다른 남자애들을 말리진 않았단다. 그렇지만 사실은, 젠, 이게 진짜 사랑이야!!! 네가 와서 믿기지 않을 정도로 멋진 내 남자친구를 봐야 하는데. 제발 어서 와 줘.

언니가 보낸 이메일의 나머지는 마이클과 언니가 함께 나눴던 순간들에 대한 묘사로 채워져 있었다. 맨 처음 언니의 편지들을 읽었을 때 언니가 마침내 진정 중요한 것을 찾아냈다고 생각했던 것이 기억났다. 언니는 격렬한 키스가 아닌, 자그마한 친절과 대수롭지 않은 상냥함을 로맨틱하게 이야기하곤 했던 것이다. 보통, 리자 언니는 언니 같은 인기인 스타일의 멋진 남자를 좋아하고, 언니와 그 남자가 서로에게 아첨 세례를 퍼붓는 것에 지쳐가다가, 마지막에는 흉하게 싸우곤 했다. 아마도 리자 언니가 마침내 내면까지 멋진 남자애를 사랑하게 된 것 같았다.

'어쩌면 나도 더 조심스럽게 대해야 했을지도 몰라. 마이크에게 언니에 대한 감정을 인정하라고 강요하지 말았어야 했는지도 몰라.'

편지들을 전부 읽고 마지막 이메일, 리자 언니가 죽던 날 점심시간 후에 보냈던 그 이메일을 읽을 차례가 됐다.

제니,

엄마랑 아빠께는 말씀드리지 마, 나 집에 갈까 생각하는 중이야. 두 분은 내가 프로덕션에서 나가는 걸 원치 않으실 거라는 건 알지만, 그래야 할 것 같아. 누군가를 너무나 상처 입혔는데, 그걸 어떻게 풀어 줘야 할지를 모르겠어. 정말 모르겠어.(고의는 아니었어.) 너무나 끔찍해. 너랑 얘기를 꼭 하고 싶어.

1시 20분에 리허설이 시작돼. 나중에 얘기하자, L.

리자 언니가 상처를 준 사람이 누군지, 나는 도무지 알 길이 없었다. 나는 그 편지를 경찰에게 보여 줬지만, 그 사람들은 그저 평범한 고등학생들의 일이라고 일축했다. 연쇄 살인마의 범행 양식이 밝혀졌고, 피해자들은 무작위로 나타났다. 경찰은 리자 언니를 알고 있고, 개인적인 범행 동기를 가졌을 용의자들을 수사하지 않았다.

나는 그날 무슨 일이 일어났던 것인지 다시 한 번 궁금해졌다. 언니는 자신이 폴에게 상처를 줬다는 것을 갑자기 깨달았던 걸까? 언니와 마이크 사이에 뭔가 있었던 것은 아닐까? 어쩌면 마이크가 이제 와서 언니와의 관계를 부정하는 이유가 그것일지도 모른다. 아니면, 언니가 워커 선생님이 충격을 받을 만큼 심한 공격이라도 했던 걸까? 언니는 자신이 생각하는 것보다도 더 언어 능력이 뛰어났고 가끔 언니의 말 속엔 잔혹한 가시가 있었다.

나는 그날 밤에 언니가 남긴 전화 메시지를 확인하기 전까지 내 이메일을 확인해 보지 않았었다. 만약 내가 더 일찍 이메일을 확인했더라면, 언니가 창밖으로 몰래 빠져나가기 전에 언니와 연락이 닿았을 수도 있었다. 만약 리자 언니가 나를 위스테리아로 초대했을 때 내가 왔더라면, 언니가 어떤 곤경에 처해 있었더라도 빠져나오도록 도와줄 수 있었을 거였다. 언니와 내가 함께 있었다면 살인범이 돌아다니던 날 밤에 언니가 밖에 나가지 못하도록 막을 수 있었을지도 몰랐다.

나는 노트북을 끈 후에, 침대 맡에 있는 램프를 끄고 다시 창가 자리로 올라갔다. 여름밤의 소리와 열린 창문에서 흘러나오는 음악과 웃음소리가 들렸다. 나방 한 마리가 내 앞의 방충망 쪽으로 재빠르게 날아들었다. 피곤하지 않았는데, 눈꺼풀이 나방처럼 나풀거리는 것 같은 느낌이 들었다. 서늘한 미풍이 불었고 머리가 점점 가벼워졌다. 너무나 가벼워서 내 어깨 위에서 떠올라갈 수도 있을 것 같았다. 눈을 감고, 부드러운 방충망에 머리를 기댔다. 낯설고 질감이 없는 어둠 속으로 정신이 미끄러져 들어갔다. 어둠의 가장자리는 창백한 파란 불빛으로 희미하게 빛나고 있었다.

몸이 홱 움직였고 의식을 찾자, 빠르고 거친 내 숨소리가 들렸다. 마치 빠른 속도로 달리기를 하고 있는 것 같은 느낌이었다. 내 옆구리를 잡고 마사지를 했다. 작은 소음이라도 내게 될까 두려워서, 호흡을 진정시키려고 애를 쓰며 입을 벌렸다.

내가 있는 곳은 강가의 습지였다. 개천의 냄새를 맡을 수 있었고 발밑의 땅이 부드러운 진흙이라는 것을 느낄 수 있었다. 기둥에 떠받쳐진 지붕 같은 구조물이 어두운 곳에 걸쳐 있었다. 기둥을 훑고 지나가는 물의 찰랑거리는 소리가 들렸고, 위쪽에서 발자국 소리가 났다. 두려움이 칼날의 섬광처럼 나를 스치고 지나갔다.

나는 얕은 물속으로 느리게, 잔물결의 소리조차 나지 않을 정도로 걸어 들어갔다. 젖은 땅을 가볍게 철벅거리는 소리가 들렸고, 진흙이 신발을 빨아들였다. 나를 뒤쫓는 여성인지 남성인지 알 수 없는 사람이 가까이에 있었다. 구름 낀 밤이어서 사람의 얼굴이나 체형도 잘 보이지 않았다. 나는 기둥들 중 하나의 뒤에 숨었다.

그 사람이 살금살금 돌아다니다가 귀를 기울이고, 살금살금 돌아다니다가 귀를 기울이며 조심스럽게 걷는 소리가 들렸다. 그 사람과 나 사이의 거리는 오륙 미터 정도밖에 남지 않은 것 같았다. 내가 움직이면, 그 사람은 곧바로 내가 어디에 있는지 알게 될 거였다. 그렇지만 내가 더 오래 기다린다면, 함정에 걸릴 수도 있었다.

나는 달아났다. 추적자는 고양이처럼 빠르게 내 뒤를 쫓았다. 나는 발을 헛디뎌서 물이 줄어든 하천의 진흙에 철퍽 빠지면서 앞으로 넘어졌다. 나는 허둥지둥 네발로 기어서 다시 앞으로 나아갔다.

갑작스레 넘어지자 정신이 번쩍 들었고, 넘어지면서 쓸려서 화끈

거리기는 하지만 내 무릎이 메말라 있다는 것을 깨달았다. 나는 드라마 하우스에 있는 내 침실의 창가 자리에서 굴러 떨어져서 문 쪽으로 움직이고 있었다. 여기는 개천가의 진흙 수렁이 아니었다. 나는 안전했다.

나는 여전히 너무 놀란 상태여서 침대 맡의 램프를 켜려고 애쓰면서 마구잡이로 두드렸다. 잠자리로 들어가서 7월의 열기에도 불구하고 덜덜 떨면서, 이불을 턱까지 추어올렸다. 나는 다시 램프에 손을 뻗었다. 희미한 전구의 불빛으로부터 어둠이 물러섰지만, 나는 감히 방의 구석을 쳐다볼 엄두도 내지 못했다. 방구석의 그늘이 푸른빛…… 오늘 오후의 극장 조명 같은 푸른빛이자 내가 방금 본 악몽의 시야 가장자리 같은 그 푸른빛으로 변하는 것은 아닐까 하는 두려움 때문에.

'그건 그냥 꿈이었어.'

나는 자신에게 말했다.

'언니가 죽은 곳을 봤으니 이런 건 자연스러운 일이야. 하지만 그 푸른빛은……. 제발, 다시는 보이지 않았으면.'

어렸을 때 나는 끔찍한 악몽들을 꾸곤 했는데, 그것들은 현실에서는 본 기억이 없는 사람들과 사물들이 나오는, 무섭다기보다는 기이한 꿈들이었다. 그런 꿈들에는 모두 기이한 푸른빛이 드리워져 있었다. 겁에 질려 그 꿈에서 깨어나면 나는 언니에게 꿈에 대해 말했고, 언니는 팔을 둘러 나를 안아 줬다. 가끔 언니는 나에게 자기도 같은 꿈을 꾼 적이 있다고 말해 주곤 했다. 내가 더 나이가 들면서 언니의 말을 믿지 않게 되었지만, 아직도 언니의 말은 내가 혼자라고 느끼지 않도록 해 주었다.

"좋은 꿈 꿔."

리자 언니는 항상 나를 달래며 잠자리에 다시 들도록 포근히 감싸줄 때면 그렇게 말했다.

"너랑 나를 위한 좋은 꿈만 꾸렴."

그러고 나면 결국 악몽은 그쳤다.

이제 나는 식은땀을 흘리며 덜덜 떨면서, 이불 아래서 몸을 조그맣게 웅크리고 있었다. 그 어느 때보다 더 리자 언니를 그리워하며, 왜 악몽이 다시 돌아왔는지 의구심을 가진 채로.

여섯

다음 날 아침 8시 반에 우리는 스토다드 극장의 객석에 모였다. 워커 선생님은 무대 뒤의 계단으로 나타나서, 무대를 성큼성큼 가로질러 걸어오더니 멈춰 섰다. 그는 마치 손님이 사과 무더기에 손을 뻗기 전에 사과들을 주의 깊게 눈여겨보듯이, 우리를 천천히 훑어봤다. 우리들의 초조한 재잘거림이 잦아들었다.

"오, 수줍어할 것 없다."

워커 선생님이 말했다.

매기 선생님이 출석을 확인했다. 내 자리에서 두 줄 앞, 마이크 옆자리에 폴 맥크레이라고 부르자 대답한 남자애가 앉아 있었지만, 나에게는 그 애의 목덜미까지 굽이치는 숱이 많은 갈색 머리 뒤통수만 보였다. 매기 선생님은 우리의 왼쪽 어깨 밑에 붙일 수 있도록 접착제가 붙은 이름표를 나눠줬다. 명찰을 오른쪽에 붙인 아이들은 고쳐

닫았다. 브라이언은 책을 나눠줬다.

"책을 받자마자 이름을 적도록 해."

매기 선생님이 지시했다.

"케이티, 대본 잃어버리면 다시 주지 않을 거야."

"저 아줌마는 잊는 법도 없다니까."

케이티라는 이름의 소녀가 샤나에게 작은 목소리로 말했다.

워커 선생님은 계속해서 우리를 자세히 관찰하더니, 반달형 안경을 쓰면서 말했다.

"좋아, 다들. 모두 『한여름 밤의 꿈』은 익숙할 테니 자세히 알고 완벽하게 준비했으리라 생각한다. 모두들 오디션을 통해 나에게 깊은 인상을 남기고 싶겠지. 시작한다."

"잠시만요, 워커."

그는 안경 너머로 눈을 치켜떴다.

"매기."

"줄거리는 확인하고 시작하는 게 좋을 것 같아요."

그의 입술이 작은 활 모양을 그리며 미소를 지었다.

"당신이 뭘 하고 싶다고 생각하든지 이미 내 허락을 받은 거나 마찬가지요. 그동안에, 난 오디션을 시작하겠소."

"선생님이 중간에 줄거리를 확인하는 것을 선호하기 때문에, 모두들 헷갈려한다는 것은 이미 분명해졌잖아요, 작년에도 그랬고, 그리고 재작년에도, 그리고 그 전 해에도 그랬잖아요?"

"저 아줌마는 절대 안 잊는다고 말했잖아."

케이티가 속삭였다.

워커 선생님이 한숨을 쉬더니, 우리를 쳐다봤다.

“내가 실수로부터 배운다고 생각했는데. 하지만 매기를 계속 조연출 감독으로 정한 것도 나지.”

다들 소리죽여 웃었다. 나는 매기 선생님을 힐끔 쳐다봤지만, 그녀는 아마도 그가 다음에 어떤 행동을 할지를(정확하게 그녀가 제안한 대로 할 것을) 알고 있었기에, 신경 쓰지 않는 것 같았다.

워커 선생님이 우렁찬 목소리로 말했다.

“다들 이미 알고 있겠지만, 이 연극에는 네 명의 연인이 등장한다. 두 남자, 라이샌더와 디미트리어스는 모두 허미아를 사랑하지. 허미아는 라이샌더와 사랑하는 사이지만, 허미아의 아버지는 디미트리어스를 그녀의 남편감으로 선택했어. 한편, 불쌍한 헬레나는, 허미아의 친구인데, 디미트리어스를 가망도 없이 짝사랑하고 있고. 알겠나?”

우리는 고개를 끄덕였다.

“모든 불행한 연인들이 그러하듯이, 허미아와 라이샌더는 도망칠 계획을 세운다. 헬레나는 허미아와 라이샌더의 도주를 디미트리어스에게 알려 주면 그에게 점수를 딸 수 있을 거라고 생각하지. 자, 그래서 어떻게 되었을까? 허미아와 라이샌더는 숲으로 달아나고, 디미트리어스는 허미아의 뒤를 쫓고, 헬레나는 디미트리어스의 뒤를 따라가지. 이렇게 해서 한밤중에 네 명의 남녀가 아테네의 숲을 헤매게 되는 거지.”

워커 선생님은 줄거리를 설명하는 동안 대본을 들고 몸짓을 하면서 무대를 성큼성큼 돌아다녔다. 그는 자신이 셰익스피어라도 된 것처럼 우리의 주의를 끌었다.

"이제 요정들이 등장한다. 오베론은 요정왕이고, 티타니아는 여왕이다. 그들은 결혼한 사이고 다투는 중이야. 오베론은 질투가 심하고, 마음에 복수심을 품고 있지. 그에게는 매우 짓궂은 요정 부하인 퍽이 있는데, 퍽의 도움을 받아서, 잠든 자기 부인의 눈에 마법이 깃든 꽃으로 만든 즙을 바를 계획을 세우지. 티타니아가 잠에서 깨어 눈을 뜨자마자 본 첫 번째 사람이든, 짐승이든, 뭐든지 간에 미친 듯이 사랑에 빠지게 되는 거지."

아이 두 명이 이제야 어떻게 돌아가는 이야기인지 알고는 킥킥거렸다. 그 아이들은 그 연극을 읽은 적이 없거나, 읽었더라도 제대로 읽지 않은 것 같았다. 매기 선생님은 자신의 일을 잘 파악하고 있었던 것이다.

워커 선생님이 계속해서 말했다.

"자 이제, 그날 밤 티타니아가 사랑에 빠질 재미있는 후보자들이 등장한다. 우리가 '촌놈들'이라 부르는 갈팡질팡하는 여섯 명의 남자들이 아테네 공작의 결혼식에서 공작에게 바칠 연극 리허설을 숲에서 하고 있지. 그 공작의 결혼식이 전체 연극을 끌어안는 액자 구조야. 퍽은 재미로 촌놈들 중에 하나를 골라서 사람 머리 대신에 당나귀 머리를 한 괴물로 변신시키고, 바로 그놈을 티타니아가 눈을 뜨자마자 보게 되는 거지.

연인들에 대해 말하자면, 오베론은 그들의 문제를 풀기 위해서 퍽에게 꽃 즙을 이용하라고 지시를 내려. 디미트리어스가 헬레나를 사랑하도록 만들어서, 네 명이 공평하게 짝을 이루도록 말이야. 불행하게도, 퍽이 남자들을 헷갈리는 바람에 완전히 상황이 반전되고 말

아. 디미트리어스와 라이샌더가 이번에는 둘 다 헬레나를 사랑하게 되고 그녀를 뒤쫓는 동안, 허미아는 차가운 바닥에 남겨지게 되는 거지. 알겠지?"

우리는 모두 다시 한 번 고개를 끄덕였고 워커 선생님은 무대 계단에서 의외로 날렵하게 획 뛰어내렸다.

"자, 매기, 이제 시작해도 되겠소?"

"안 그래도 기다리는 중이에요."

그녀가 웃으며 대답했다.

워커 선생님은 두 남자와 두 여자의 여러 가지 다른 조합을 시도하면서, 연인들의 배역을 배정하는 것부터 시작했다. 마이크가 낭독하는 것을 보면서, 나는 그 애의 실력에 놀랐다. 그 애의 기량이 작은 고등학교 연극에서나 배역을 얻을 정도로, 잘생긴 외모에 딱 맞거나 그보다 조금 더 나은 수준일 거라고만 생각했기 때문이었다. 내가 틀렸거나 아니면 아무래도 연인들의 역할이 그 애에게는 꽤나 자연스럽거나 한 것 같았다. 나는 주변을 힐긋거렸다. 그 애에게서 눈을 떼기 힘들어하는 여자애가 나 하나뿐인 것은 아니었다.

"제니 베어드."

나는 대답을 하지 않았다. 나는 그 이름에 단번에 반응할 수 있을 정도로 익숙하지 못했다.

"베어드 양."

워커 선생님의 목소리가 천둥처럼 낮게 울렸다. 샤나가 내 옆구리를 찔렀다.

"워커 선생님. 제가 제니에 대해서 말씀드렸잖아요, 기억하시죠?"

브라이언이 조용한 목소리로 끼어들었다.

워커 선생님은 우리 모두에게 배우가 어떻게 해서 관중들이 다음 대사를 기다리게 만드는지를 몸소 보여 주며, 매우 느린 움직임으로 브라이언을 돌아봤다.

"기억한다. 베어드 양, 이리 올라와."

나는 내 책을 들고 무대 계단을 올라가 워커 선생님에게 말했다.

"연습은 할 수 있어요. 하지만 실제로 공연이 시작되면 끔찍한 무대 공포증이 와요."

워커 선생님은 내 말은 듣지도 않은 것처럼 대꾸했다.

"2막 2장, 퍽이 퇴장한 후."

브라이언은 그를 쳐다보더니 고개를 저었다. 워커 선생님이 무대 위로 올라온 내게 말했다.

"헬레나. 너는 자고 있는 라이샌더 앞에 막 등장한 거야. 넌 퍽이 그의 눈꺼풀에 마법의 즙을 바른 것은 모르고, 라이샌더가 깨어나서 맨 처음으로 보는 것이 바로 너다, 그가 사랑하고 있는 허미아가 아니라. 그는 지금부터 미친 듯이 사랑에 빠지게 되는 거지. 무슨 일이 벌어진 건지 모르는 상태에서, 너는 그가 널 놀리고 있다고 생각해. '그런데 여기 있는 건 누구지?' 이 부분."

마이크는 무대 바닥에 눕고 나는 그 위로 허리를 구부리고서, 자리를 잡았다. 내가 먼저 시작했다.

"그런데 여기 있는 건 누구지? 라이샌더! 땅바닥에?
죽은 건지 잠든 건지? 피는 안 보이고, 상처도 없네.

라이샌더, 살아 있거든, 이보세요, 부디 일어나요."

마이크는 눈을 뜨더니 재빨리 일어나서 열렬한 반응을 보였다.

"'그리고 달콤한 그대를 위해서라면 불 속에라도 뛰어들겠소.'"

나는 눈을 깜빡거리고 뒷걸음질을 쳤다. 믿기 어려울 정도로 파란 그 애의 눈동자와 나에게 집중하는 그 애의 강렬함이 가슴을 철렁하게 만들었다. 마치 내 발 밑에서 갑자기 나타난 엘리베이터 안에 있는 것 같은 기분이 들었다. 내가 할 수 있었던 거라곤 그 애를 놀란 눈으로 쳐다보는 것밖에 없었다. 물론, 헬레나의 성격상으로도 똑같은 반응을 했을 테지만. 나는 연기하고 있는 것이 아니었지만, 그렇게 보였을 터였다.

"'알기 쉬운 헬레나.'"

마이크가 무릎을 꿇으면서 그 애의 눈, 그 애의 전부를 내게 집중하며 연인들이 하는 방식으로 부드럽게 대사를 시작했다. 내 심장은 휙 뒤집혔다 늘어졌다 하면서 이상하게 고동치고 있었다. 나는 마이크에게 대한 나의 본능적인 방응을 이해하려고 애썼다. 연극에서는, 헬레나도 라이샌더를 이해하려고 힘겹게 버둥거렸다.

나는 라이샌더에게 왜 그가 그의 연인 허미아와 행복해져야 하는지에 대해 예의바르게 말해 줬다.

마이크가 대답했다.

"'허미아에 만족하라고? 아니, 나는 그녀와 허비했던 지루한 시간들을 후회하오.'"

그 애가 손을 내밀어 내 얼굴을 쓰다듬었다. 나는 가볍게 스친 그 애의 손길에 흥분해서 볼이 분홍빛으로 물드는 걸 느낄 수 있었다. 물론 헬레나의 볼도, 갈수록 라이샌더에게 화가 나서 점점 달아올랐을 것이다.

"'허미아가 아니오, 내가 사랑하는 건 헬레나라오. 어느 누가 비둘기를 까마귀와 바꾸겠소?'"

하지만 까마귀는 나고, 리자 언니가 그 애의 비둘기였다고 말하고 싶었다. 나는 연극과 현실 사이에 끼어 혼란을 느끼며 재빨리 일어섰다. 그 애는 자신의 손이 그리할 수 없는 것을 자신의 눈으로 담고 소중히 간직하기라도 할 것처럼 나를 응시했다. 나는 이것이 연기라는 사실을 다시 상기했다.

마침내 그 애가 마지막 대사를 했고, 나는 정신을 가다듬었다. 화가 났다. 자신의 눈빛과 목소리를 그런 식으로 사용하는 그 애에게 화가 났고, 그 저주의 주문에 걸려든 내게 더욱 화가 났다. 지금까지 이런 식으로 대사를 하는 수많은 배우들을 봐 오지 않았던가? 언니를 알고 싶어서 나를 좋아하는 척했던 녀석에게, 한 명도 아니고 두 명에게 속은 적이 있지 않았던가?

분노가 내 안에서 막 끓어오르고 있는 것처럼, 불쌍한 헬레나에게서 터져 나왔다.

"'무슨 이유로 내가 이런 신랄한 조롱을 견뎌야 하나요?'"

나는 소리쳤다. 얄궂게도, 완전히 배역과 들어맞았다.

내가 할 말을 마치면서, 정확하게 헬레나가 그래야 했던 것처럼, 재빨리 퇴장했다. 사실, 내 자리로 뛰어서 돌아가고 싶었지만, 워커 선생님이 내려가게 해 줄 때까지 기다렸다.

그는 마이크를 보고 나서 나를 보더니, 브라이언 쪽을 봤다.

"네 새로운 베스트프렌드는 그다지 수줍음을 타는 것 같지 않은데. 오히려 재능이 있는 것 같구나."

"저는 그 애가 재능이 없다고 말한 적은 없는데요."

브라이언이 태연하게 말했다.

"너희 둘은 됐다. 우선은."

워커 선생님이 우리에게 말했다.

마이크는 무대 왼쪽 계단으로 향했고, 나는 오른쪽 계단 쪽으로 갔다.

워커 선생님이 린을 불러 허미아의 대사를 하라고 했다. 그 애는 상대역을 맡은 남자아이가 돋보이도록 하는 역할을 잘했다. 샤나는 헬레나와 티타니아 여왕을 해 봤고, 그 다음으로 케리가 오베론 역을 맡은 폴의 상대역인 여왕의 대사를 했다.

워커 선생님이 중간에 그 애에게 말했다.

"억양이 나오잖아, 케리. 그 사랑스러운 영국식 저지 억양은 뉴욕을 위해서 아껴두지 그러냐. 거기 사람들은 뭐가 어떻게 다른 건지도 모를 테니까."

폴은 오베론 역을 맡을 운명인 모양이었다. 그 애는 모델처럼 훌륭한 얼굴이었지만, 그 얼굴에는 뭔가 헛된 면이 있었다. 폴의 초록색 눈은 질투심과 복수심에 불타는 요정들 왕의 그것으로 그늘져 있었다. 그 애의 몸은 호리호리했지만 록 스타처럼 강단 있게 단단했고, 그 애의 손은 강인하고 감정을 표현하고 있었지만 너무 가늘었고, 그 가느다란 손가락이 그 애의 잔혹함을 시사하는 것만 같았다.

점심시간 전까지 "안 하는 게 낫겠다."던 가장 무거운 소년, 토마스를 제외하고 모두가 대본을 읽어 봤다. 나는 워커 선생님이 배려하는 모습을 보여 주고 있거나, 아니면 연극을 위한 매력적인 무대 디자인을 제안했던 녀석을 힘겹게 하는 것보다는 더 나은 방법을 알고 있는 모양이라고 생각했다. 하지만 내가 틀렸다. 워커 선생님은 점심시간이 끝나고 우리가 다시 모이자마자 말했다.

"됐다, 토마스. 네게 엄청난 기회를 주마."

토마스는 오후의 나른한 잠에 막 빠져들려다가 깨어난 것처럼 깜짝 놀랐다.

"일어나. 네가 오베론이다."

고참 무리 쪽에서 소리 죽여 키득거리는 소리가 들렸다. 토마스가 어떤 역이든지 연기한다면, 촌놈들 중 하나여야만 할 거였다. 발에 마법이라도 걸린 것처럼 무대를 활보할 수 있는 방법이 그 애에겐 없었다.

"폴, 네가 퍽을 맡아."

워커 선생님이 말했다.

두 사람 사이의 대조가 현저했기에, 나는 워커 선생님이 순전히 자신의 재미를 위해 그들을 짝지은 것이 아닌지 궁금해졌다.

"킴벌리, 네가 허미아다."

금발의 소녀가 피식 웃으면서 무대로 향했다.

"마이크, 너는 다시 디미트리어스. 3막 2장."

배역이 꾸려지자 워커 선생님이 말했다.

"퍽은 오베론에게 돌아와서 자기가 어떻게 마법의 즙을 썼는지를 보고하는 중이다. 디미트리어스와 허미아가 등장하고, 그걸 오베론과 퍽이 발견하고는 연인들의 잘못된 사랑의 방향을 고쳐 주려던 퍽이 엉뚱한 남자에게 마법의 즙을 발랐다는 것을 알게 되지. 알겠지? 처음부터 해 보자, 오베론. 오베론?"

토마스는 극도로 흥분해서 3막을 찾으려고 책을 넘기고 있었다. 그 애가 더 빨리 그 장면을 찾으려고 애를 쓸수록, 찾기가 더 어려워졌다. 킴벌리는 짜증스럽게 픽 웃었다. 폴이 결국 대본을 잡아채서 그 페이지를 찾았다. 그 애가 책을 토마스의 얼굴에 거칠게 들이밀어 돌려주자, 마이크가 당황한 소년에게 다가가 몸을 숙이더니 페이지를 손가락으로 훑어줬다. 나는 그 애가 작게 말하는 걸 들었다.

"넌 여기에서 시작하는 거야. 그 다음에 허미아랑 내가 등장하고…… 알겠지? 너는 내가 자려고 누울 때까지 아무 말도 안 하면 돼. 알겠지?"

토마스는 고개를 끄덕였다. 마이크가 무대의 자기 위치로 돌아가길 기다리지도 않고, 토마스는 내가 지금까지 들은 것 중에 가장 괴로운 목소리로 대본을 읽기 시작했다.

"나는 티탄이 깨어났는지 구…… 궁금……."

"티탄이 아니라 티타니아! 그녀는 요정이야, 미식 축구팀이 아니라고."

워커 선생님이 소리 질렀다.

아이들이 웃었다.

"……티타니아가 깨어났능지……."

그 애는 자신이 어떻게 '났능지'라고 발음했는지도 모르고 부서진 콘크리트 조각에 발부리라도 걸린 것처럼 비틀거렸다. 자신의 등장을 기다리던 킴벌리는 눈을 부라리더니 관객석에 있던 친구들에게 얼굴을 찡그려 보였다.

운 좋게도, 퍽의 긴 대사가 이어졌다. 폴이 대사를 하는 동안 토마스가 입술을 달싹거리며 자신의 다음 대사를 너무나 열심히 연습하는 바람에, 운 나쁘게도 조그맣게 소리가 새어나왔다. 폴은 자기 대사 중간에 멈춰 버렸다.

"지금 여기에서 우리 둘 중에 누가 말하는 중이지?"

폴은 웃기보다는 짜증을 내며 물었다.

토마스는 계속해서 자신의 대사를 연습했다. 너무 집중하다가 자기 차례를 잊어버리는 바람에, 이제는 무대가 조용해지기는 했다.

"오베론!"

워커 선생님이 고함을 쳤다.

토마스는 고개를 들었고 즉시 자신의 순서를 잊고 말았다. 다시 자신의 부분을 알아차렸지만, 그 애의 목소리가 심하게 떨렸다. 그 애는 마이크와 킴벌리의 등장 전의 마지막 대사까지 읽었지만, 등장 장면을 통과시킬 것처럼 보이지가 않았다. 마이크와 킴벌리 사이의 대화가 오고가자, 토마스의 얼굴은 점점 빨개졌다. 그 애는 울음을 터뜨릴 것 같은 표정이었다. 그 애의 몸집과 뻣뻣한 눈썹을 고려했을 때, 끔찍한 광경이 될 것 같았다. 토마스가 눈을 깜빡거리기 시작했다. 그 애는 절대로 이 순간을 잊을 수 없게 될 거였다.

나는 일어섰다.

"저기요, 저기요."

막 자신의 대사를 마친 마이크가, 다른 모두와 마찬가지로, 놀라면서 돌아봤다.

"괜찮다면 제가 퍽을 해 보고 싶은데요."

무대 공포증이 있는 사람으로서는 너무나 이상한 요청이었다. 브라이언은 도저히 이해할 수 없다는 얼굴이었다. 매기 선생님은 나의 개입에 얼굴을 찌푸렸다. 하지만 워커 선생님은 예리한 표정으로 나를 관찰했다. 그는 토마스가 마음의 평정을 되찾을 동안 내가 사람들의 주의를 돌리려는 시도를 하는 중이란 것을 알고 있었다.

"베어드 양, 그렇다면 지금 그놈의 오래되고 위협적인 무대 공포증이 사그라지고 있는 것 같다는 건가, 그래?"

워커 선생님이 말했다.

나는 시야 한구석으로 토마스를 곁눈질했다.

"그런 것 같아요."

"좋아, 폴, 앉아."

폴은 갑작스러운 변화에 허를 찔린 듯, 잠시 워커 선생님을 쳐다보더니 입술을 꾹 다물고, 나를 향해 오싹한 미소를 지으면서 느릿하게 무대에서 내려왔다. 그 애가 느린 걸음으로 내려와서 토마스가 이성을 찾을 시간을 벌어 준 것에 감사하며, 나는 폴을 무시했다. 나는 무대로 올라가기 전에 재빨리 허리를 구부렸다 폈다. 무대에 올라가서는 모두에게 바보같이 보일 것 같은 등, 팔목, 발목 등을 푸는 운동을 하면서 토마스에게 더 시간을 벌어 줬다.

"처음부터 시작할 거다."

워커 선생님이 말했다.

‘물론, 다시 한 번 토마스에게 창피를 주자는 뜻이겠지.’

그렇지만 토마스의 눈은 이제 맑아져 있었다. 만약 내가 그 애와 함께 연기를 하면서 이 연극에 약간의 가벼움을 줄 수만 있다면, 그 애는 이 상황을 견뎌낼 수 있을 것이고 이 캠프에서 살아남을 수 있는 기회를 얻게 될 터였다. 내가 내 대본을 그 애의 발아래 내려놓고 그 애에게 한 발자국도 움직이지 말라고 말하자, 토마스는 호기심에 찬 눈으로 나를 쳐다봤다. 나는 무대 옆으로 물러나서 내 샌들을 벗었다. 워커 선생님은 자기 자리로 돌아가 앉아서, 팔짱을 끼고서 내 다음 행동을 기다리고 있었다.

토마스는 그 애의 첫 대사 세 줄을 조금 덜 더듬거리면서 읽었다. 나는 그 애와 나 사이의 거리를 눈대중으로 재면서 그 애의 대사를 들었다. 신호가 떨어지자, 나는 앞으로 달려 나가 휙 뛰어올라 손으로 바닥을 짚어 재주를 넘고 앞으로 회전한 후 몸을 트는 체조의 한 동작을 하면서 토마스의 코앞에 착지했다. 그 애가 웃었다.

“‘여기 나의 전령이 왔구나. 이제 어찌 되어가고 있느냐? 정신없는 요정아.’”

토마스가 여전히 웃음기가 어린 대사를 했다. 그건 그 애의 배역에 잘 맞아떨어졌다.

나는 음악에 맞춰 정해진 체조 동작은 해 봤지만, 셰익스피어의 약강 5보격(강세가 약강의 순서로 반복되는 5음보를 한 단위로 하는 영미시의 운율로 셰익스피어의 대사 중 강조하는 부분이나 독백 등에 쓰인다—옮긴이)에 맞춰서는 해 본 적이 없었다. 오베론에게 하는 보고는 29줄로 계속 이어졌다. 나는 쉬운 곡예만 했고 내 대본은 완전히 짓뭉개 버렸지만, 모두가 즐거워하도록, 무엇보다도 토마스가 즐기도록 했다. 그 애가 자기에게 주는 신호를 놓치게 되면 내가 슬쩍 그 아이의 옆구리를 찔러 줄 수 있도록 되도록 가까이에서 마무리를 지어야겠다고 생각했지만, 그 애는 내 대사를 받을 준비가 되어 있었다. 우리는 짧은 대사를 소화해 냈고, 마이크와 킴벌리가 등장해서 그 애들의 분량을 연기했다. 그러고 나서 다시 우리 차례가 돌아왔고, 남은 분량은 토마스가 아직 읽어 보지 못한 곳이었지만 그 애는 잘 해냈다. 아무래도 더 안정이 된 덕분인 것 같았다.

우리가 연습을 마쳤을 때, 아이들 몇 명이 박수를 쳤다. 워커 선생님은 한마디도 하지 않고, 그저 다음 그룹의 시험에 착수했다. 분명 내가 그를 화나게 한 것 같았다. 마이크가 무슨 생각을 하고 있을지 궁금해졌다. 나는 그 애를 쳐다보지 않도록 주의했다. 그 애가 인정해 주길 바라다니, 너무나도 언니와 경쟁하는 것 같은 느낌이었다.

배우들을 다른 조합으로 시도하는 워커 선생님의 오디션은 계속됐다. 그는 내일까지 연극 대본을 다시 한 번 읽어 오라고 지시하면서, 원래보다 30분 빠른 시각인 4시에 우리를 해산시켰다. 배역진은 아침에 게시된다고 했다.

브라이언은 아이들에게 뒷문으로 내려가는 길을 알려줬고 우리는 조용히 줄지어서 빠져나왔다. 내가 바깥의 잔디밭에 이르자, 누군가가 뒤에서 내 팔을 아플 정도로 세게 붙잡고는 나를 거칠게 잡아당겨서, 억지로 뒤돌아서게 했다.

"그 역은 내 거였어."

폴이 말했다.

내가 펙 역을 맡고 싶었던 게 아니라고 주장할 수도 있었지만, 폴은 내 말을 믿지 않을 것 같았다. 그리고 내가 왜 그 장면을 방해했는지를 설명한다면, 토마스를 당황하게 만들 터였다. 그래서 나는 그 애에게 이렇게 말했다.

“내 이름은 제니야. 나랑 얘기하고 싶으면, 이름을 불러, 알겠어?”

“내가 얘기하고 싶었던 여자애는 단 한 명뿐이야.”

나는 그게 누군지 짐작할 수 있었다.

“네가 여기에 새로 왔으니까 말인데, 제니, 너한테 충고 하나 해주겠어.”

그 애는 내 이목구비 중에서 언니와 유일하게 닮은 내 입을 응시했다.

“발밑을 조심해. 사람들과 너무 많이 말장난을 하지 말고. 워커 선생님에게 대들지 마. 작년 여름에 너처럼 행동했던 재능 있는 여배우가 있었는데, 걔는 결국 죽었거든.”

한순간 나는 아무 말도 할 수 없었다.

“리자 몽고메리를 말하는 거라면, 그 애는 연쇄 살인마에게 당한 거라고 알고 있는데.”

폴이 나를 앞질러가며 대답했다.

“그건 사람들이 하는 말이고. 그건 사람들이 하는 말일 뿐이야.”

일곱

케리와 마이크가 서둘러서 폴을 따라가고 캠프 참가자들이 줄지어 그 뒤를 따랐다. 브라이언과 오해를 푸는 것이 좋겠다는 생각이 들었다. 그가 혼자 있는 시간이 적당할 거라는 생각에, 나는 스토다드 안으로 다시 고개를 들이밀었다. 그는 깊은 생각에 빠져, 열쇠 꾸러미를 쨍그랑거리면서 1층의 홀로 걸어가고 있었다.

"이야기 좀 할래?"

브라이언이 돌아봤다.

"그래. 무슨 일인데, 제니?"

"사과하고 싶어서. 내 무대 공포증 이야기에 말려들게 하지 말았어야 했는데."

"괜찮아."

브라이언이 장담했다.

"그리고 퍽을 연기한 거에 대해서 설명하고 싶어서."

브라이언이 싱긋 웃었다.

"내가 잠깐 혼란스러웠던 건 인정해야겠네, 그래도 네가 그 뚱뚱한 녀석을 구해 주려고 했던 건 나도 알아."

"토마스야."

나는 브라이언이 그 애의 이름으로 불러주길 바라면서 말했다.

"그래, 토마스. 정말로, 사과할 필요 없어. 워커 선생님에게 맞서는 사람을 본 것만으로도 대단한 거야. 대부분의 사람들은 그러지 않거든."

"워커 선생님은 왜 그런 식으로 하는 거야? 한순간은 매우 괜찮다가, 다음 순간에는 불쾌하고 모욕적이고."

브라이언이 대답했다.

"그게 그가 사람들을 다루는 방식이거든. 워커 선생님은 그게 우리에게서 최선을 이끌어내는 방법이라고 말할걸. 다음에 무슨 일이 벌어질지 모르니까, 방심하지 못하게 하는 거지."

"너는 왜 그 사람을 참아주는 거야?"

브라이언이 계단 난간에 기대면서 예의 그 서서히 사그라지는 미소를 지었다.

"좋은 질문이야. 기본적으로는 돈과 경험을 위해서야. 빈털터리로 로스앤젤레스에 갈 수는 없어. 경력에 아무것도 채우지 않고서 그곳에 갈 수는 없지."

"영화를 하겠다는 얘기야?"(미국 캘리포니아주(州) 로스앤젤레스에는 세계적 영화의 중심지인 할리우드가 있다 — 옮긴이)

그는 고개를 끄덕였다.

"물론, 내가 무대를 넘어서 영화를 선택한다면 워커 선생님은 짜증내겠지. 항상 나는 연기를 못할 거라고 말하니까, 그 사람에게는 별 문제도 안 될 거야. 그렇지만 워커 선생님은 충성심 같은 게 있어. 그가 사람들을 보는 방식에 있어서, 모든 사람은 그의 편이거나 그의 적이고, 그 중간은 없거든. 그는 모든 일을 개인적 감정으로 받아들이는 편이랄까."

워커 선생님이 리자 언니의 반응을 얼마나 감정적으로 받아들였을지 충분히 상상이 갔다.

"세상을 보는 시각이 편협하네."

브라이언이 대꾸했다.

"매우 자기중심적인 방식이지. 그리고 어리석어. 그러니까, 결국에는, 그 자신에게는 모든 사람이 밖에 있는 거지. 가끔은 그게 너 같은 사람을 만들기도 하고. 또 가끔은 너와 반대되는 사람을 만들기도 하고."

"*거참* 냉소적인 관점이네!"

"분명히."

그는 내게 미소를 짓더니, 가던 길을 가기 시작했다.

나는 극장 종류라면 질릴 정도로 봤기에 그 건물에서 나오자마자 드라마 하우스를 외면하고 집들과 안뜰을 분리하는 왼쪽의 잉크 거리로 향했다가 스카보로에서 다시 왼쪽으로 틀어서 마을의 중앙로 쪽으로 걸어갔다. 기가 막힌 페이스트리와 카푸치노를 판다는 '티립스'라는 카페가 있다던 리자 언니의 이메일이 기억났다.

위스테리아는 내가 산책해 본 동네 중에 가장 평화로운 동네인 것 같았다. 꽃이 핀 덩굴들이 격자 울타리를 타고 올라가는 소리가 들리는 듯했다. 모든 집에 베란다가 있었고, 모든 가게의 문에는 딸랑딸랑 울리는 방울이 매달려 있었다. 보행자들은 뉴욕 사람들보다 훨씬 느긋하게 걷고 있어 시간에 얽매이지 않는 소도시의 분위기를 더했다. 플라타너스가 늘어선 긴 길의 끝에는, 햇빛이 개울의 수면에 반짝이고 있었다. 나는 항만 쪽으로 계속해서 걸어가다가 티 럽스 카페에 들어섰다.

카페는 채색된 목재 가구와 리놀륨 타일 바닥 등 모든 곳을 잘 문질러 닦아 깨끗한, 고모할머니의 주방 같은 느낌이었다. 초콜릿 도넛 하나와 카푸치노를 들고 탁자 앞에 막 앉고 나니 저쪽 건너편의 큰 유리창 옆에 앉아 있는 토마스가 보였다. 그 애는 나에게 조그맣고 소심하게 손을 흔들었다. 나는 그 애에게 미소를 지었지만 내가 앉아 있던 자리에 그대로 앉아 있었다.

내가 다시 그 애를 쳐다봤을 때, 그 애는 골똘히 창밖을 응시하고 있었다. 그 애의 손은 펼쳐 놓은 연습장에 스케치를 하며 빠르게 움직였다. 15분가량 토마스는 악령에 홀린 사람처럼 그림을 그리면서, 접시 위에서 자신을 유혹하는 요염한 페이스트리를 무시하려고 애썼다. 나는 그 애가 뭘 하고 있는지 궁금해서, 도넛을 다 먹고 나서 카푸치노를 들고 그 애가 앉아 있는 탁자로 옮겨갔다.

"안녕."

그 애는 고개를 들더니 얼굴을 붉혔다.

"안녕."

"같이 앉아도 될까?"

"오, 어, 그래."

토마스는 더듬거리며 말하면서 자기 가방을 바닥에 쿵 내려놓고, 빨리 자리를 치우려고 허둥거렸다. 가방이 바닥에 닿으면서 퍽 하는 둔탁한 소리가 났다.

"아, 안 돼!"

그 애의 머리가 탁자 밑으로 사라지더니 엄청나게 부스럭거리는 소리가 나고 나서, 그 애의 머리가 다시 나타났다.

"미안해."

"다 괜찮아?"

"그랬으면 좋겠는데."

"가방에 뭐가 들었는데?"

나는 호기심에 물었다.

"이것저것. 스케치북이랑 연필. 펜. 분필. 카메라, 디지털 카메라하고 필름 카메라 하나씩이랑 렌즈들. 푹신한 주머니에 들어 있어서 괜찮을 거야."

"들고 돌아다니기에 엄청 많은 것 같은데."

"난 항상 준비돼 있는 걸 좋아하거든. 앞으로 보게 될 것들 중에 어떤 것들이 흥미로울지 모르니까."

토마스가 설명했다.

"그렇구나."

나는 그 애의 그림을 보려고 앞으로 더 몸을 숙였지만, 그 애는 팔로 자기 작품을 가리는 데 숙달한 것 같았다.

"네가 그리고 있는 것 좀 보여 줄래?"

그 애는 자기 그림을 잠깐 내려다보더니 내 쪽으로 밀어 줬다.

그 그림은 카페에서 내다본 건너편 건물들의 풍경으로, 오래된 영화관, 빅토리아 시대풍의 호텔, 음식점, 커다란 벽돌집 등이 그려져 있었다.

"우와, 너 진짜 그림 잘 그린다!"

"건물들을 그릴 때는. 항상 사람들보다는 그런 게 더 잘 그려지더라고."

그 애가 동의했다.

"다른 스케치들도 봐도 돼?"

내 질문에 그 애는 고개를 끄덕였다.

"그건 새 거야. 거기엔 두 장밖에 없어."

한 장은 나무와 벽돌 산책로가 함께 그려진 드라마 하우스, 다른 한 장은 밖에서 본 스토다드 극장이었다. 나는 토마스가 드라마와 감성을 창조하기 위해 빛을 이용하는 방식을 감상했다.

"건물과 사물의 느낌을 표현하는 방식을 알고 있구나. 그 점이 너를 훌륭한 무대 디자이너로 만들어 주는 것 같아."

내 말에 그 애가 기쁘게 대답했다.

"나는 예술을 하는 게 좋아. 사람들이 네가 아니라 네가 만들어낸 작품을 보잖아."

그 애에게는 연기나 운동 경기가 끔찍한 활동일 거라는 생각이 들었다.

"아까 오후에는 고마웠어. 네가 왜 그 장면에서 일부러 끼어들었는지 알아."

나는 카푸치노를 한 모금 마시면서 말했다.

"재밌었어. 워커 선생님은 자기 극단에 진짜 예술가를 얻게 됐으니까 운이 좋은 거야. 그 사람이 그걸 알았으면 좋겠는데."

토마스는 다시 붉어진 얼굴을 하고는 자기 접시의 페이스트리를 뚫어져라 쳐다봤다. 내가 뉴욕에 대해서 이야기하기 시작하자 그 애도 점차 나와 있는 것을 편하게 느끼는 모양이었다. 우리는 학교에 대한 정보와 친구들 그리고 도시에 있었을 때 봤던 전시회 등을 비교했다. 우리는 간식을 다 먹고 나서 위스테리아의 거리를 이리저리 거닐면서 가게들을 뒤지고 다녔다. 시간이 훌쩍 지나버려서 식당으로 돌아가기 위해서는 서둘러 뛰어야만 했다. 우리가 음식을 받아서 식탁이 있는 쪽으로 왔을 때에는 모두들 벌써 앉아 있었다.

나는 앉을 자리를 찾아 두리번거렸다. 케리의 흑발이자 금발인 머리카락 덕에 많은 사람들 틈에서 그 애를 찾기는 쉬웠다. 그 아이는 고개를 들고 토마스와 나를 쳐다보더니 마이크 쪽으로 가까이 기대서 뭔가를 속삭였다. 마이크는 고개를 들어 나를 힐끗 쳐다보더니 바로 시선을 돌렸다. 바로 그때 샤나가 포크 끝에 냅킨을 끼워서 들더니 깃발처럼 흔들었다.

"저 자리로 가자, 토마스."

내가 말했다.

"진심이야?"

"뭐가?"

나도 그 애가 무슨 뜻으로 한 말인지 알았지만 확신이 서지 않아서 물어봤다.

"재가 나도 오라고 부른 게 맞는지 해서."

"당연하지."

"전부 여자애들이잖아."

"좋잖아!"

토마스는 저녁 식사 동안 한바탕 불평을 들어야 했다. 여자아이들은 매기 선생님이 드라마 하우스에 묵는 학생들은 오늘 밤에 휴게실에서 다함께 대본을 읽겠다고 공지했기 때문에 짜증이 나 있었다.

"동지애를 형성했으면 좋겠대."

샤나가 말했다.

"그러게 말이야. 사실은 우리가 숙제를 제대로 하는지 확인하고 싶은 거겠지."

데니스가 거들었다.

여자애 몇 명은 이미 남학생 기숙사로 몰래 숨어들 계획을 세워두었다. 보호자 없이 방문하는 것은 금지였지만.

"너희들, 최대한 빨리 읽어야 해."

그 애들 중 한 명이 말했다.

드라마 하우스로 돌아온 우리는 가능한 빨리 읽으려고 시도했지만, 매기 선생님은 우리가 그렇게 하도록 두질 않았다. 우리가 빠르게 몰아치려고 할 때마다 매기 선생님은 왜 이런저런 대사가 특별히 의미 있는지를 설명하면서 천천히 읽으라고 말했다. 결국 우리는 벌려고 했던 시간보다 많은 시간을 허비하고 말았다. 2시간 반 정도 후에, 통행금지 시간을 30분 남겨두고 대본 읽기가 끝났다.

케리와 새로 온 아이는 곧장 1층의 창문을 통해 비상구보다 빨리 탈출할 수 있는 린의 방으로 갔다. 샤나는 린의 방문 밖에서 나를 기다렸다.

"우리랑 같이 갈래?"

"오늘 밤엔 안 갈래, 고마워."

나는 내 방으로 돌아와서 침대 맡의 램프를 켜고, 토마스의 스케치북을 가지고 창가 자리로 갔다. 벤치에 앉아서 다리를 올리고 스프링 제본이 된 스케치북을 펼쳤다. 토마스는 그 스케치북에 있는 그림들 대부분은 뉴욕에서 그린 거라고 말해 줬다. 첫 장에는 리자 언니와 내가 수없이 탔던, 센트럴 파크의 회전목마가 그려져 있었다. 나는 욱신거리는 향수를 느끼며, 계속해서 페이지를 넘겼다. 공원 의자와 거리의 가로등, 채소 가게의 줄무늬 천막과 과일 상자들, 성 바르톨로뮤 교회. 그리고 나는 내가 위스테리아에 있다는 사실을 통감했다.

오이스터 크릭의 다리 그림은 세 점이었다. 나는 기둥을 표현한 어두운 선들을 손가락으로 따라 그리면서, 그림 한 장을 자세히 들여다봤다. 약간 어지러운 느낌이 들기 시작했다. 달빛이 비치던 종이는 차가운 은빛 파란색으로 변해 갔다. 다리의 이미지가 마치 물에 반사된 것처럼 내 눈앞에서 빙빙 도는 것 같았다.

어젯밤과 극장에서 겪었던 것과 똑같은 이상한 경험이 다시 일어나고 있었다. 공포에 질린 채 나는 물러서려고, 그것에서 벗어나려고 애를 썼다. 근육은 움찔거리고, 머리는 누군가 확 잡아당기는 것 같았다. 갑자기 정신이 번쩍 들고 다시 초점을 맞출 수 있다는 것에 안도감을 느꼈다. 하지만 주변을 둘러보니, 내가 있는 곳은 내 방이 아니었다.

오이스터 크릭의 다리가 내 머리 위에 뻗어 있었다. 그 위로 귀에 거슬리는 쇳소리를 내며 바퀴가 끼익 거리는 소리, 속도를 올리고 멀어져 가는 자동차 소리가 들렸다. 고요함이 뒤따랐다. 길고, 불길한 고요함이.

"언니."

나는 중얼거렸다.

"거기에 있어? 언니, 언니가 이렇게 한 거야? 나 좀 도와줘. 너무 무서워."

다리의 이미지가 흩어져 사라졌다. 이제는 푸른빛이 도는 어둠 외에는 아무것도 보이지 않았지만, 내 주위에서 뭔가 움직이고 있는 것은 느낄 수 있었다. 내가 알아들을 수 없는 분노에 찬 말들과 암흑 속에서 벌레들이 꿈틀거리는 느낌의 단어들로 나를 둘러싼 대기가 와글거렸다.

뭔가가 내 손목을 꽉 묶고 있는 것 같은 기분이 들었다. 누가 왜 그런 짓을 하고 있는지 알 수가 없었고, 손을 빼내려고 애썼지만 팔다리가 말을 듣지 않았다.

"도와줘! 제발 도와줘."

그 말들은 내 안에서 맴돌기만 했다. 나는 입술을 움직여 보려고 했지만 목소리가 나오지 않았다.

그때 작은 한 점 빛이 어둠을 뚫고 들어왔다. 나는 그 빛 쪽으로 움직였고, 그 빛은 점점 커지더니 태양처럼 환해졌다. 하지만 내 뒤의 어둠 속에서 뭔가 움직였고 나는 재빨리 돌아봤다. 달빛이 반사된 것 같은, 더 작고 희미한 이미지의 다른 빛 하나가 보였다. 갑자기 유리 깨지는 소리가 났다. 달이 산산조각 났다.

나는 눈을 깜빡거리고 주변을 둘러봤다. 나는 드라마 하우스의 내 방으로 다시 돌아와 있었고, 달은 그림 위를 비추며, 멀쩡하게 하늘 높이 한 점으로 떠 있었다.

나는 스케치북의 스프링이 내 손을 파고들 정도로 움켜쥐었다. 도대체 내게 무슨 일이 벌어지고 있는 걸까?

어렸을 때 푸른 색조의 꿈을 꾼 것은 항상 잠들어 있을 때였지만, 이번 환상들은 내가 깨어 있는 시간을 파고들었다. 내가 깨어 있었다면, 리자 언니가 죽은 장소에 대한 상상의 산물인 백일몽일 것이었다. 그렇다 하더라도 그것들은 조절할 수 없었던 악몽들처럼 부르지 않았는데도 나타났다.

지금, 그 전보다도 더, 나를 안심시켜 줄 리자 언니가 간절하게 필요했다. 그럼에도, 이런 환상들에 무서운 생기를 주는 것은 언니의 기억이었다.

여덟

그날 밤, 또 다른 악몽 같은 환상에 대한 두려움 때문에 잠들기가 어려웠지만, 한번 잠이 들자 나는 수요일 아침에 일어날 때까지 한 번도 깨지 않고 잤고 어떤 꿈도 기억나지 않았다. 나는 어젯밤의 모험이 별로 재미가 없었다고 이야기하는 샤나와 린과 함께 식당으로 걸어갔다. 그 애들은 남학생 기숙사 중 하나로 가서 그냥 창문 앞에 서서 남자애들이랑 이야기만 했다고 했다.

샤나는 올해의 남자애들을 분석하던 중에 갑자기 멈추더니 스토다드의 후문 근처에 모여 있는 애들을 가리켰다.

"배역을 발표했나 봐. 가 보자!"

샤나와 린은 오솔길을 달려갔다. 캠프 참가자들 무리의 뒤에 서 있던 토마스는 허둥지둥 내 앞으로 오더니 싱긋 웃었다.

"네가 해냈어, 제니. 네가 해냈다고! 축하해! 네가 그 역을 따낼

줄 알았다니까."

"역이라니, 무슨 역?"

"퍽."

그 애가 말했다.

"퍽의 대역이라는 말이겠지."

'제발 토마스의 말이 그 뜻이기를.'

"아니, 아니야, 네가 그 역이야. 대단하지 않아?"

그 애가 기쁘게 알렸다.

"그래, *진짜* 대단한데……. 만일 네가 꽥꽥거리는 목소리로 말하면서, 땀을 뻘뻘 흘리는 역겨워 보이는 요정을 좋아한다면 말이지. 워커 선생님이랑 얘기 좀 해 봐야겠어."

"제니. 네가 퍽이야."

린이 나를 불렀다.

"잘했어, 빨강머리!"

샤나가 큰소리로 말했다.

"나는 허미아야. 샤나는 촌뜨기들의 감독인 피터 퀸스."

린이 말했다.

"축하해!"

나는 외치고는 토마스에게 돌아섰다.

"너도 역을 맡았어?"

그 애가 안도하며 말했다.

"대역조차 없어. 나는 무대 장치하고 도구 담당이야. 대단할 거야. 밥 먹으러 갈래? 나는 물론 먹을 건데."

"너는 어서 가. 나는 신경 쓰이는 게 좀 있어서. 샤나랑 린한테 있다가 극장에서 보자고 전해 줘."

토마스는 즐겁게 가던 길을 갔고 나는 드라마 하우스의 현관 쪽으로 돌아갔다. 거기에서 보니 네 개의 기숙사가 텅 비어 있었다. 모두들 배역 발표를 보고 나서 아침 식사를 하러 간 것 같아서, 나도 다시 스토다드로 걸음을 옮겼다. 나는 잠시 스토다드의 문 앞에 서서 배역 발표를 확인했다. 마이크는 디미트리어스 역을 받았고, 폴은 질투심 강한 요정의 왕 오베론이었고, 케리는 그의 여왕인 티타니아였다. 제니 베어드라는 '예명'의 내 이름은 퍽과 짝지어져 있었다. 언니가 봤다면 무척 놀랐겠지.

건물 안으로 들어가자 어느 정도 거리가 있는 홀에서 말소리가 들려왔다. 그들 중 한 명인 워커 선생님이 격앙되어 발끈하는 목소리로 말하고 있었다.

"당신은 항상 핑계만 대잖아."

차분한 대답이 들렸다.

"전 사다리를 요청했습니다. 지난 주 금요일에 신청했다고요. 사다리가 있어야, 제가 일을 할 수 있어요."

"*지금 당장* 했으면 좋겠어, 아서."

나는 그 말소리를 따라 여자 분장실, 의상실, 소도구실이라고 적혀 있는 문들을 차례로 지나서 직각으로 꺾도록 되어 있는 복도가 있는 건물의 모퉁이에 다다랐다. 모퉁이를 돌자, 사무실 복도에 서서, 손을 옆구리에 짚고 노려보고 있는 워커 선생님와 마주쳤다. 그는 회색으로 변해 가는 금발이거나 노르스름한 백발로 변해 가는 회색이 섞여 있는 머리카락을 가진 한 남자와 이야기하고 있었다. 그의 정맥이 드러나는 손은 가늘게 떨리고 있었다. 남자는 갑자기 내가 온 것을 깨닫고는, 신경질적으로 노려봤다.

"무대 상공의 통로에 올라가는 데에는 사다리가 필요 없잖아. 내가 전에도 당신한테 말했잖아, 벽에 딛고 올라갈 수 있는 가로대가 있다고."

워커 선생님이 계속 말했다.

나는 대략 10미터 상공의 무대 위에 매달려 있는 비좁은 통로로 올라가기 위해 벽의 가로대를 타고 올라가는 저 연약한 남자를 상상해 보려 노력했다. 전에 저 사람과 같은 관리인을 본 적이 있었는데, 피로하고 감정적으로 지친 그 사람은 그저 하루하루가 끝날 때까지 버티고 있는 것 같았더랬다.

"내가 얘기 좀 하고 싶다고 가서 당신 상사에게 전해. 거기서 관리인이랍시고 보내는 쓰레기들 때문에 아주 진저리가 난다고. 당신은 지난번 녀석보다 더 심하잖아."

관리인은 한걸음 뒤로 물러나며 덧붙였다.

"네, 그렇게 전해드리죠. 그렇다고 한들 아마도 그가 저 가로대를 타고 올라갈 것 같군요. 당신과 저희 상사가 함께 말이죠."

나는 웃지 않으려고 고군분투했다. 아서는 보기보다 굳센 사람이었다. 그는 나를 지나치면서 담청색 눈으로 나를 흘긋 보고는 자리를 떴다.

"베어드 양. 8시 30분까지 만날 일이 없을 텐데."

"배역에 대해서 드릴 말씀이 있어서요. 저는 퍽을 연기할 수 없어요. 제가 못할 거라는 것도, 그 이유도 알고 계시잖아요."

그는 고개를 갸웃했다.

"난 모르겠는데. 너는 체조를 하잖니."

"네, 그렇지만……."

"공연에 참가해 본 적이 한 번도 없나?"

나는 무게중심을 다른 다리로 옮겼다.

"글쎄, 아뇨, 물론 학교 팀에 소속되어 있지만, 그래도……."

"공연은 공연이지. 네가 체조 공연을 할 수 있으면, 다른 것도 할 수 있는 거야. 자 이제, 용건이 끝났다면, 나는……."

그는 자기 사무실로 돌아가려고 몸을 돌렸다.

"안 끝났어요. 제 얘길 좀 들어주셨으면 좋겠어요."

나는 그를 따라 들어가며 말했다.

그는 자기 의자에 앉아서 책상 위에 있던 노트를 확인했다. 그는 듣기에는 별 관심이 없어 보였지만 나는 설명했다.

"선생님은 완전히 다른 두 가지에 대해서 이야기하고 계세요. 제가 체조에 참가할 때 그 공연은 체육관 바닥에서 하는 거지, 무대 위에서 하는 게 아니에요. 저는 저를 올려다보는 수많은 낯선 얼굴의 바다를 마주볼 수가 없어요. 저는 스포트라이트 아래에 서 있질 못해요. 체육관은 전체가 완전히 밝잖아요. 그리고 아무리 긴장하더라도 일단 시작하고 나면 모든 사람들을 차단할 수 있어서 금방 풀리거든요."

이제 그는 귀를 기울였다.

"다른 배우들하고 교감해야 할 필요도 없었고요. 저는 관객들에게 잘 대응하지도 못할 것 같아요. 저는 관객들을 제 마음에서 봉쇄하고 제 정해진 동작에만 집중하거든요."

"집중력은 연극에서도 아주 필수적이다. 너는 이미 굉장한 기운과 타고난 무대 담력이 있어. 나는 너의 재능을 체조에서 연극으로 바꿀 수 있도록 널 가르칠 거다. 네가 퍽이라고 생각하고 체조를 하면 되는 거야. 퍽을 공기보다 빠르게 만들어 주는 재빠름과 강함을 부여해 주는 거지."

"리허설에서는 말씀하시는 대로 될 지도 몰라요. 하지만 제가 말씀드리려는 건……."

내가 반박하려는데, 그가 내 말을 막았다.

"나를 참 헷갈리게 하는구나, 베어드. 어젯밤에 네 지원서를 확인해 봤다. 내 친구 토마스와는 달리, 넌 무대 디자인, 의상, 분장, 조명, 음향 중 아무것에도 특별한 기술을 언급하지 않았더구나. 도대체 여기 와서 뭘 하려던 거냐?"

덫에 걸린 것 같은 느낌이 들었다.

"저는, 어, 저는 무대 공포증을 극복해 낼 수 있을지도 모르겠다고 생각했던 것 같은데요, 모두들 너무 잘하는 것을 보니까, 아무래도 해낼 수 있을 것 같지 않다는 걸 알게 된 것 같아요. 저 때문에 연극을 망치고 싶지 않아요."

"하지만 안 그럴걸. 넌 잘 해낼 수 있을 거다."

"너무 큰 위험을 지고 가시는 거예요."

나는 그에게 경고했다.

"난 항상 위험 부담을 지고 가는 연출 감독이란다. 그게 바로 내가 손익 계산만 따지는 사고방식이 규칙인 뉴욕에서 제작하지 않는 이유지."

그가 한 이야기는 예술가들이 흔히 하는 불평이었지만, 나는 그의 목소리에 깃든 씁쓸함에 놀랐다.

"제니, 너도 알게 될 게다, 촌구석에서 한 무더기의 애들을 데리고 배역을 정하고 연극을 제작하는 내 쇼가 자기 자신을 연기하고 또 연기하는 리 몽고메리를 보려고 사람들이 돈을 내는 브로드웨이의 쇼보다 더 좋은 연극이고, 더 창의적이고 눈을 뗄 수 없는 공연물이라는 걸 말이다."

"과연."

"네가 그 사람의 팬이 아니길 빈다."

나는 내 얼굴이 내 정체를 보여 주는 건 아닐까 궁금해졌다. 나는 대답했다.

"공연을 본 적은 있어요. 「햄릿」이오."

"오, 그래, 그는 그 역을 자기가 했어야 하는 것보다 15년은 족히 더 해먹었지. 이제는 그 극이 중년의 위기에 처한 한 남자에 대한 연극이었나 하는 생각까지 든다니까."

'우리 아빠를 보러 몰려오는 사람들에게 그렇게 말해 보시죠.'

생각은 그렇게 했지만, 소리 내서 아빠를 옹호할 수는 없었다.

"그럼, 퍽, 우리는 이제 서로 이해한 거다."

워커 선생님이 다시 자기 앞에 놓인 노트로 눈을 내리깔면서 말했다.

'전혀 아닌 것 같은데요.'

나는 혼잣말을 하며 그 자리를 떴다.

***

우리는 수요일 오전 내내 배역에 맞춰 크게 읽는 연습을 했다. 몇몇 아이들은 자기가 원하던 역을 받지 못해서 부루퉁해 있었지만 대부분은 꽤나 흥분해 있었다. 브라이언은 토마스와 다른 두 명(조명과 음향)의 기술 감독들과 함께 무대 위에 색 테이프를 내려 놓고, 곧 우리가 만들어 가게 될 무대를 구성하는 일을 했다. 오후가 되자 우리는 무대 위에서 움직임과 동선을 설정하는 블로킹을 시작했다.

내 배역은 대충 동선 설정이 됐다. 내가 무대에서 어느 순간에, 어디에 있어야 하는지 확실한 범위를 결정하고 나서 앞으로 며칠간 매기 선생님과 나는 체조 동작의 세부사항에 착수하기로 했다. 또한 매기 선생님은 나에게 긴장을 풀어 주는 운동을 가르치고 점차 어두워지는 극장에서 차츰 증가하는 무대 조명에 노출시키면서 진행하는 추가적인 리허설을 통해 내가 감각을 유지하도록 해서 내 무대 공포증 완화를 돕겠다고 자청했다.

리허설은 그날 늦게 진행되었고 저녁 식사를 하자마자 빨리 시작하더니, 「템페스트」를 보여 줬다. 매주 수요일 저녁은 함께 셰익스피어의 영화를 보고 토론하는 영화의 밤이었다. 영화를 보고 난 후에 처마 밑에 있는 샤나의 안락한 방에서 샤나와 이번에 새로 온 다른 두 명의 여자애들과 어울렸다. 내가 방으로 돌아온 10시까지는 모든 것이 좋았다.

아침 일찍 이후 처음으로 나는 혼자 있게 되었고 지난 이틀 밤에 봤던 이상한 환상에 대해서 생각할 기회가 생겼다. 나는 침대 머리맡에 있는 램프뿐만 아니라, 천장에 달린 전등과 책상의 스탠드까지 켜두고는 불안하게 주변을 둘러보고 있는 자신을 알아차렸다. 오늘 밤엔 그 푸른 그늘 한조각도 보고 싶지 않았다.

나는 블라인드를 치고, 커튼을 쳤다. 그렇게 해서 방은 답답해졌지만, 리자 언니의 사념이 내 정신으로 들어오는 틈을 막을 수 있기라도 한 것처럼, 창문을 덮음으로써 보호받는 기분이 들었다. 언니가 앉았을 창문에 앉았을 때와 언니가 섰을 무대에 섰을 때 그 환상이 나타나는 방식은 정말로 기이했다.

나는 가만히 있질 못하고 초조하게 방 안을 돌아다니다가, 대본을 읽으려고 시도해 봤다. 그러나 10시 20분에 결국 난 매기 선생님의 문을 두드렸다. 매기 선생님이 우리 엄마가 그러시듯이 어디가 무척 아프거나 한 건 아닌지 확인해 보며, 재빠르게 나를 훑어보더니 말했다.

"제니, 왔구나. 무슨 일 있니?"

"아니요, 그냥 신경이 예민해지고 조마조마한 기분이 들어서요. 잠깐 산책 좀 하고 와도 될까요? 통행금지 시간이 지난 건 알지만, 가까이에 있을게요."

"잠깐 들어올래."

매기 선생님이 옆으로 물러서며 말했다.

나는 주저했다.

"들어와."

나는 방 안으로 들어갔다. 방 안은 매우 정돈되어 있었는데, 침대보는 세심하게 정리된 채 각이 잡히게 접혀 있었고, 커튼은 각 창문에 같은 폭으로 젖혀 있었으며, 연필들은 전부 날카로운 상태로 책상 위에 정렬되어 있었다. 그렇지만 매기 선생님의 분홍색 실내복은 우리 엄마 것도 항상 그렇듯이, 약간 추레하게 늘어져 있었는데, 그 덕분에 나는 매기 선생님이 좀 더 편하게 느껴졌다. 그녀는 책상 앞의 의자를 가리키며, 자신은 가까이에 있는 침대에 걸터앉았다.

"연극에서 네 배역 때문에 걱정되니?"

그녀가 물었다.

어떻게 말해야 할까?

'아뇨, 저는 죽은 언니가 자꾸 제 앞에 나타나는 것을 걱정하고 있었어요.'

"그런 것 같아요."

"우리는 네가 무대 공포증을 이겨낼 수 있게 해 줄 거란다, 제니, 정말 그럴 거야. 말해 보렴, 왜 무대 공포증이 생겼는지 기억나니?"

"왜 생겼는지요?"

나는 다시 물었다.

"아니면 언제부터였는지."

매기 선생님이 말했다.

"모르겠어요. 그냥 항상 그래왔던 것 같은데, 적어도 유치원 때부터는 그랬어요. 졸업식에서 '작은 양치기 소녀'라는 동요를 낭송했었어요. 제가 쓴 사각모는 비뚤어져서 모자 끝에 달린 술은 얼굴 앞에서 달랑거리고, 눈부신 전조등 앞에 선 사슴 같은 눈망울로 무대에서 조용히 서 있기만 하는 제 모습이 녹화된 비디오가 있거든요."

그녀는 웃었다.

"오, 저런!"

"그건 왜 물어보세요?"

"너에게 왜 무대 공포증이 생겼는지 알아보기 위한 단서를 찾고 있거든. 심리학자들은 흔히 공연 불안증은 자기 부모에게 거부당했다든가, 혹은 어린 시절에 가까웠던 사람들에게 신체적으로나 언어적으로 학대를 당했던 것 같은 불행한 어린 시절의 경험에 뿌리를 두고 있다고 말하거든."

나는 재빨리 말했다.

"저는 거부를 당하거나 학대를 받진 않았어요. 끔찍한 일은 겪은 적도 없는걸요."

'작년 여름까지는요.'

나는 마음속으로 덧붙여 말했다.

매기 선생님은 침대보를 매만졌다.

"가끔 큰 상처를 남긴 사건의 기억은 억눌려져서 본인은 의식적으로 기억하지 못하기도 하고, 그 사건과 비슷한 상황이 되면 자신이 왜 그런 식으로 반응하는지를 이해하지 못하게 되기도 하지."

나는 공손하게 말했다.

"저는 그런 경우가 아닌데요."

매기 선생님이 계속해서 말했다.

"예를 하나 들어 줄게. 어떤 어린이가 선탠로션 같은 걸 발랐어. 그런데 그날 그 애는 누군가가 해변에서 익사하는 걸 목격했지. 몇 년 후에 그 애는 같은 종류의 로션을 살 일이 생겼을 때, 그걸 내려놓고 두려움으로 마비된 자신을 깨닫게 되는 거지. 그 애는 왜 그랬는지 모르지만, 그 순간에 하려던 일이 뭐였든지 간에 계속 진행할 수가 없었어. 그 냄새가 그 애가 그간 억눌러 왔던 그날의 충격적인 사건 당시 느꼈던 기분을 불러오는 촉진제 역할을 한 거지. 그 사건을 기억해 내는 것만으로도, 무엇이 그런 강력한 반응을 불러오는지를 이해할 수 있고, 그걸 극복할 수 있는 거란다."

나는 심리학적인 대화를 하자 마음이 불편해져서 의자에서 몸을 뒤척였다.

"억압된 기억은 제게 있는 문제가 아니에요. 하지만 선생님이 권해 주신 긴장 완화 운동을 해 볼게요."

"그리고 차츰 조명에 노출하는 것도."

"네, 그것도요."

그녀는 기분 좋게 미소 지었다.

"아직도 산책하고 싶니?"

"네."

"우리가 쓰고 있는 기숙사 4개 동이 있는 구역을 벗어나지 마라. 거의 안전하지만, 난 잔걱정이 많은 사람이란다. 20분 내로 나에게 말하고 방으로 돌아가렴, 알겠지?"

나는 고개를 끄덕였다.

"고맙습니다."

처음 몇 분간 나는 드라마 하우스 문 앞의 계단에 앉아서 밤하늘을 응시했다. 길 건너편 스토다드의 높다란 탑이 반짝이는 하늘을 어두운 조각으로 오려내고 있었고, 탑에 걸린 시계는 마치 두 번째 달처럼 밝게 빛나고 있었다.

나는 내 방이 밖에서는 어떻게 보일까 궁금해 하면서 드라마 하우스 주변을 맴돌았다. 내가 막 건물 뒤에 다다랐을 때, 이웃의 남학생 기숙사 쪽에서 유리창에 막혀 작아진, 낑낑거리는 소리가 나더니 뭔가가 떨어지는 것 같은 쿵 하는 소리가 들렸다. 남자애 하나가 나지막하게 욕을 했다. 내가 우둘투둘한 늙은 체리나무 뒤에서 유심히 보고 있으려니 마이크가 남학생 기숙사의 창가에 서 있다가 어깨 너머를 돌아봤다. 그 애는 나를 보자 얼굴을 찡그렸다.

아마도 마이크는 내가 상관하지 않고 가던 길을 가는 것이 좋을 거라고 생각한 모양이었다. 몇 분 후에 그 애는 내가 아직도 거기에 있는지 보려고 확인하더니 다시 얼굴을 찡그렸다. 나는 움직이지 않았다. 무슨 일이 벌어지고 있는지 알고 싶었다.

그 애가 2층 창문으로 돌을 던지자 누군가 블라인드를 올렸다.

"도와줘."

마이크가 재빨리 외쳤다.

내가 추측하기로 그 애는 자신의 조력자가 아래층으로 내려오길 기다리는 것 같았는데, 그렇게 기다리는 동안 세 번째로 나를 어깨 너머로 쳐다봤다.

"아직 안 갔어."

내가 말했다.

1층에 불이 켜졌다. 블라인드가 걷혀 올라갔는데, 거긴 남학생 기숙사의 욕실이었다.

'어쩜 계속 보고 있지 않는 편이 좋겠어.'

생각은 했지만, 물론 나는 보고 있었다. 잘 열리지 않고 버티던 창문이 홱 열렸다.

"준비됐어?"

마이크가 안에 있는 녀석에게 물어보는 소리가 들렸고, 그러고 나서 그 애는 몸을 구부리고 끙끙거리면서 뭔가를 들어올렸다. 나는 더 자세히 보려고 나무 오른편으로 몇 걸음 옮겼는데 땅바닥에 사람 하나가 있는 게 보였다. 마이크가 그 사람을 창턱으로 힘겹게 들어올리자 머리 하나가 마이크의 어깨 위로 나타났다.

마이크가 물었다.

"잘 붙잡았어? 셋에 하는 거다, 하나, 두울……."

욕실 조명 아래로 폴의 머리가 보였고, 그 상체는 창틀 뒤로 사라져 버렸다.

"얘가 무겁지 않아서 다행이야."

안에 있던 녀석이 방충망을 당기면서 말했다.

"걔 얼굴에 찬물을 좀 끼얹어 줘. 그리고 한동안은 욕실에 있게 두고."

마이크가 지시했다.

블라인드가 안쪽에서 홱 내려졌고, 마이크는 창가에서 돌아섰다. 그 애는 무엇을 할지 곰곰이 생각하더니, 내 앞으로 걸어왔다.

"산책하러 나왔어?"

그 애가 물었다.

"응."

"통금시간이 지났다는 건 알 것 같은데."

"난 허락받고 나왔어. 넌?"

그 애가 싱긋 웃었다.

"난 아냐."

"폴한테 무슨 일이 있었어?"

"아, 별 일 아냐."

"별 일 아닌 게 무슨 일인데?"

내가 묻자 마이크는 나무 쪽을 가리켰다.

"가서 앉을래?"

이 달밤에 마이크와 단둘이 나무 아래에? 내가 어찌해야 할지 몰라 망설이는데, 그 애가 계속해서 말했다.

"나무 오를 줄 알지, 그렇지? 넌 체조 선수니까 할 수 있겠지."

오를 만한 튼튼한 첫 번째 가지는 지상에서 1미터도 넘는 높이에 있었다. 나는 그 가지 위로 내 몸을 끌어올렸다. 마이크가 나를 도와주려 했겠지만 혼자 힘으로 올라가는 게 나을 것 같았다. 그러고 나서 나는 줄기를 타고 올라가 반대 방향으로 뻗어 있는 2미터 넘는 높이에 있는 다른 가지로 옮겨갔다. 마이크는 가뿐하게 낮은 곳에 있는 긴 가지에 올라왔다. 나는 문득 그 애와 리자 언니가 이렇게 함께 앉아 있곤 했을까 궁금해졌다.

"폴이 마을을 얼쩡거리고 돌아다니다가 지역 주민들하고 마찰이 좀 있었어. 오늘 밤에 그 녀석과 맞붙었던 거인이 그놈 머리를 쪼개버리게 내버려 둘 걸 그랬어. 그게 그놈 머리에 작은 개념이라도 때려 넣어 줄 유일한 방법인데 말이야."

마이크가 말했다.

"네가 구해 준 거야?"

"농담해? 나도 바보는 아니거든. 그 녀석을 붙잡고 얌전한 겁쟁이처럼 도망쳤지."

나는 웃었다.

"저기. 이번 일은 조용하게 지나가는 게 좋겠어, 알겠지?"

마이크가 말했다.

"왜 그래야 되는데?"

"연극을 위해서 폴이 필요하거든. 하지만 그것보다 더 중요한 건, 폴은 우리가 필요하기 때문이야."

그 애는 진지하고 설득력 있는 파란 눈동자로 덧붙였다.

"극장은 폴을 학교에 있게 하는 유일한 거야. 진짜 나쁜 짓에 빠져들지 않도록 지켜주는 거지. 그 녀석이 여기 밖으로 튀어나가게 내버려둘 수는 없어."

"걔는 나를 너무 불편하게 해."

"일부러 그러는 거야. 그냥 그런 척하는 거지."

"브라이언도 워커 선생님에 대해서 똑같은 식으로 말하더라."

마이크가 미소 짓더니 말했다.

"워커 선생님한테 속지 마. 그분도 알고 보면 좋은 사람이야."

내가 그 말에 오만상을 지었던 것이 틀림없었다. 마이크가 나를 보고는 미친 듯이 웃어 댄 걸 보면.

"음, 워커 선생님이 이미 네 팬이 된게 빤히 보이던데. 하지만 정말로, 나도 그분 없이는 뭘 해야 할지 모르겠거든. 그분은 나를 위해서 장학금을 알아봐 주셨고 그래서 내가 작년과 올해 캠프에 참석할 수 있었던 거야. 그분은 내가 읽어 왔던 책이나 나를 가르쳤던 선생님들보다 더 많은 것을 내게 가르쳐 주셨어. 난 그분에게 정말로 고마움을 느끼고 있어."

"그 사람이 너에게 도움이 된다니 다행이네. 그래도 내 눈엔 여전히 고약한 구석이 있는 독선적인 폭군으로 보여."

"창조적인 사람들이 많이들 그러지."

나는 발끈했다. 나는 이런 류의 정당화를 너무나 많이 봐왔다.

"창조성은 불쾌한 태도에 대한 변명이 아니야."

"공연 때문에 걱정하는 거야?"

마이크가 차분하게 물었다.

"그 사람을 싫어하는 이유는 그런 게 아니야."

"물론 그런 건 아닐 거라고 생각해. 나는 그저 무대에는 무서워할 게 아무것도 없단 말을 해 주고 싶어서 그랬어. 관객들은 너를 응원하고 있는 거야, 제니. 그들은 무대 위의 너를 보고 네가 잘하길 바라고 있어. 거기 있는 모든 사람들이 너를 사랑하길 바라는 거야."

'자부심에 대한 이야기라니, 웬 추정이람!'

나는 혼자 생각했다.

"날 믿어. 정말 신나는 일이라고."

마이크가 얼굴에 활기를 띠며 말했다.

"너한텐 그렇겠지, 아마도."

"이만한 건 아무데도 없어. 난 다섯 살 때부터 공연을 해 왔는걸."

"너네 집도 연극계 가족이니?"

그 애가 싱긋 웃었다.

"아니, 우리 집안은 대대로 성직자야. 뉴저지 주의 트렌턴에 있는 우리 집 바로 옆에 교회가 있었는데, 나는 자라면서 많은 시간을 그 주변에서 맴돌았어. 교회의 제단은 무대였고, 성가대석은 발코니, 오르간은 오케스트라 같은 거였어. 무대 의상으로 말하자면, 우리 아버지께서는 왜 당신의 제복이 주일마다 구겨져 있는지 궁금해 하셨지. 나는 출입이 금지된 친구들하고 수많은 연극을 했거든."

나는 큰소리로 웃었다. 마이크도 내 얼굴을 흘깃 보고는 같이 웃었다. 그 애의 미소, 그 애의 눈동자에 깃든 밝은 빛이 신기하게도 내 마음을 가볍게 해 주었다. 그러자 언니가 생각나서 나는 시선을 돌렸다. 달빛 아래에서 마이크와 이곳에서 만나기 위해 살짝 빠져나오는 언니의 모습이 그려졌다.

"어쨌든 우리 부모님은 배우가 되겠다는 내 꿈을 달가워하지는 않으셔. 제일 큰 형은 애팔래치아 지방에서 선교 활동을 하고 있어. 둘째 형은 유니언 신학 대학에서 공부하고 있고. 그리고 셋째가 나야. 나한테 성직자가 천직은 아닌 것 같은데, 가족들은 내가 현실적인 것만 추구한다고 여기지. 왜 그런 거 있잖아, 좋은 연봉을 받는 그런 거 말이야."

"그래도 넌 네 마음을 따라야 해."

"그래…… 응, 너도."

그 애는 내가 자신과 눈을 맞출 때까지 기다렸지만, 나는 그러지 않았다. 그럴 수가 없었다.

"있잖아, 남자애들 몇 명이 네 얘길 하더라, 제니."

"남자애들이? 무슨 얘길?"

"네가 너무 빨리 토마스랑 단짝이 되어 버리는 바람에 애들이 몹시 실망했거든."

"우리가 친구가 된 게 걔네들하고 무슨 상관이 있는데?"

그 애는 호기심 어린 눈으로 나를 쳐다봤다.

"넌 정말 모르는구나, 그렇지? '그녀의 머리칼은 그 불꽃으로 여명을 데려오고, 그녀의 눈은 그 영혼으로 황혼을 가져오네.'"

그 애는 어떻게 하면 자신의 목소리로 여자애의 마음을 녹이고, 그녀가 믿고 싶도록 만들 수 있는지를 알고 있었다. 나는 유혹적인 말에 넘어가지 않도록 마음을 다잡았다.

"뭐라고?"

"자신의 아름다움을 깨닫지 못하는 아름다운 소녀를 표현한 시의 한 구절이야."

나는 나무껍질을 손톱으로 파냈다.

"음, 네 대답이 바로 내가 토마스를 좋아하는 이유야. 그 애는 진실해. 그 애는 배우가 아니거든."

"배우가 어때서?"

"배우들은 시를 인용하지. 여자애는 그걸 믿고 열광하게 돼 있고. 환심을 사기란 배우들에게 있어서 너무 쉬운 일이란 말이야."

"너무 성급한 판단이야."

"아니. 난 연극계 타입을 많이 겪어 봤어. 좀 지나면 그런 부류들은 현실과 이상을 분별하지 못해. 그 사람들은 자기가 창조한 자신을 믿고 어째서 모든 사람들이 자기들의 대단함을 알아 주지 않는지 이해하질 못하게 된다고."

난 반박했다.

그 애는 가지에서 풀쩍 뛰어내리고는, 분노가 불타오르는 눈으로 나를 올려다봤다.

"한 개인을 집단으로 판단하는 건 효율적이겠지. 누군가를 알기 위해서 시간을 낭비하지 않아도 될 테니까."

나는 멀어져 가는 마이크를 보면서 생각했다.

'그렇지만 난 너를 알고 싶지 않아! 난 너를 알아가는 위험을 감수할 수 없어.'

경험은 나에게 언니와 사랑에 빠졌던 남자들을 가까이 하지 말라는 교훈을 줬다. 나는 두 번이나 데인 후에야 내가 언니의 상대가 되질 못한다는 것을 깨달았다. 내가 남자애들에게 더 이상 우리 언니에게 접근하는 기회가 되어 줄 수 없다는 것은 문제가 아니었다. 만약 마이크가 내가 누군지 알았다면, 나는 그 애가 언니에 대한 자신의 낭만적인 추억에 접근하도록 도와주는 열쇠가 되었을 터였다. 그 애는 언니의 특징과 흔적을 내게서 찾기 시작할 테고. 나는 아직 그런 종류의 심적 고통을 견딜 준비가 되어 있지 않았다.

아홉

"제니, 좀 어떠니?"

목요일 아침에 매기 선생님이 내게 물어왔다.

"괜찮아요. 준비됐어요."

"다행이구나. 오늘은 있다가 체육관에서 네 움직임을 설정하는 일을 할 거야. 워커 선생님은 토마스가 우리와 함께 가면 좋을 거라셔. 걔는 무대 배경에 대해서도 잘 알고 또 우리가 보지 못하는 가능성들을 볼 수 있을지도 모르니까 말이야.

"재밌을 것 같아요."

"그리고 난 긴장 완화 운동을 위해서 네가 들을 CD들을 복사하고 정리하고 있어."

"너무 귀찮게 해 드려서 죄송해요."

매기 선생님이 내게 팔을 둘러 안아 주면서 대꾸했다.

"그런 소리 마. 난 도전을 좋아한단다."

"매기."

워커 선생님이 불렀다.

"관리 좀 해 줘야겠소. 아서가 아직도 조명들을 갈지 않았소."

그녀는 내게 한쪽 눈을 찡긋하고는 자리를 떴다. 무대 건너편에서, 브라이언이 내게 미소를 지었다.

"누가 캠프의 귀염둥인지 알겠네."

여자애 하나가 말했다.

나는 누가 말했는지 보려고 고개를 돌렸지만, 돌아보지 말 걸 그랬다는 생각이 들었다. 케리가 폴과 마이크 옆에 서서 내가 어떻게 나오나 기다리고 있었다. 나는 케리를 무시하고 막 들어오던 샤나를 불렀다.

"제니는 네 말을 못 들었나 봐."

폴의 말에 케리가 대꾸했다.

"하아, 잰 들은 게 분명해. 야, 샤나. 너도 제니가 캠프의 귀염둥이라고 생각하지 않니?"

"제니는 캠프의 빨강머리지, 그건 확실해."

샤나가 대답했다.

"분명, *워커 선생님의* 귀염둥이는 아니지."

내가 지적했다.

케리는 자신의 길고 검게 칠한 눈꺼풀을 재빨리 깜빡거렸다. 아마도 다른 사람과의 충돌이 그 애를 완벽한 지루함으로부터 탈출시켜 주는 모양이었다.

"워커 선생님은 처음에는 너를 힘들게 했지. 자기 마음에 들면 그런 식으로 하거든. 보통은, 자기가 아끼는 건 매기 선생님과 공유하지 않아. 그 여자는 자기가 엄마 노릇을 할 수 있는 여자애들, 자기 자신에게 확신이 없는 그런 여자애들을 좋아하거든. 하긴, 너에겐 좀 문제가 있긴 하지."

"진정해, 케리."

샤나가 말했지만 케리가 계속했다.

"그래서 그 여자가 널 입양한 거야. 널 캠프의 목표로 삼을걸. 그리고 브라이언도 무대 저편에부터 키스를 보내려고 가까이에 있을 거고."

나는 무슨 생각을 하고 있는지 아무 단서도 주지 않는 표정으로 조용히 서 있는 마이크를 곁눈질했다. 얼굴이 달아오르는 기분이었다.

폴이 웃었다. 케리 바로 뒤에 서서, 뒤에서 그 애를 껴안기라도 할 것처럼 몸을 기울이고는 고개를 그 애의 어깨에 얹고 얼굴을 그 애의 얼굴에 가까이 했다. 케리의 어깨가 긴장이 풀리면서 폴에게 기대는 것이 보였다. 하지만 폴의 초록색 눈빛의 희미한 깜빡임을 보자, 그 애가 케리에게 조금도 애정을 갖고 있지 않다는 것을 알 수 있었다. 그 애는 그냥 케리를 놀리고 있었다.

폴이 케리의 뺨에 입김을 뿜으며 말했다.

"난 제니가 싫어. 잰 *내* 귀염둥이가 아니거든."

케리는 자기 입술이 폴의 입술과 스치도록 얼굴을 돌렸다.

폴은 그 애의 어깨를 감싸 쥐고는 밀어냈다.

"너무 애쓴다."

케리는 폴과 마주보기 위해 돌아섰다.

"그럴 가치가 있는 여자들은 애쓰지 않지. 그런 애들은 자기를 원하는 남자를 막는 것도 벅차거든."

폴이 케리에게 말했다. 그 말에 케리의 눈이 번뜩였다.

"리자는 절대 벅차지 않았을걸. 너만 그랬겠지."

케리는 쏘아붙였다.

그러고는 그 애들은 반대쪽으로 걸어가 버렸다. 샤나, 마이크, 그리고 나는 잠시 그대로 말없이 서 있었다.

"워커 선생님이 확실히 배역을 제대로 줬다니까. 쟤네들이야 말로 맨날 다투는 커플의 표본 같은 애들이잖아."

샤나가 주장했다.

"폴이 왜 리자를 그만 놓아줄 수 없는지 이유를 모르겠어."

마이크가 말했다.

나는 폴을 싫어하는 만큼이나, 언니가 어떻게 사람들이 자기를 계속 떠올리게 하는지 알고 있었다.

"누군가를 정말 사랑하게 되면 쉽지 않은 거야. 뭔가를 극복하는데 있어 1년은 충분하지 않아."

마이크의 눈이 내 눈과 마주쳤다.

"당연히, 네가 *연기를 했던 게* 아닌 한 말이지."

"그렇겠지."

그 애는 딱딱하게 되풀이해서 말했다.

"내가 모르는 일이라도 있었어?"

마이크가 성큼성큼 걸어가 버리자 샤나가 물었다.

"예를 들면?"

"음, 네가 왜 무지막지하고 소름끼치는 폴을 옹호했는지 설명해 주는 것부터 시작해 보면 어때? 있잖아, 폴이 자기 방 사방에 리자의 사진을 걸어두고 있다고 앤드류가 말해 줬거든."

나는 죽은 사람을 위한 박물관에 대해 생각해 보다가 어깨를 움찔거렸다.

"폴은 자기 인생에 더 열중할 필요가 있어. 솔직히 자기랑 리자가 무슨 세기의 사랑을 한 것도 아니잖아. 리자가 열중했던 애는 마이크였고 말이야."

"그래, 나도 들었어."

샤나가 덧붙였다.

"리자 혼자 그런 것도 아니었고. 너는 어때, 친구?"

"뭘?"

"마이크를 어떻게 생각하냐고."

나는 어깨를 으쓱했다.

"괜찮지."

샤나가 씩 웃었다.

"과연, 여긴 배우들로 가득하다니까."

***

곧바로 본격적인 연극을 시작했다. 워커 선생님은 우리 모두가 자신이 등장하는 장면이든 아니든 간에 진행하고 있는 블로킹에 주의를 기울이라고 했다. 대본에 자기 대사 부분을 표시하고 워커 선생님의 지시를 받아 적느라 진행이 더뎠다. 등장하거나, 일어나거나, 지나가는 것 등을 알려 주는 신호 같은 것을 적었다.

요정들과 함께 하는 2막이 간신히 끝났다. 요정들의 인원을 두 배로 함으로써, 워커 선생님은 더 많은 배역과 수많은 혼란을 야기했다. 하지만 오베론과 티타니아(폴과 케리)가 말다툼을 시작하자 가속이 붙었다. 나는 옆 무대에서 내 차례를 기다리며 그 둘을 지켜봤다. 팔짱을 끼고 서 있는 워커 선생님은 티타니아가 자기의 요정들을 데리고 퇴장하자 매우 만족스러워 보였다.

나는 옆 무대에서 계속 기다렸다.

화가 난 오베론이 티타니아의 등에 대고 말했다.

"'그대 가던 길을 가시오. 그대는 내가 이 마음의 상처를 그대에게 돌려줄 때까지 이 숲을 떠나지 못할 것이오.'"

나는 움직이기 시작했다.

"잠깐! 퍽, 너 뭐하는 거냐?"

워커 선생님이 고함을 쳤다. 나는 그대로 섰다.

"등장하려고요."

"오베론이 아직 너를 부르지도 않았는데? 그가 불렀냐? 그는 왕이야. 넌 그가 너에게 오라고 할 때까지는 나타나면 안 돼."

내가 뒤로 물러나자 워커 선생님이 한결 부드러워진 목소리로 덧붙였다.

"네가 '나의 조심스러운 퍽'이라는 말에 맞게 해 주면 좋겠구나. 그리고 그에게 가까이 다가갔으면 좋겠다. 넌 음모의 공모자니까.

그 대사 다시 해."

워커 선생님이 폴에게 말했다.

"'그대 가던 길을 가시오. 그대는 내가 이 마음의 상처를 그대에게 돌려줄 때까지 이 숲을…….'"

조명이 깜빡거렸다.

"'……떠나지 못할 것이오.'"

조명이 깜빡거리더니 꺼져 버렸다. 어둠이 우리를 삼켰다. 누군가 비명을 지르더니 비명 소리가 사그라졌다.

워커 선생님이 으르렁거리듯이 말했다.

"이게 무슨……? 아서!"

비상구 표지에서 나는 빛과 자그마한 마루의 채광창에서 들어오는 빛줄기들 외에는 아무것도 안 보였다.

"모두들 그 자리에 가만히 있어라. 사고가 나면 안 되니까."

매기 선생님이 말했다.

"브라이언, 아서 좀 찾아와!"

워커 선생님이 지시했다.

"여기 누구 손전등 가진 사람 없어? 열쇠고리에 달린 작은 거라도 괜찮아."

브라이언의 물음에 객석에 앉아 있던 여자애 두 명이 자기들 것을 빌려줬다.

"중앙 통로 쪽으로 손전등을 넘겨."

매기 선생님이 알려줬다.

브라이언이 손전등을 받자 소곤거리는 소리와 신경질적인 웃음소리가 났고, 무대를 가로질러 1층의 홀로 이동하는 발소리가 들렸다. 갑자기 소곤거림이 멈췄다.

"뭐지? 무슨 냄새지?"

누군가 불안으로 가늘어진 목소리로 물었다.

"향수다."

어떤 남자애가 말했다.

코를 킁킁거리며 냄새를 맡자 머리털이 곤두섰다. 나는 이 향을 알고 있었다.

"재스민 향 같은데?"

다른 여자애가 말했다.

리자 언니의 향수. 나는 언니가 죽은 후 몇 주간 재스민 향이 나는 언니의 스웨터들을 기부하려고 가방에 포장했던 일을 떠올렸다. 언제라도 언니가 우리 침실로 걸어 들어올 것 같은 기분을 느끼면서. 뇌리에서 지워지지 않는 향기였다.

조명이 갑자기 켜졌다.

"아무도 움직이지 마. 인원수를 헤아릴 테니까."

매기 선생님이 명령했다.

작년 멤버들은 시선을 교환했다. 아마 그 애들도 우리 언니 특유의 향을 깨달은 것 같았다.

"폴 좀 봐."

누군가 속삭였다.

그 애는 눈을 감고, 입술을 꾹 다문 채 미소를 짓고 있었다. 그 애는 리자 언니의 향기를 맡는 것을 즐기는 것처럼, 그 향기가 너무나 부족하게 느껴진다는 듯한 표정으로 향을 깊이 들이키고 있었다.

나는 속이 메슥거렸다. 그 애로부터 등을 돌리고 돌아서니, 마이크가 나를 쳐다보고 있었다.

워커 선생님은 확실히 짜증이 난 태도로, 무대를 서성거렸다.

"문제가 뭐였어?"

그는 브라이언이 무대 위에서 나타나자마자 물었다.

"저도 잘 모르겠어요. 제가 전기 설비실에 가기도 전에 전원이 돌아왔어요."

"아서는 봤어?"

"아니요, 곧바로 돌아왔거든요."

"모두 소재를 파악했어요."

매기 선생님이 워커 선생님에게 보고했다.

워커 선생님은 허리에 손을 짚고 폴과 나를 의심스럽게 쳐다보더니, 자기의 요정들과 함께 옆 무대에 있는 케리를 쳐다보고, 무대 아래 관객석에 앉아 있는 아이들을 쳐다봤다.

"이런 게 연극의 멋진 면이지. 이걸 우리 공연에 포함시킬 수도 있을 거다. 퍽이 그의 요술을 부릴 때나 티타니아가 휩쓸고 지나갈 때 통풍관 장치를 통해서 특정 향을 발산시키는 식으로. 그렇긴 하지만, 더 이상 즉흥 연기로 즐기는 것을 원치는 않는다. 알겠나?"

아이들은 고개를 끄덕이고 미심쩍다는 듯 서로를 쳐다봤다.

나는 그게 연극의 일부였다고 믿고 싶었지만, 내가 여기에 도착하던 날의 언니의 강한 존재감을 느꼈던 괴이한 기분을 털어낼 수가 없었다. 나는 일을 종결하고픈 마음으로 인한 스스로의 필요 때문에 이곳에 왔다고 생각해 왔지만, 이제는 언니가 나를 부르고 있었던 것이 아닐까 하는 생각이 들었다.

'원하는 게 뭐야, 언니?'

언니를 위한 것을 찾는 것. 언니가 원하는 건 항상 뭔가를 찾는 거였다. 캠프의 누군가가 뭔가 듣고, 뭔가를 봤을까? 내가 조사하면, 언니의 살인 사건을 풀 단서를 찾아낼 수 있을까?

워커 선생님이 말하고 있었다.

"베어드, 이제 그만 지구로 돌아올래?"

나는 속으로 언니에게 대답했다.

'안 돼, 언니. 나한테 그런 걸 부탁하지 말아 줘.'

지금껏 머리핀, 양말, 숙제, 그리고 전화번호까지는 찾아다녀 봤지만, 연쇄살인마는 아니었다.

열

목요일과 금요일의 최고의 순간은 체육관에서 매기 선생님과 토마스와 함께 셋이서 어떻게 '공기보다 가벼운' 퍽을 표현할지 연구하는 작업을 했던 때였다. 내가 할 수 있는 동작을 지켜보던 토마스는 뛰어넘기와 공중제비를 위한 충분한 공간을 수용하기 위해 무대작업을 어떻게 다시 할지에 대한 발상에 몰두했다. 매기 선생님은 극장에서와는 다르게 행동했다. 그녀는 계속 걱정스러워 보였고, 그러면서도 제대로 하는 것에 대해서는 가차 없이 대하다가도, 이따금 우리가 익살을 떨면 웃기도 했다. 우리는 심지어 내가 연습 때 입을 레오타드를 구입하러 가까운 가게에 다녀오느라 한 시간 가량을 '땡땡이치기'까지 했다. 토마스와 내가 주말에도 여기에 머물 거라는 이야기를 들은 매기 선생님은 토요일 밤에 자기 집으로 오라고 우리를 초대했다.

마이크, 폴, 케리도 주말에 계속 있을 거라는 이야기를 샤나에게서 들어 알고 있었다. 나는 금요일에 그들 셋을 가능한 한 피하고 싶었고 토요일에도 하이 스트리트에서 먼발치에라도 보고 싶지 않았다. 또한 내 방의 창가 자리도, 다리도, 그리고 내 방에서 계속 불을 켜두고 있는 것도 피하고 싶었다. 목요일과 금요일 밤에는 거의 잠을 자지 못했다. 눈을 감고 싶어 하면서도 내 자신이 사라져 가는 기분이 느껴질 때면 잠과 싸웠다. 아직까지는, 하루에 몇 시간씩은 유령의 환상 없이 보내고 있었다. 토요일 저녁에는 토마스와 함께 매기 선생님의 집까지 걸어가는 동안, 첫 주의 이상한 사건들은 단순히 언니가 죽었던 장소를 마주함으로써 생긴 초기 반응일 뿐이라고 스스로 확신할 정도가 되었다. 이곳에서의 두 번째 주는 분명히 더 순조로울 것 같았다.

매기 선생님은 하이 스트리트로부터 한 블록 떨어진 캐논 스트리트에 있는 예쁜 목조 건물에 살고 있었다. 앞 베란다에는 고리버들 의자들과 분홍색과 하얀색 꽃들이 핀 화분들이 우리를 반기고 있었다. 브라이언이 미소를 지으며 문을 열어 줬다.

"찾아오느라 헤매진 않았어?"

"별로. 딱 한 가지 문제는 토마스를 움직이게 하는 거였어. 얘는 끊임없이 멈춰 서서는 모든 걸 구경했다니까."

나는 내 친구를 돌아봤다.

"다음에 어디 갈 때는 눈가리개를 해서 데리고 다녀야겠어."

"그래."

토마스는 이번엔 브라이언의 어깨 너머로 거실에는 뭐가 있나 훔

쳐보는 데 더 정신이 팔려서는, 반쯤 흘려들으면서 대답했다. 양배추만 한 장미 무늬가 날염된 가구 덮개와 커튼이 (내 기준으로는 조금 꽃무늬가 과해 보였지만) 편안해 보이는 공간이었다. 브라이언은 우리를 작은 식당으로 이끌었고 매기 선생님이 감자 껍질을 벗기고 있는, 정사각형의 부엌으로 들어갔다.

"저희가 도울 게 있나요?"

내가 물었다.

"그냥 즐겁게 있으면 돼. 여기서는 내가 다 알아서 하니까."

매기 선생님이 대답했다.

브라이언은 토마스가 앉도록 등받이가 없는 높은 부엌의자를 매기 선생님 옆에다 가져다놨다.

나는 브라이언이 내게도 의자를 가져다줄 거라고 생각했지만, 매기 선생님이 토마스에게 지금 준비하고 있는 저녁 식사에 대해 이야기를 시작하는데 누가 내 팔을 잡아당기는 게 느껴졌다. 브라이언이 한쪽 눈을 찡긋하더니 나를 문가로 이끌었다. 토마스와 매기 선생님을 부엌에 남겨두는 게 조금 무례하게 느껴졌지만 그를 따라서 거실로 갔다. 나는 어깨 너머로 뒤를 흘깃거렸다.

"너랑 이야기할 기회가 없었잖아, 그 동안 토마스가 항상 같이 있어서."

브라이언이 말했다.

"응, 그렇지만 난 너희 어머니의 손님이기도 하잖아."

"어머니는 내 상황을 이해하실 거야. 우리 어머니께서 왜 오늘 밤에 너를 초대했는지 알 것 같아. 나는 너보다 두 살밖에 많지 않지만, 너는 학생이고 나는 스태프라서, 내가 너에게 데이트 신청을 못 할 것 같으셨나 봐."

"그렇지 않았다면 데이트 신청을 했을 거야?"

그가 대답으로 웃었다.

"이따금 믿을 수가 없다, 제니! 너는 토마스만큼이나 순진해. 너희들 정말 잘 어울리는 짝이야."

"그런 것 같네."

그의 갈색 눈이 내 얼굴을 쓸었고, 모래 색 속눈썹이 그의 긴 응시를 부드럽게 만들어 주었다. 그의 입술이 잠시 뭔가를 더 말할 것처럼 벌어졌지만, 그는 그냥 미소를 지었다. 나는 뭔가 이야깃거리를 찾으려고 방 여기저기를 곁눈질했다.

"저게 너야? 아니면 엄청나게 작아진 슈퍼맨?"

나는 사진을 하나 가리키면서 물어봤다.

"나야. 위스테리아에 온 첫 해의 할로윈."

나는 그쪽으로 가서 사진 액자를 집어 들었다.

"진짜 귀여웠다!"

"지금 과거형으로 말했어?"

그의 물음에 나는 웃음을 터뜨렸다.

"몇 살 때였어?"

"내가 알기로는, 여섯 살."

브라이언은 방을 가로질러 와서 내 옆에 서서 잠시 사진을 자세히 들여다보더니 사진들이 놓여 있는 테이블 옆의 2인용 소파에 내 자리를 비워두고 한쪽으로 앉았다.

나는 선 채로 다른 사진을 하나 집었다.

"너희 어머니시구나. 정말 예쁘시다!"

"대학생 때 사진이야. 앉아서 봐도 돼, 제니."

내가 앉자 그는 팔을 들더니 내 어깨에 닿을 정도로, 소파의 등받이를 따라 팔을 얹었다. 사진 이야기를 다 하고 나면 어떻게 해야 할지를 생각해 봤다. 브라이언과 연애를 할 준비가 되어 있진 않았지만, 앞으로도 내가 절대 그와는 사귀지 않을 거라고 브라이언이 생각하게 하고 싶진 않았다.

"이건 누구야?"

나는 다른 사진을 가리키며 물었다. 매기 선생님과 브라이언이 브라이언보다 두세 살은 어려 보이는 아이와 함께 돗자리에 앉아 있었다. 갈색 머리카락과 파란 눈을 가진 예쁘고 어린 여자아이였는데, 그 애의 사진이 몇 장 있었다. 나는 제일 가까이에 있는 사진을 집었다.

"내 여동생 멜라니야."

"지금은 어디에 있어?"

나는 물어보고는 묻지 말걸 하고 후회했다. 그 아이의 얼굴을 들여다보고 있자니 이상한 느낌이 들었다. 나는 그 애가 죽었다는 걸 깨달았다.

"그 사진을 찍고 나서 여섯 달 뒤에 죽었어."

"미안해. 물어보지 말걸."

"너무 신경쓰지 마. 오래전 일이야. 그땐 나도 겨우 다섯 살이었어."

나는 계속 사진을 들여다보았다. 어두운 색의 머리카락에 부풀린

파티 드레스를 입은 멜라니는 어린 시절의 리자 언니를 떠올리게 했다.

"왜 그래? 너 너무…… 너무 슬퍼 보여."

브라이언이 다정하게 물었다.

"슬퍼."

나는 우리가 공유하고 있는 것이 무엇인지 그에게 털어놓고 싶은 유혹을 느끼며 대답했다. 매기 선생님이 캠퍼스에서 어미닭이 병아리를 걱정하는 눈빛으로 우리를 지켜보던 것에 대해 생각했다. 언니의 죽음 이후로, 나는 우리 엄마가 나를 그런 식으로 쳐다보는 것을 눈치 채고 있었다.

나는 다시 탁자 위에 사진을 내려놨고, 브라이언은 손을 뻗어서 다른 사진을 집어 들었다. 그가 그 사진을 내 무릎에 놓으며 말했다.

"이건 내가 제일 좋아하는 멜라니의 사진이야. 이게 내가 그 애를 기억하는 방식이랄지."

나는 살며시 사진을 집었다. 브라이언의 여동생은 앞에 토끼가 그려진 작은 초록색 멜빵바지를 입고 있었다. 멜라니는 신나고 즐거운 미소를 짓고 있었고 기분 좋은 비밀이라도 간직한 것처럼, 눈은 장난기로 가득했다.

브라이언의 가족과 우리 가족을 생각하자 눈앞이 뿌옇게 흐려지더니 참을 길 없는 눈물이 흘러내렸다. 나는 눈물을 참으려고 눈을 깜빡거렸지만 여전히 눈앞의 사진이 일렁거렸다. 사진 모서리가 뭉툭해지고 변하더니 갑자기 맑아진 연못 바닥에 보이는 물체처럼 다른 이미지가 떠올랐다. 어린 소녀는 길고 좁은 상자 안에 있었고, 겁에 질려 있었다. 부드러운 검은 담요 한 장이 그 아이를 덮어 버렸다. 나는 지독한 두려움을 느꼈다. 그러더니 리자 언니가 내 옆에 서 있었다. 나는 언니를 볼 수 없었지만 그게 언니라는 건 알 수 있었다. 언니가 말했다.

"무서워하지 마, 제니. 내가 도와줄게."

"젠. 제니!"

브라이언이 나를 부르며 자기 쪽으로 끌어당겼다.

"널 우울하게 하려고 여기로 데려온 게 아니었어."

눈이 맑아졌고, 사진 속 작은 소녀는 원래대로 내게 미소 짓고 있었다.

"멜라니는 어쩌다 죽었어?"

"보모가 그 애를 찾지 못했어. 그 애는 화재 연기에 질식했어."

나는 침을 삼켰다. 내 앞의 밝은 사진 속의 무엇이 나에게 긴 상자(옷장) 안의 그녀를 덮치는 검은 연기를 보여 준 걸까?

"넌 화재 현장에 있어 본 적이 있니?"

브라이언이 물었다.

"아니. 없어, 분명히 엄청 무섭겠지."

"너무 기운 없어 보여."

무력감이야말로 지금 내가 느끼고 있는 것으로, 그 느낌은 내 정신을 침범하는 영상들을 막을 수 없다는 데서 오고 있었다. 지난 이틀간 주의했음에도 내가 경계를 늦추자마자 리자 언니는 내 머릿속으로 살금살금 기어들었다.

이 환상들에 현실성이 있는지 궁금했다. 그것들 안에 진실이 있는 걸까?

언니와 나는 엄마의 옛날 영화를 보곤 했는데 그중 「영매 소녀」라는 영화를 볼 때면 우리끼리 엄청나게 웃곤 했다. 그 영화에는 살해 현장의 사진을 응시하고 죽은 사람의 소지품을 만지는 동안 공포로 동그래진 엄마의 초록색 눈이 클로즈업되는 장면이 많았다. 주인공은 미스터리를 푸는 데 도움이 될 이미지가 눈앞에 떠오르면 그 장면에 대해서 억양 없는 단조로운 어조로 내뱉듯 묘사하곤 했다. 지금도 그때처럼 그 생각을 하며 웃을 수 있으면 좋았겠지만, 너무나 무서웠고 나와 나의 환상에 대해서 실체적인 것이 아무것도 없다는 것을 믿어야 한다는 사실이 절망스러웠다.

나는 브라이언을 곁눈질했다.

"녀석, 잘 하는 짓이다. 여자애가 놀러왔는데, 너란 녀석은 따로 불러내서는, 그 애를 우울하고 짜증나게 만들기나 하고."

자신에게 말하는 브라이언을 보며 나는 억지로 미소를 지었다.

"난 네 가족들에 대해 아는 게 좋아. 가족은 그가 어떤 사람인지 알려주잖아. 그리고 너희 집 구경하는 것도 좋아. 집은 그 주인에 대한 단서로 가득하니까."

나는 일어나서 다시 자리를 옮길 구실을 잡으며 말했다.

"내가 널 아는 것보다 훨씬 많이 네가 나에 대해 알고 있겠네."

브라이언이 지적했다.

"음, 난 할 애기가 별로 없어. 우리 가족은 지루하거든."

멜라니의 다른 사진이 책상 위에 있었고, 또 다른 한 장이 책장에 있었다.

그 아이가 더 자란 사진은 없는 것만 봐도, 그 아이가 죽었다는 것을 추측하기는 쉬워 보였다. 그리고 그 애가 죽었다는 것을 알고 있었기에, 그녀가 들어가 있는 긴 상자를 가리던 검정 담요도 옷장이 아니라 관이라고 생각하는 편이 자연스러웠다. 이런 이미지들은 누이를 잃은 오빠로서의 브라이언에게 감정이입을 함으로써 단순히 유발된 것이었다. 게다가, 물론, 내가 언니를 생각해 왔기 때문이기도 했다. 언니가 사후에 내게 메시지를 보내고 있는 것도 아니었고, 나 역시 '영매 소녀'가 아니었다.

나는 책꽂이에서 『연극 입문』이라는 낡은 책을 한 권 꺼내서 흥미라도 있는 것처럼 책장을 휙휙 넘기기 시작했다.

"너랑 워커 선생님 사이는 어떻게 돼 가고 있어?"

브라이언이 물었다.

"생각했던 것보단 훨씬 나아."

"그는 네 거침없는 점을 좋아해. 게다가 워커 선생님 입장에선 네가 연극에 경험이 없다는 점이 자신에게 해가 되지 않기도 할 거고. 이 말 못 믿겠지만, 워커 선생님은 재능과 경험이 있는 사람에게 쉽게 위협을 느끼거든."

"네 말이 맞아, 못 믿겠어."

브라이언이 웃더니 내가 책을 덮고 다른 책을 고르는 모습을 보면서, 옆으로 돌아앉아서 소파에 다리를 휙 올렸다.

"워커 선생님을 이해하려면, 그 사람이 살아온 이력을 이해해야 해. 그 사람이 뉴욕에서 크게 실패했을 때, 말 그대로 정말 완전히 망했거든. 워커 선생님이 기획했던 마지막 쇼는, 자기 생각에 자신에게 명성과 부를 가져다줄 정말 큰 기회였는데, 리 몽고메리가 극의 주연을 맡았대."

나는 브라이언 쪽으로 돌아서며, 내가 조금 빠르게 반응했다는 것을 깨달았다. 나도 우리 아버지께서 워커 선생님와 함께 일하셨다는 것은 알고 있었지만, 그때는 그 상황에 대해서 뭔가를 기억하기에는 너무 어린 나이였었다.

"그 일이 잘 안 된 거야?"

나는 큰소리로 물어봤다.

"몽고메리가 그만뒀어. 그 사람은 배가 곧 가라앉을 거라는 걸 알고는 재빨리 뛰어내린 거지. 그 쇼는 몽고메리가 배역에서 빠지고 나자마자 3일 만에 마무리되면서, 즉시 침몰해 버렸대."

나는 다시 책장 쪽으로 몸을 돌렸고, 브라이언은 내 표정을 보지 못했다.

"확실해? 워커 선생님이 너한테 직접 그런 말을 해 줬어?"

"워커 선생님은 자기가 보기에 굴욕적인 이야기는 나한테 절대 안 할걸. 우리 어머니께서 작년 여름에 리자 몽고메리가 여기 왔을 때 말씀해 주셨어. 그동안 워커 선생님이 자기가 프리마돈나라고 생각하는 여배우들을 추구하는 걸 봐 왔지만 리자와 함께할 때만큼 그렇게 열정을 쏟는 건 본 적이 없어. 물론, 리자는 자신을 방어할 수 있었지. 그 애는 다른 아이들 앞에서 곧바로 그 점을 비판했고, 그가 뉴욕에서 실패했으며 그저 외딴 곳 한복판의 연기 선생일 뿐이라는 점을 상기시키는 것에 대해서도 꺼리질 않았어."

나는 내심 움찔했다. 나도 언니의 혀가 얼마나 날카롭게 사람을 상처 입히는지 알고 있었다.

"리자가 그의 약점이 뭔지 알고 있었을 것 같진 않아. 어쨌든 뉴욕에서의 대학원 시절부터 워커 선생님을 알던 우리 어머니께서는 나에게 그 상황을 설명해 주셨거든. 다른 데서 얘기하진 말고, 제니, 나도 말하지 말았어야 했는데."

"얘기 안 할게."

옆방에서 은식기가 땡그랑거리는 소리가 났다.

"식사 시간이 거의 다 된 것 같은데."

브라이언이 말했다.

나는 꺼내들고 있던 책을 다시 제자리에 돌려놨고, 그는 소파에서 일어났다. 내가 막 식당 문 앞에 다다르자, 그가 나를 뒤로 잡아당겼다. 그가 다정하게 말했다.

"제니, 너와 함께할 기회를 날려버린 것 같아. 저녁 식사 동안이랑 그 후에는 즐거운 것들만 이야기하자."

실제로 우리는 그렇게 했다. 수학 수업에서 졸업 무도회 데이트에 이르기까지 고등학교 생활에 대해서 이야기하고, 매기 선생님까지도 자신의 첫 데이트에서 생겼던 웃기는 이야기를 하며 끼어들자 웃음소리가 끊이질 않았다. 하지만 나는 내가 둘로 나뉘어서, 한 쪽은 재잘거리고 즐거운 척 눈속임을 하고 있는 동안, 다른 쪽은 점점 자라나는 불안에 괴로워하고 있는 것 같은 기분이 들었다. 워커 선생님와 우리 아빠 사이엔 무슨 일이 있었던 걸까? 그리고 언니가 여기에 있을 때 정확히 무슨 일이 있었던 걸까? 얼마나 더 씁쓸함을 느껴야 하는 걸까?

저녁이 지나자, 다른 대학생이 기숙사를 관리하는 주말에는 비번임에도 불구하고, 브라이언이 우리가 캠퍼스로 돌아가는 길을 배웅하겠다고 우겼다. 브라이언이 토마스를 들여보내고 우리끼리만 남길 기다린다는 것을 토마스가 깨닫기까지 한참 시간이 걸렸다. 토마스가 사라지자마자, 브라이언은 드라마 하우스의 현관 계단까지 나를 따라왔고 나를 자기 옆으로 끌어 앉혔다.

"난 사실 너랑 데이트를 하면 안 돼, 제니."

"아까도 얘기했잖아."

그가 몸을 숙이더니 팔꿈치를 무릎에 얹었다.

"그동안 이런 부분이 문제가 될 거라고 생각하진 않았어. 그러니까 난, 누군가 나에게 중요한 사람이 되도록 두지 않는 것에 능숙하거든. 내가 LA에 가더라도 그래야 하고."

"다 이해해."

그가 웃었다.

"그렇게 이해해 주다니 이렇게 고마울 데가 있나, 바로 네가 나를 힘겹게 만드는 사람인데 말이야! 너를 중요한 사람으로 만들기가 한결 수월해지겠어."

"그러니까 조심하라고."

나는 그에게 말했다.

"난 그렇게 하고 싶지 않은데."

그가 내 얼굴을 감싸 쥐며 말했다.

"너도 네 어머니가 규칙을 얼마나 중요하게 여기시는지 알고 있잖아."

나는 그에게 상기시켜 주었다.

"내가 듣기로는, 보름달 아래서 여자애를 집까지 바래다줄 때는 그 애에게 키스해야 하는 게 규칙이라고 하던데."

"지금은 보름달도 아닌걸."

그가 미소를 짓더니 스토다드 꼭대기의 시계탑을 곁눈질했다. 그 시계는 어둠 속에서 어슴푸레 빛나고 있었다.

"여긴 연극 캠프야. 시계가 반짝이고 있으니, 우리 저걸 달이라고 치자."

그는 내 입술에 키스를 했다.

"잘 자."

그가 다정하게 말하더니, 일어나서 휘파람을 불며 가 버렸다.

나는 계단 난간에 기대어 섰다. 브라이언의 키스는 좋았다…… 악수 정도로 좋았다. 어떻게 내 인생에 이렇게 수많은 일들이 일어나고 있는 지금 연애 감정을 느낄 수 있겠는가? 나는 브라이언에게 비밀을 털어놓는 것이 좋을지를 곰곰이 생각해 봤다. 그렇게 하면 그도 왜 내가 연애에 흥미를 가질 수 없는지를 이해해 줄 것 같았다.

'적어도 아직은 아니야.'

나는 결정했다.

시계탑이 보름달처럼 보인다던 그의 말은 옳았다. 나는 휙 일어섰다. 내가 화요일 밤에 봤던, 산산조각 나던 빛의 원이 마음속을 스쳐 지나갔다. 아마도 그 이미지는 달이 아니라, 시계였던 것 같았다. 내 손목 주위를 조이던 무언가는 손목시계였다. 나는 그때 내가 겪었던 것처럼 내 손목을 잡아봤고, 살인자에 의해서 산산조각 났을 언니의 시계를 생각했다.

하지만 내가 오늘 밤 잡은 손목은 왼팔이었고, 그리고 환상 속에서도 왼쪽 손목이었다. 왼손잡이인 언니와 나는 시계를 오른팔에 찼다. 나는 다시 계단에 주저앉았다.

의미 없어 보이는 내 마음 속의 이런 사소한 실수가 다리 밑에서의 사건을 재창조해 낸 것일까, 아니면 그게 사실이었을까? 나는 경찰의 보고서에는 어떻게 되어 있었는지를 기억해 내려고 애썼지만, 내가 워낙 그 사실을 머릿속에서 지우려고 해 왔기 때문에 다시 떠올릴 수가 없었다.

언니는 항상 시계를 차지는 않았다. 아마도 그 연쇄 살인마는 자신의 희생자가 시계를 차고 있지 않으면 보통 사람들이 시계를 매는 쪽 팔목에 시계를 채워 주는 걸지도 몰랐다. 어쩌면 그 시계가 살인자의 신원을 알려 주는 단서가 될 지도 모를 일이었다. 언니는 내가 이런 점을 발견해 주길 바랐던 걸까?

물론, 누구든지 언니에게 시계를 채울 수 있고, 그러고 나서 그걸 부술 수 있었다. 만약 누군가가 연쇄 살인마의 짓으로 보이도록 하기 위해서 그렇게 했다면? 그런 부류의 살인자라면 더욱 개인적인 동기가 있어야 할 거라는 생각에 몸서리가 나서 나는 그 생각을 떨쳐내려 애썼다. 우리 언니를 죽이고 싶을 정도로 싫어하는 사람이 있을 리가 없었다.

열하나

일요일 아침에는 교회에 갔다. 나는 뒷자리에 앉아서 내게 보이는 환상이 사라지게 해 달라고 기도했다. 신이란 마음속에 바라는 것과는 다른 방식으로 기도하는 자에게 응답하는 버릇이 있기에 내 기도는 좀 위험해 보였다.

드라마 하우스로 돌아오자, 같이 마을을 구경하러 가겠는지 묻는 토마스의 쪽지가 기다리고 있었다. 나는 민소매 윗옷과 반바지를 입고, 약간의 돈과 휴지를 주머니에 넣고는 옆 동으로 갔다. 토마스는 자기 등껍질을 등에 지고 다니는 달팽이처럼, 빵빵한 배낭을 지고 나타났다.

"무거운 거 있으면 내 가방에 넣어 줄까?"

그 애가 가방끈을 어깨에 맞게 조절하면서 물었다.

"그래, 그렇게 해서 다신 그 물건을 볼 수 없게 되는 거구나."

나는 놀리듯이 말했다.

우리는 한 시간 가량을 길가에 있는 가게를 구경하면서 보냈고, 그러고 나서 아이스 카푸치노를 두 잔 사서 마시면서 강가를 산책했다. 마을의 선착장에는 직사각형의 플랫폼이 수면 위로 연장되어 있고 벤치들이 줄지어 있는 공용 잔교(부두에서 선박에 닿을 수 있도록 해 놓은 다리 모양의 구조물—옮긴이)가 있었다. 앉아서 음료를 홀짝이기에 완벽한 장소였다.

토마스는 스케치를 하려고 스케치북을 꺼냈다. 나는 벤치 등받이에 머리를 기대고 어머니께서 보셨다면 '숙녀답지 않은 자세'라고 한소리 하셨을 자세로 팔다리를 아무렇게나 벌리고 누워 즐겁게 늦은 오전의 햇살을 만끽했다.

"어어이!"

토마스가 외치는 소리가 들렸다.

나는 혼자 싱긋 웃고는 계속 머리를 뒤로 기대고 있었다.

"어어이!"

토마스가 다시 불렀다.

"토마스, 저쪽에 해적이라도 있어?"

"아니, 마이크야."

나는 일어나 앉았다.

마이크가 손을 흔들었다. 그 애는 4.5미터 정도 길이에 선체가 고동색과 금색으로 칠해진 체이스 대학의 작은 보트를 타고 있었다. 그 애는 잔교 쪽으로 소형보트를 몰고 오더니 우리 옆에 있는 말뚝에 올가미 밧줄을 걸었다.

"웬일이야?"

마이크가 물었다.

"그냥 돌아다니고 있었어. 넌 웬일이야?"

토마스가 말했다.

"똑같지, 내 쪽은 수면 위를 돌아다니고 있다는 차이 정도. 안녕, 제니."

"안녕."

나는 그 애의 눈이 개울과 하늘처럼 그렇게 파랗지 않았으면 하고 바랐다. 저번 저녁에 내가 그 애의 눈 안에서 봤던 분노는 사라지고, 친절과 너그러운 파랑만이 그 눈 안에 남아 있었다. 마치 강물처럼, 마이크의 눈은 나를 가볍게 떠오르게 했다.

그 애는 토마스 쪽으로 돌아섰다.

"뭐하고 있었어?"

"그냥 스케치. 보트, 잔교, 집, 나무, 보이는 대로 그리고 있었지."

"물 위에서 구경하는 건 어때?"

마이크가 보트로 초대했다.

"글쎄……."

나는 말을 꺼내려 했는데 토마스가 재빨리 대답했다.

"좋아."

하지만 마이크는 내가 망설이는 소리를 들었다. 그 애의 눈빛이 어두워졌다.

"아니면 다음번에 타도 되고. 네 스케치북이 물에 젖으면 망가질지도 모르니까."

"그건 괜찮아. 내 배낭은 방수거든. 종이를 몇 장 뜯어내서 클립보드 위에 놓고 그리면 돼."

토마스가 자신 있게 보장했다. 그 애는 배낭을 뒤적거려서 여러 가지 것들을 꺼내더니 다시 집어넣었다.

"그게 다 뭐야?"

마이크가 호기심에 차서 물었다.

"냉장고 빼고 전부. 나도 타고 싶어, 마이크."

내 대답에 그 애가 미소를 지었다. 그러자 나는 다시 떠오르는 기분이 되었다.

토마스는 카메라 두 대를 목에 걸고, 한 손에는 클립보드와 연필들을 그리고 다른 한 손엔 카푸치노를 들었다.

"준비됐어."

"네가 배에 올라타는 동안에 내가 그림 도구랑 음료수를 들고 있으면 어떨까?"

내가 제안했다.

웃지 않으려고 노력하는 것처럼 보이던 마이크는 우리 둘을 1미터 정도 깊이의 보트 안으로 내려서도록 이끌었다. 토마스는 가운데에, 나는 뱃머리의 널빤지 의자에 자리를 잡았다.

"카누를 빌려오지 않아서 다행이다."

마이크는 우리가 앞뒤로 흔들리는 것을 지켜봤다.

"다음에."

내가 대답했다.

"다음에는 너 혼자 타게 해 줄게."

마이크가 웃으며 대답하더니 우리에게 구명조끼를 하나씩 던져줬다.

"내가 배를 몰 때는 사람들에게 이걸 입히지."

"넌 안 입어?"

나는 마이크가 구명조끼를 입지 않은 것을 보고 물었다.

"난 수영할 줄 알아."

"그럼 보트가 뒤집어져서 네가 머리를 부딪쳐서 의식을 잃으면, 나랑 토마스가 널 구해 주길 기대하는 거야?"

"좋은 지적이야. 결국 난 고상한 두 명의 동승자들과 함께하는구나."

그 애는 주황색 조끼를 입고서 나에게 싱긋 미소를 지었다. 그러더니 말뚝에서 줄을 풀어내고 잔교에서 배를 밀어냈다.

토마스가 모터를 돌리기 시작하는 마이크에게 물었다.

"누구든지 보트를 빌릴 수 있어?"

마이크가 대답했다.

"배를 몰아 본 경험이 있고 대학교랑 어떻게든 관계가 있으면 될 거야. 우리 할아버지께서는 동부 연안 지방에서 오셨는데, 나를 데리고 게잡이를 다니곤 하셨어. 할아버지는 보트 창고가 많이 발달한 대학들의 매니저가 있는 옥스퍼드 근방에 사셨거든."

우리는 작은 선착장에서 통통거리며 출발했다. 우리와 강가 사이에 배 한 척 정도의 거리가 생기자 나는 더욱 편안하고, 최근 나를 얽어매고 있던 것들로부터 자유로워지는 느낌이 들었다. 태양은 피부 위로 따스하게 내리쬐고 있었고 시원한 바람이 머리카락을 나부끼게 했다. 나는 반바지 주머니에서 고무줄을 꺼내서, 나부끼는 머리카락을 잡으려고 몸을 숙이고는 미친 듯이 헝클어진 머리카락을 한데 묶었다. 내가 고개를 들자, 마이크가 나를 쳐다보고 있었다.

"아름다워!"

토마스가 나직이 말했다.

마이크가 깜짝 놀라며 토마스 쪽을 흘깃 보았다.

"그래, 요트가 정말 예쁘지."

나는 우리가 그 순간 지나치고 있던, 정박해 있는 요트 쪽으로 고개를 끄덕이며 말했다.

마이크는 웃었고 토마스는 그 범선의 사진을 찍었다.

"멋진 전망이야! 젠, 믿겨지니? 여긴 정말 멋진 전망이 너무 많아."

그 후로 40여 분간 토마스는 천국을 발견했다. 강을 굽어보는 2층으로 된 베란다가 있는 집, 위스트 크릭 강을 가로지르는 오래된 다리, 버려진 방앗간.

"앞으로 1년 반 동안 그리기에 충분할 재료들을 얻겠는걸."

그 애가 카메라를 찰칵거리면서 말했다. 우리는 위스트 만에서 멀어졌다가 뱃머리를 돌려서 다시 강 쪽으로 향했다.

"난 좀 더 오래 머무르려고. 너희도 같이 더 있어도 되고 아니면 다시 마을 선착장에 가서 내려줄 수도 있어."

마이크의 말에 토마스가 곧바로 대답했다.

"있을래. 내 말은, 젠도 그러고 싶다면 말이야."

"그래, 나도 좋아."

우리는 다시 마을 선착장을 지나 항해하다가 정박지 두 곳을 지났다. 마이크가 강가를 가리키며 말했다.

"저쪽은 상업적인 항구야. 저기에는 온갖 재미있는 배들이 있어, 토마스. 저기 배 옆면이 낮고 긴 배 위로 한쪽 끝에 작은 집들이 있는 거 보이지? 우리 할아버지의 배 같은 것들이야. 게잡이를 할 때 쓰이지."

"여기에 몇 분만 머물러 있어도 돼?"

토마스가 물어봤다.

"닻을 내리면 돼."

"멋지다! 그럼 스케치 좀 할 수 있겠네."

"너도 괜찮겠어, 제니? 설마 제니 너 우리 앞에서 졸고 있었던 건 아니겠지?"

사실 나는 졸고 있었다. 마이크가 웃으며 말했다.

"네가 졸다가 배 밖으로 떨어지는 꼴은 보기 싫은데. 지금은 소용없는 시간이란 말이야. 게는 해가 높이 떠 있을 땐 물지를 않거든."

"다행인 줄 알아, 나도 그러긴 싫으니까."

마이크가 히죽거리면서 모터를 끄고 닻을 내렸다.

"제니, 네 자리를 들어 올려서 그 널빤지를 토마스 자리 아래로 밀면 안전하게 주저앉을 수 있을 거야."

나는 그 말대로 했다. 마이크가 나에게 여분의 구명조끼 두 벌을 건네줘서 뱃머리에 푹신하게 깔고 누웠다. 그 애도 똑같이 자기 옆구리에 구명조끼를 깔더니 배에 있던 가방에서 선글라스와 대본을 꺼냈다.

모터를 끄자 토마스가 연필로 스케치하는 소리와 이따금 마이크가 책장을 넘기는 소리만 들릴 정도로 조용해졌다. 나는 만족스러운 마음으로 편안하게 누웠다. 보트의 부드러운 흔들림이 요람에 누운 아기처럼 편안한 기분을 느끼게 해 주었다. 나는 따스하고 편안한 잠으로 빠져들었다.

내가 낮잠을 얼마나 잤는지는 모르겠지만, 처음에는 눈을 뜨지도 못할 정도로 깊이 잠들었다. 잠에서 설핏 깨어나고도 나는 그저 거기 누운 상태로, 너무 편해서 움직일 마음이 들지 않아서 그 애들의 목소리만 듣고 있었다.

"제니를 깨워야 할까? 그러긴 싫은데. 잠을 많이 못 잤다고 하더라고."

토마스의 걱정스러운 말에 마이크가 대꾸했다.

"재 얼굴이 햇볕에 탈까 봐 걱정이야."

토마스가 제안했다.

"우리 셔츠로 좀 덮어 주고 조금 더 쉬게 하자."

"좋은 생각이야."

움직이는 기척이 나더니 보트가 약간 흔들렸다. 부드러운 옷 한 벌이 내 다리 위를 덮는 것이 느껴지더니 다른 옷이 팔을 덮어 줬다.

토마스가 말했다.

"발목이 드러났는데."

마이크가 대답했다.

"나는 얼굴이 더 걱정돼. 자외선 차단제를 가져온 것 같은데. 그래, 여기 있다. 얼굴에 좀 발라 주자."

"얼굴에?"

"그리고 발목에도."

"난 못하겠어."

그 말에 마이크가 물었다.

"왜 못해?"

"그냥 못하겠어."

"토마스, 이건 배우들의 무대 분장을 도와주는 거랑 별로 다를 것도 없어."

"그럼 마이크 네가 해."

마이크가 지적했다.

"네가 더 가깝잖아."

"그럼 자리를 바꾸자."

"왜? 별일도 아니잖아."

토마스가 우겼다.

"넌 경험이 있잖아. 자리 바꿔."

둘이 이동하는 기척이 더 났다.

"야! 조심해."

아무래도 나 때문에 배가 뒤집힐 수도 있겠다 싶었지만, 그때까지도 내가 눈을 뜨는 것 외엔 별다른 방법이 없었다. 하지만 이건 너무나 재미있었다.

마이크가 투덜거리면서 내 쪽으로 가까이 오는 소리가 들렸다.

"좋아, 해 보자."

그 애는 내 왼쪽 볼에 로션을 살짝 바르고, 잠시 기다리더니 문질렀다. 그 애는 로션을 좀 더 바르더니 로션 한 방울을 내 턱까지 둥글게 펴 발랐다. 이번에는 내 이마에 로션을 묻히고 코까지 발라 줬는데, 엄마가 발라주시곤 하던 방법과 같았지만 더 느렸다. 그 애는 내 오른쪽 볼도 잊지 않고 있었음이 분명했고 거기에도 로션을 바르고 방금 전까지보다 더 천천히 부드럽게 문질렀다. 마이크의 손이 내 볼에 머물러 멈췄다. 손가락 끝이 내 입술을 따라 그리듯이 가볍게 내 입을 건드렸다.

'이게 마이크가 무대 분장을 하는 방식이라고?'

나는 눈을 떴다.

"아, 잘 잤니."

그 애가 말했다.

"응."

나는 그 애가 뒤로 물러날 거라고 생각했지만 마이크는 그저 선글라스를 밀어 올렸을 뿐이었다. 그 애의 얼굴은 내 얼굴에서 불과 30센티미터도 떨어져 있지 않았다. 그 애가 햇볕을 가리고 있었기 때문에 얼굴은 그늘져 있었고 눈은 수면이 반사하는 빛으로 반짝이고 있었다. 나는 눈을 떼지 못하고 그 애를 쳐다봤다.

"내가 뭐하고 있는지가 궁금하겠지."

그 애가 말했다.

"음…… 대충 그래."

나는 그 애의 눈을 보지 않으려고 애쓰다가 결국은 그 애의 입을 응시했다.

'어쩜 저런 입이 다 있을까!'

만약 그 애가 잠들어 있었다면, 나도 그 입술을 만지고 싶은 유혹을 느낄 게 틀림없었다.

'쟤는 왜 셔츠를 벗고 있는 거야? 너 때문이잖아, 이 바보야.'

나는 스스로를 깨우쳐 줬다.

가능한 그 애의 근육질 어깨를 뚫어지게 보지 않으려고, 그 애의 구명조끼의 덮개 사이로 보이는 넓게 벌어진 맨 가슴을 응시하지 않으려고 노력했다. 나는 재빨리 눈길을 위로 돌려 그 애의 귀를 쳐다봤다.

'맙소사, 쟤는 귀까지도 완벽하게 잘생겼잖아!'

이래서는 안 됐다. 언니의 예전 남자 친구에게 이렇게 관심을 기울여선 안 되었다.

"여기 요정의 꽃 즙이 좀 있거든."

그 애가 말했다.

"그래?"

"마법 재료지. 퍽이 가진 것 같은. 내가 그걸 네 눈꺼풀에 발랐어."

"그랬어?"

"너도 알다시피, 넌 눈을 뜨자마자 처음 본 사람과 사랑에 빠지게 될 거야."

나는 말없이 그 애를 응시했다.

"어이쿠!"

그 애가 물러났다.

"잘못 발랐네. 이건 자외선차단제야."

나는 일어나서 웃으려고 애썼다.

"우린 네가 걱정돼서."

토마스가 말했다.

"빨강머리는 자외선 차단제 없이 외출하면 안 돼."

마이크가 덧붙이더니 내게 로션을 통째로 넘겨줬다.

"목 아래부터 바르면 돼."

"고마워."

그 애는 다시 토마스와 자리를 바꿨고 나는 목과 팔에 로션을 바르기 시작했다.

"그림은 많이 그렸어? 좀 보고 싶은데."

나는 물었지만, 사실은 내 주의를 마이크로부터 다른 곳으로 돌릴 어떤 것이라도 보고 싶었다. 브라이언은 내 얼굴을 감싸고 키스까지 했었는데. 나는 왜 *그의* 귀가 귀엽다는 생각은 하지 않았을까?

"토마스가 오이스터 크릭의 다리 앞에서 멈춰서 사진을 좀 찍고 싶다는데. 제니, 너도 괜찮아?"

마이크가 말했다.

그거야 말로 지금 이 순간 딱 내게 필요한 거였다. 리자 언니의 남자와 함께 언니가 희생된 다리를 방문하는 것. 바로 이렇게 현실 확인이라니!

"안 될 건 또 뭐야?"

토마스는 내가 딱딱한 어투로 이야기하자 놀라서 쳐다봤다.

"네가 햇볕에 너무 많이 타서 그래. 너도 느끼고 있을 거라 생각했는데."

마이크가 참을성 있게 대답했다.

"난 괜찮아. 물어봐 줘서 고마워."

나는 대충 덧붙였다.

놀랍게도, 그 다리 옆에 닻을 내릴 때나 다리 그늘 밑으로 들어갈 때에도 나는 아무것도 느끼지 못했다. 우리는 길고 깃털이 숭숭한 풀로 둘러싸인 파빌리온을 지나서 대학에 속한 부유식 잔교에 배를 대고 조용히 배를 묶었다.

"나는 여기 아래에 남아서 배에 물을 뿌려서 좀 닦아야 해."

마이크가 우리에게 말했다.

"도와줄까?"

토마스가 물었다.

"아니야, 혼자 할 수 있는 일이야."

"그래, 그럼, 고마웠어! 정말 멋졌어. 진심으로, 진짜 멋졌어."

토마스가 말했다.

"즐거웠다니 다행이네."

마이크가 대답했다.

"정말 좋았어. 다음에 봐."

나는 재빨리 말하고는 급히 구스 레인 길을 벗어났다.

마이크는 자신이 내게 어떤 영향을 끼치는지 알고나 있을까? 나는 그 애만큼 뛰어난 배우는 아니었지만 그 애가 나의 힘겨운 연기를 꿰뚫어볼 수 있을까 하는 의심이 들었다. 나는 분명히 이랬다저랬다 하면서, 그냥 그 애를 혼란스럽게 하고 있을 뿐이었다. 앞으로 나는 그 애의 주변에서 더욱 주의해야 할 터였다. 그 애와 거리를 멀리 둘수록 그 애도 내 정체를 알아채기 힘들 것이고, 나는 안전할 수 있었다. 언니와 비교당하는 일과 내 마음을 다시 다치는 일로부터.

열둘

월요일 아침에 토마스가 튼튼한 남자애들 몇 명과 아서와 함께 나에게 필요한 체조 기구들을 옮겼다. 대학의 육상부는 우리가 앞으로 6주간 그것들을 극장에 둘 수 있도록 허가해 주었다.

토마스는 배우들과 제작진에게 워커 선생님이 허락한 무대의 변화를 설명했다. 워커 선생님은 마치 캠프 초반에 그가 토마스에게 준 힘겨운 시간은 토마스를 고치에서 끄집어내기 위한 책임감에서 그랬다는 듯, 약간 우쭐한 표정으로 뒤에 앉아 있었다.

전과 같이, 무대 조명에 반짝이는 마일러(녹음 테이프 등을 만드는 폴리에스터 필름의 상품명—옮긴이)를 잘고 길게 잘라 만든 폭포가 무대 뒷벽의 배경에서 쏟아져 내리게 할 계획이었다. 하지만 그 폭포는 이제 한 줄기만이 바닥에서 흐르고 있었고, 그 위를 가로지르는 다리는 평균대로 대체되어 무대 앞쪽에 놓일 예정이었다. 안마(鞍

馬)는 돌담으로 꾸며서 오른쪽 옆 무대 근처에 놓일 거였다. 앞과 위로 동시에 나는 것처럼 보이는 등장을 위해서, 나는 커튼 뒤에서 맹렬하게 달려 나온 다음에 '돌담'과 팔을 이용해서 내 몸을 높이 날린 뒤 한 바퀴 반 돌리며 돌입할 계획이었다.

"밧줄을 추가하는 건 어떤가? 제니, 밧줄을 타고 오르락내리락할 수 있겠나?"

워커 선생님이 물었다.

"네."

"브라이언, 운동 용품점을 확인해 보고 적당한 등산용 밧줄을 구해 왔으면 좋겠다. 아서……."

아마도 그 밧줄을 어디에 매달지를 짐작한 모양인지, 관리인은 슬그머니 출구 쪽으로 가는 중이었다.

"……밧줄은 무대 위의 보행자용 통로에 매달 거야. 명단에 잘 적어 두라고."

"사다리가 오면요."

그는 대꾸하고는 하던 일을 했다.

내가 밧줄을 고정하기 위해서 가로대를 올라가는 편이 낫겠다고 느꼈지만, 그 밧줄이 안전한지를 확신할 수 있는 것이 먼저였다.

워커 선생님은 우리가 해 온 2막 1장의 동선 설정을 보고 싶어 했다. 나는 레오타드 위에 셔츠와 반바지를 입고 있다가 겉옷을 벗기 시작했다. 내 시야 한구석으로 폴이 나를 보고 있는 것이 보였다. 물론 체육관에서 만난 남자들도 그랬고, 수영장에서 만난 녀석들도 그랬지만, 그 애의 응시는 보통의 호기심이나 치근거림에서 나온 것이 아니었다. 가만히 조용하게 먹이를 관찰하고 있는 고양이의 그것에 가까웠다.

케리가 자기도 등장하는 장면이 되자, 무대 위로 올라와 폴과 합류했다. 나는 그 애들에게 등을 돌렸다.

"재들한테 네 실력을 보여 줘, 젠."

토마스가 나를 격려했다.

나도 그럴 셈이었다. 우리 둘 다에게 자랑스러운 결과를 내고 싶었다.

그 장면은 내가 바랐던 것보다 더 잘 되어 갔다. 아직 대본 없이 연기하는 것이 당연하지 않았음에도, 나는 일요일의 나머지 시간을 그 장면의 내 대사를 외우는 데 할애했다. 게다가 폴은 무대 뒤에서 차갑게 구는 만큼, 무대 위에서는 전문가처럼 자신의 역할을 해냈다. 마지막에는 자연스럽게 박수가 터져 나와서 매기 선생님을 웃게 해 주었다. 워커 선생님은 약간 눈살을 찌푸리더니 몇 가지 변동 사항을 내 대본에 표시하게 했다. 나는 마침내 내가 관객석에 앉고 마이크가 무대에 올라 연기할 때까지, 그 애를 쳐다보지 않으려고 조심했다.

워커 선생님은 금요일에 작업하던 4막의 끝을 다시 검토하고 나서 5막의 블로킹을 시작했다. 시골뜨기 광대들에 의해 진행되는 극중극 장면에서 끼익 하고 멈추는 장면이 나왔는데, 워커 선생님이 끼익 하는 소리를 냈다. 샤나는 모든 것을 잘 알고 있었지만, 나머지 다섯 배우는 확실히 이해하지 못하고 무대에서 우왕좌왕하는 것이 아무 생각도 없어 보였다.

워커 선생님은 폭발해서는 소리를 질렀다.

"너희들 대체 뭐하고 있는 거냐?"

무대 위의 아이들은 얼어붙어서 서로를 곁눈질했다.

"아무도 제대로 못 들은 거냐? 내가 교통 신호라도 보내 줘야겠어? 내가 신호를 보낸다 하더라도, 그걸 읽으려고나 하겠어?"

그가 무대로 성큼성큼 걸어가더니 빈정거리면서 말했다.

"아무래도 내가 주황색 조끼라도 입고, 흰 장갑을 끼고 호루라기를 불어야겠군. 적어 둬, 브라이언. 조끼, 장갑, 그리고 호루라기."

브라이언은 힐긋 쳐다보더니 아무 말도 하지 않았다.

"적었냐?"

브라이언이 태연하게 대답했다.

"마음속에요."

워커 선생님이 다시 배우들에게 돌아서면서 외쳤다.

"멍청이들! 너희들은 무식한 사람들을 *연기*하는 거지, 무식해지는 게 아니다. 내가 말하면, 너희는 들어. 내가 뭔가 말하면, 너희는 그걸 한다. 이해하기 어려운 개념이라도 있나?"

무대 위의 아이들은 양 떼처럼 한데 모여 있었다.

"지시를 따르기, 그게 그렇게 새삼스러운 일이냐? 너희도 영어로 말하잖아, 그렇지 않나? *너희*들 옆에 있으면 셰익스피어의 무식한 촌뜨기들이 로켓 과학자로 보이겠다!"

'글쎄, 격려를 그런 식으로 하다가는, 모두들 더 실수가 많아지고 신경만 날카로워질 텐데.'

그 아이들이 안됐다는 마음에, 나는 제안을 하나 했다. 아버지는 연극의 블로킹을 연출의 가장 큰 부분이라고 봄으로써 블로킹의 모든 패턴을 이해하라고 항상 말씀하셨다. 나는 각각의 지시 사항이 개별적인 배우들에게 더 명확하게 이해갈 수 있도록 워커 선생님이 연출하고자 하는 패턴에 대해 알려 줬다. 그 애들의 표정을 보니 애들이 이해했다는 것은 확실했다.

"이제 알겠다."

데니스가 말했다.

"응, 그러니 말이 되네."

팀이라는 남자애가 덧붙였다.

샤나는 내게 엄지를 세워 보였다.

워커 선생님은 내게 차갑고, 전혀 달갑지 않다는 시선을 보냈다. 그는 시골뜨기들에게 말했다.

"점심 먹고 나서 한다."

우리는 모두 일찍 해산하게 됐다고 생각하고는 소지품을 챙기기 시작했다. 그러자 워커 선생님이 내 쪽으로 돌아섰다.

"아직 15분 남았다. 퍽, 요정들, 오베론, 티타니아. 2막 1장. 시작."

왜 오늘 오전에 그 장면을 두 번이나 하려는 건지 알 수가 없었다. 그때 워커 선생님이 기술 감독 중 한 명에게 말을 걸며 덧붙였다.

"브라이언하고 더그, 조명도 같이 했으면 좋겠다."

브라이언이 눈을 가늘게 뜨는 것을 본 순간, 무슨 일이 벌어지고 있는 건지 깨달았다.

"별로 좋은 생각이 아닌 것 같은데요, 워커."

매기 선생님이 말했다.

“당신은 연출 감독이 아닌 것 같소만.”

워커 선생님이 대꾸하더니, 무대 계단을 내려왔다.

“나는 객석 조명은 전부 끄고, 무대 조명만 켰으면 한다. 더그, 누구랑 같이 작업하나?”

“사만다입니다.”

워커 선생님이 고개를 끄덕였다.

“좋아. 해 봐.”

나는 언쟁을 해 봤자 나에게 아무 소용도 없음을 알고 무대로 올라갔다. 워커 선생님은 기분이 안 좋은 상태였고, 나는 그가 청하지도 않은 제안을 했으며, 더 나쁘게도 그 제안이 좋았던 거였다. 이제 그는 내 분수를 깨닫게 해 주려는 계획을 세웠고 오늘 아침에 내가 받은 박수를 지워 버리려 하고 있었다.

나는 반바지는 벗었지만, 티셔츠는 벗지 않았다. 그 편이 조금이라도 덜 취약한 기분이 들게 해줬다.

“워커, 우리는 이미 제니를 위한 가장 좋은 프로그램을 의논해 뒀잖아요. 당신도 점차적으로 노출을 늘리는 방법이 해결책이라는 데 동의했고요. 이런 식으로 해 봤자 아무 소용도 없어요.”

매기 선생님이 그에게 상기시켰다.

‘아, 바로 그 아무 소용도 없다는 점이 요점이에요, 틀림없이.’

워커 선생님이 매기 선생님을 무시하며 말했다.

“제자리에. 조명.”

나는 조명이 변환되는 걸 보면서, 오른쪽 옆 무대에 선 채로 도약판까지 몇 걸음인지를 헤아렸다.

"요정들과 퍽 등장."

워커 선생님이 지시했다.

나는 앞으로 달려 나가서 휙 뛰어올랐다. 공기를 가르고 날아, 회전을 하기 위해 안마에 올라타서 자리를 잡았다. ……나는 온전히 체조 동작에만 집중했다. 그러자 발이 바닥에 닿았고 나는 무대 아래로 어두운 얼굴들의 바다를 의식하며, 빛의 홍수 속에 서 있게 되었다. 두려움이 심장을 짓눌렀다. 나는 싸웠다.

'이건 어리석고, 비이성적이고, 의미도 없어.'

하지만 그것은 변함없이 강력했다.

"'어쩐 일이지, 요정들아, 어디로 가는 길인지?'"

나는 실처럼 가느다란 목소리로 요정들에게 물었다.

특정 요정 역을 나누어 맡은 케이티와 다른 여자애 하나가 15줄에 이르는 자신들의 대사를 시작했다.

"언덕 너머, 계곡 너머,
풀숲을 지나, 찔레 숲을 지나,
대정원을 지나, 울타리를 넘어,
물을 건너고, 불을 건너서……."

나는 그 애들이 말하는 것에 집중하려고 애를 써 봤지만, 속이 메슥거렸다. 손바닥은 땀으로 축축해졌다.

"우리는 모든 곳을 돌아다니지,

달빛이 미치는 것보다 재빠르게.
그리고 우리는 요정 여왕을 섬기지,
풀밭 위 여왕이 지나는 곳에 이슬을 뿌리지."

심장 박동이 빨라졌다. 나는 크게 숨을 들이쉬고, 천천히 내쉬려고 노력했다.

"키가 큰 노란 앵초는 여왕의 근위병이지,
너도 봤겠지만 그들의 황금 외투의 반점들은
루비야, 요정들의 선물이지,
그 주근깨들 안에 향기가 남아 있지."

나는 무릎이 후들거렸다. 나는 땀으로 흠뻑 젖어 있었다. 평균대를 미끄러지지 않고 잡을 수 있도록 손바닥에 바를 백묵 가루가 필요했다.

"'안녕, 이 굼뜬 요정아. 우리는 가 봐야겠어. 우리 여왕님과 여왕님의 요정들이 곧 여기에 오시거든.'"

요정들이 말을 마무리했다. 그 다음 대사는 내 차례였다.

"'왕께서 오늘 밤 이곳에서 연회를 여실 거야.'"

나는 마치 전에는 한 번도 평균대에 올라 본 적이 없는 사람처럼 평균대 위에 멈춰 있었다.

"'여왕께서 그분의 눈에 띄지 않으시도록 조심해라.'"

웅크리고 앉아 있다가 천천히 일어나는데, 심장이 두근거렸다.

"'오베론께서는 무지하게 화가 나셨거든. 여왕께서 시종으로 들인…….'"

다른 사람들이 나를 쳐다보는 방식이 마치 내가 미끄러져 넘어지기라도 기다리는 것처럼 나를 불안하게 만들었다.

"'……인도의 왕에게서 훔쳐 오셨다는, 사랑스러운 소년.'"

나는 집중하려고 버둥거렸다.

"'여왕께서 바꿔치기해 온 아이들 중 가장 어여쁜 아이라던데. 그래서 질투 많은 오베론…….'"

고통의 물결이 나를 휩쓸었다.

"'그래서 질투 많은 오베론…….'"

나는 배를 움켜쥐었다. 정신이 텅 비어 가는 것 같았다. 나는 배우들이 대사를 잊어버렸을 때 하는 것처럼 '대사'라고 말할 생각조차 하지 못했다. 나는 휘청거리기 시작했다. 나는 중심을 잡고 모두가 숨을 죽이고 있는 소리를 들었다.

"세상에, 워커!"

매기 선생님이 책망했다.

"알겠소. 객석 조명."

나는 평균대에서 내려와서 계단 난간을 잡듯이 평균대를 잡고 마음을 안정시키려고 애썼다. 조명이 들어왔다. 워커 선생님이 계단을 올라오더니 무대 한가운데 서서 천천히 돌면서 우리를 쳐다봤다.

"식사들 해라."

그가 말하더니 뒤쪽의 계단으로 성큼성큼 걸어가 버렸다. 그의 발소리가 사라질 때까지 아무도 움직이지 않았다.

나는 소지품을 챙기러 객석으로 돌아왔지만, 샤나가 나를 위해 미리 챙겨두었다. 브라이언이 그의 어머니에게 이야기를 하고, 다른 사람들은 모두 빠르게 줄지어 나갔다. 나는 샤나와 함께 한쪽에, 그리고 토마스는 다른 사람들의 눈을 피하며 다른 쪽에 남았다. 우리가 밖에 나왔을 때, 나는 마이크가 콘크리트 계단 꼭대기에 서 있는 것을 발견했다.

"제니? 제니, 나 좀 봐."

나는 무대 위에 있는 것을 '신나는 일'이라고 생각하는 언니 같은 부류의 사람에게는 내 공포를 절대로 설명할 수 없다는 것을 알고 있었기에, 비참하고 부끄러운 기분으로 흘깃 올려다봤다.

나는 그 애에게 말했다.

"세상에는 그런 사람이 있어. 모든 사람이 자기를 좋아하고 싶어 한다고 믿는 거지. 그리고 난 그런 종류의 사람이 아냐."

***

루이 삼촌께,

저는 여기 연극 캠프에 와 있어요.(추천서 써 주셔서 다시 한 번 감사드려요.) 질문이 하나 있는데요, 아버지께 여쭤보는 것보다 아저씨께 여쭤보는 게 나을 것 같아서요. 우리 연출 감독, 워커 버크 선생님은 몇 년 전에 저희 아빠를 알고 지냈대요. 여기 캠프에서 워커 선생님은 뉴욕 극단을 비판하고 아빠를 깎아내리고 있어요. (물론, 그 사람은 제가 몽고메리라는 것을 모르죠.) 이곳의 누군가가 말해 주길 아빠가 워커 선생님의 마지막 쇼에 출연했대요. 아빠가 그 공연에서 빠지셨고, 그 공연은 실패했다고 하던데요. 무슨 일이 있었는지 말씀해 주실 수 있으세요? 워커 선생님에게는 아무 말도 안 할게요. 저는 그저 두 분 사이에 무슨 일이 있었는지 궁금해서 그래요. 고맙습니다.

젠

나는 대부(代父)에게 이메일을 보내 놓고 오랫동안 샤워를 했다. 드라마 하우스에서 혼자 점심을 먹도록 허락해 주고, 덕분에 한결 나아진 기분으로 극장으로 돌아갈 수 있게 해 준 매기 선생님에게 고마움을 느꼈다. 브라이언이 나를 너무 쳐다보고 있는 것만 빼면 모든 것이 정상으로 돌아온 것 같았다.

나는 그에게 속삭였다.

"난 괜찮아. 너무 빤히 보지 마. 사람들이 알아챌 거고 나는 지금 받은 것 이상으로는 더는 주목받고 싶지 않으니까."

워커 선생님은 시골뜨기들이 제대로 해내도록 하는 데 오후를 다 쓰기로 작정했다. 토마스는 저 장면에 나오지 않는 나머지 배우들에게 제작진의 일을 분배해 주라는 지시를 받았고 토마스에게 자기가 말했던 것보다 훨씬 더 사람들을 다루는 요령이 있다는 사실이 드러났다. 토마스는 케리, 폴, 그리고 다른 두 명에게 자신이 감독할 수 있는 실내에서 배경판을 칠하는 일을 줬고, 린과 다른 세 명의 책임감 있는 타입에게는 밖에서 스프레이 페인트로 작업하도록 했다. 깔끔하고 조용한 두 여자애들은 나뭇잎을 스텐실하는 일을 맡게 되었다. 아마도 그 애는 마이크와 내가 어제 이후로 친해졌다고 생각한 것 같았다. 토마스는 우리에게 안마(鞍馬) 위에 덮을 캔버스를 칠하는 일을 부탁했다.

우리는 극장 아래층의 분장실과 의상실에서 홀을 가로지르는 곳에서 일했다. 휑뎅그렁한 공간에 톱질모탕(톱질할 때 밑에 받치는 나무 토막—옮긴이), 제도 탁자와 작업대가 널려 있었다. 도구들이 걸려 있는 나무 걸이판과 페인트가 놓인 선반들, 그리고 커다랗게 말려 있는 캔버스와 종이, 수백 번은 덧칠된 것처럼 보이는 배경판과 배경막들이 함께 있었다.

다른 아이들이 일을 시작한 후에, 토마스는 마이크와 나에게 맡길 작업을 설명해 줬다. 그 애는 미리 준비된 폭 3미터 길이 1.5미터 정도 크기의 캔버스에 돌담을 표현할 돌들의 윤곽을 그려 놓은 것을 펼쳤다. 그 애는 우리에게 안마의 끝부분을 덮게 될 부위의 완성판을 보여 주면서 어떻게 돌을 입체적으로 보이도록 회색과 갈색 페인트로 가지각색의 음영을 넣는지를 보여 줬다.

마이크와 나는 페인트를 붓고 작업을 준비했다. 우리는 별로 말도 하지 않았고 중요한 이야기는 아무것도 하지 않았지만, 보트에서처럼 서로 말없이 고요하게 있는 것은 편안했다. 붓을 담그고, 칠하고, 담그고 칠하는 작업의 리듬은 즐거웠다. 마이크는 혼자 노래를 단속적으로 흥얼거리기 시작했다. 로큰롤이 머뭇거리다가 찬송가로 변해 가더니 다시 하드 록으로 변하자 킥 하고 웃음이 나왔다.

음악이 멈췄다.

"뭐 재미있는 거라도 있어?"

"아니."

나는 대답하면서도 웃음을 참지 못했다.

"내 노래를 비웃고 있잖아."

"아니야, 목소리가 아니라 너 때문에 웃었어. 어, 잘 되는 것 같지 않아서."

"그렇긴 해."

그 애가 동의했다.

흘깃 올려다보니 그 애의 눈이 반짝이는 게 보였다.

"그냥 네가 노래하는 방식이 재밌어서, 네가 아는 모든 노래가 다 섞여 있잖아. 내 유치원 때 친구도 손가락으로 그림을 그릴 때 그런 식으로 노래를 부르곤 했거든."

"그럼 나도 네 친구야?"

그 질문이 나를 방심하게 했다.

"그럼."

그 애는 반신반의하는 내 어조를 알아챈 것이 틀림없었다.

"넌 그 점에 대해서 더 생각해 보는 게 좋겠다."

마이크에 대해서라면, 그동안 생각한 것보다 더는 그 애에 대해서 생각하고 싶지 않았다. 나는 내 붓놀림에만 집중했다. 마이크는 한동안 가만히 있더니 다시 노래를 하기 시작했다. 토마스가 우리가 잘하고 있는지 보려고 들렀다.

"잘하는데! 다 그리고 나면, 옆방에 있는 건조실에 가져다 놔. 거기 가 보면 빨랫줄이 있을 거야. 단단히 매달아 둬."

3시 30분쯤에 마이크와 나는 우리가 작업한 캔버스를 옆방으로 옮겼다. 우리는 캔버스를 줄에 맞추고 각자 양끝을 잡고 빨래집게로 집었다. 우리는 캔버스를 가운데 두고 서서, 3미터의 중간쯤을 집어 주고, 15센티미터 간격으로 고정했다. 높은 빨랫줄에 집게를 집어 주기 위해서 하나를 고정할 때마다 의자를 옮기고 올라가서 해야 했기 때문에 나는 진행 속도가 느렸다. 마이크는 가운데에서 날 기다리고 있었다.

"너 어제 주근깨가 얼마나 늘어났는지 알아?"

내가 마지막 빨래집게를 고정시킬 때 그 애가 물었다.

"160만 개."

그 애가 웃었다.

마이크와 같은 눈높이에 서자, 그 애의 시선을 의식하게 되어서 나는 옆에 있는 우리가 함께 칠한 돌을 살펴봤다.

"우리 진짜 잘했는데."

"넌 어떨 때는 나를 쳐다보는데, 제니, 또 어떨 때는 안 쳐다보잖아, 왜 그러는 거야?"

"여자애들이 항상 너만 쳐다볼 거라고 생각하는 거야?"

그 애는 한쪽 입술만 올리면서 씩 웃었다.

"아니. 그래도 가끔 네가 나랑 눈 마주치길 두려워하는 것 같아서 말이야."

"아니야."

나는 자신 있게 말하고는 그 애의 목을 쳐다봤다. 목 아랫부분이 약간 움푹 꺼져 있는 튼튼한 목.

"더 위로."

마이크가 말했다.

나는 그 애의 입을 쳐다봤다.

"더 위로."

하지만 내가 올려다볼 용기를 냈을 때, 그 애의 시선은 더 아래, 내 입술을 보고 있었다. 그 애의 속눈썹은 그 애 눈의 반짝임을 거의 감출 정도로 길고 숱이 많았다. 마이크의 얼굴이 천천히 내 쪽으로 가까워졌다. 그 애는 고개를 살짝 기울였다. 이 자리를 피하고 싶다면, 지금 해야만 했다. 하지만 나는 그대로 가만히 있었다. 그 애의 접근을 느끼면서, 그렇게 숨을 죽이고 기다렸다. 마이크의 입술이 내 입술에 닿았다.

어쩌면 닿는 느낌이 이렇게 부드러울 수가, 이렇게 가까스로 닿는 듯이, 이렇게 멋질 수가 있을까? 마이크는 나를 붙들지조차 않았다. 그저 그 애의 입술이 내 입술 위로 속삭임처럼 가볍게 마주했을 뿐이었다.

"야, 너희들. 무슨 작업하고 있어?"

우리는 서로 뒤로 물러났다. 샤나가 방으로 들어왔다.

"워커 선생님이 우리 그룹은 5시까지 모이래. 그런데 15분밖에 안 남았어. 너희들이 한 것 좀 보자."

"벽이야."

마이크가 침착하게 말했다.

"이쪽."

나는 의자에서 내려서면서 중얼거렸다. 나는 내 입술에 손을 대고 싶은 충동과 싸워야만 했다. 마이크의 키스가 언니에게도 이렇게 놀라운 느낌을 주었을까? 대체 무엇이 이 일을 이토록 마법처럼 만든 걸까?

샤나가 줄 아래로 몸을 숙였다.

마이크에게는 내 키스가 어떤 느낌이었을까?

샤나는 캔버스를 자세히 살펴보더니 나를 쳐다봤다.

"주말에 햇볕에 너무 오래 나가 있었구나, 제니. 너같이 피부가 흰 사람들은 더 조심해야지."

그 애가 말하더니 웃었다.

순간 마이크의 얼굴에 은밀한 미소가 스쳤다. 샤나는 그 미소를 놓치지 않았다.

"뭐야? 내가 뭘 놓친 거야?"

"난 아무 말도 안 했는데."

마이크의 대꾸에 샤나는 뭔가 알아챈 표정이 되더니 내게 말했다.

"가자, 얘. 좀 쉬자. 바람 좀 쐬러 가야겠어."

나는 추궁당하리라는 걸 알았지만 마이크와 단둘이 있는 순간보다는 잘해야 한다고 결심했다. 나는 그 애에게 넘어가고 싶지 않았다. 내가 이미 빠져든 것보다 더 빠져들고 싶지 않았다.

샤나와 나는 건물의 뒷문으로 나와서 바깥의 계단 꼭대기로 올라가서 잔디밭에 아무렇게나 드러누웠다.

"좋아, 빨강머리. 너희 둘 사이, 어떻게 된 거야?"

"너희 둘이라니?"

내가 물었다.

"모르는 척하지 말고. 너랑 마이크 말이야."

"아무 사이 아니야."

"어허."

"정말로, 아무 일도 없어!"

"그러셔? 그나저나 햇볕에 탄 화상치고는 내가 본 것 중에 제일 회복이 빠른걸."

나는 잔디를 잡아 뜯었다.

"마이크가 너한테 키스했어? 내가 불쑥 들어갔을 때 너네 둘, 뭐 하고 있었어?"

샤나가 집요하게 물었다.

"왜 그렇게까지 생각하는 거야?"

내 질문에 그 애는 웃으면서 말했다.

"글쎄, 왜일까. 어쩌면 너희들이 리허설 동안 서로 살며시 흘깃거렸던 것 때문인 것도 같고, 아니 어쩌면 마이크가 아직도 자기 입술에 남은 네 키스의 감촉을 느끼는 것처럼 '벽이야'라고 웅얼거렸던 말투 때문이었던 것도 같고."

샤나가 나를 쳐다봤다.

"우와! 다시 얼굴이 빨갛게 익어 버렸네, 진짜 이상하게 재발하는 화상일세."

나는 입술을 깨물었다.

"왜 이런 걸로 고민해?"

그 애가 물었다.

'마이크가 언니의 남자 친구였고 그 점에 대해서 거짓말을 했기 때문이야. 나도 내가 상대가 안 된다는 걸 알고 있기 때문이야. 그 애가 나에게 건 주문이, 그 애가 다가왔을 때 내가 느낀 감정이 두렵기 때문이야.'

마음 속 말 대신에 나는 샤나에게 말했다.

"그 애는 트렌턴에 살잖아. 나는 뉴욕에 살고."

"그래서 차로는 1시간 반, 기차로는 좀 덜 걸릴까? 그레이하운드는 들어 봤니? 앰트랙 철도는? 이메일은? 편지는? 내 생각에는 전부 그저 변명일 뿐 같은데."

나는 부정하지 못했다.

"어쨌든 난 협조할게. 최소한, 오늘 오후에는."

그 애는 씩 웃으며 덧붙이더니 친절하게도 주제를 바꿔 줬다.

샤나가 리허설로 돌아간 뒤 나도 토마스에게 다음에는 뭘 해야 할지 물어보려고 계단을 내려갔다. 마이크는 우리가 사용한 페인트를 다 치운 모양이었다. 그 애와 폴은 방의 구석에 있었다. 마이크는 판자를 측정하고 있었고, 폴은 몇 발자국 떨어져서 손가락으로 톱날을 위아래로 쓸어보고 있었다. 케리는 근처에 앉아서 지루하다는 듯이 손톱을 손질하고 있었다.

브라이언이 내려와서 토마스와 이야기하고 있었다. 나는 모두를 잠시 쳐다보면서, 모든 걸 관리하고 사람들의 존경을 받는 토마스가 자랑스러워졌다. 그때 토마스가 나를 불렀다.

"헤이, 젠. 망치 좀 가져다줄래? 네 바로 뒤에 공구함에 있어."

나는 고개를 끄덕인 뒤 무릎을 구부리고 금속 상자의 걸쇠를 풀었다. 뚜껑을 들어 올리자, 망치의 손잡이가 다른 공구들 아래 묻혀 있는 게 보였다. 나는 망치의 머리 부분을 잡고 뽑아내려고 했다. 순간 갑자기 깜짝 놀라 뒤로 물러났다. 쇠가 얼음처럼 차가웠다. 다시 잡으려고 손을 뻗자, 금속이 어렴풋이 파랗게 빛나는 것이 보였다. 내 손이 망치에 닿자 마치 정맥에 얼음을 주입하기라도 한 것처럼 차가움이 팔을 타고 올라왔다. 어깨와 목이 무감각해지고, 머리가 가벼워졌다. 너무 가벼워서 눈을 감아야 할 정도였다.

그러고 나서 움직이면서 둥둥 떠다니는 느낌에서는 자유로워졌지만, 나는 더 이상 스토다드에 있지 않았다. 나는 빠르게 달려온 것처럼, 가쁜 숨을 쉬고 있었다. 옆구리를 꽉 움켜잡고는, 작은 소리라도 낼까 두려운 마음에 조용하게 숨을 쉬려고 애쓰며 입을 벌렸다. 나를 둘러싼 어둠 때문에 조금밖에 볼 수 없었지만, 개울의 냄새와 기둥에 부딪히는 물이 찰랑거리는 소리를 느낄 수 있었다. 끔찍한 위험에 처해 있다는 생각이 들었다.

부드러운 발소리가 내 머리 위의 구조물을 서둘러 지나갔다. 나는 그 사람이 향하는 방향을 가늠해 보려고 애쓰면서 올려다보고 소리에 귀를 기울였다. 나는 극도의 공포에 휩싸여서 생각했다.

'*내* 쪽이야, 그게 어디든 간에, 내 쪽으로 오려는 거야.'

질퍽한 진흙의 느낌에 진저리를 치면서도 계속 그래야 한다는 것을 알고 있기에, 나는 어둠 속에서 한걸음씩 앞으로 나아갔다. 내 뒤로 약 6미터쯤 뒤에서 젖은 바닥을 소리 죽여 딛는 둔탁한 소리가 들렸다.

나는 기둥 뒤에 숨어서 나를 쫓는 추격자가 진흙탕을 걸어오며 계속해서 가까워지는 소리를 들었다. 추격자에게 들리겠다고 생각

될 정도로 심장이 굉장한 소리로 쿵쾅거렸다. 지금 그 또는 그녀가 나를 찾아낸다면, 나는 바로 붙들릴 터였다.

나는 얕은 물 쪽으로 철벅거리면서 재빨리 달아났다. 그 사람은 순식간에 내 뒤로 다가왔다. 나는 발을 헛디디며 앞으로 쓰러졌다. 숨을 허덕거리고 진흙을 먹으면서도 발을 재빨리 움직였다. 한참 앞으로 옥수수만큼 키가 큰 풀숲의 장벽이 보였고, 그 너머로, 더 밝은 탁 트인 지역이 있었다. 갈대 꼭대기에서 밝은 빛이 비추고 있었다. 저 빛이 있는 만큼만 더 멀리 갈 수 있다면, 어쩌면 누군가 나를 보고, 구해 줄 수 있을지도 몰랐다.

그때 뒤에서 강한 충격이 느껴졌다. 아픔이 골수까지 사무쳤다. 매순간 고통이 너무나 극심해서 내 몸 안의 모든 신경이 윙윙거렸고, 나는 의식을 유지할 수가 없었다. 어둠 속으로 곤두박질치는 느낌이었다.

열셋

눈을 떴을 때 나는 브라이언의 품에 있었다. 그는 공구함 옆 바닥에 무릎을 꿇고, 나를 붙잡고 내 얼굴을 살피고 있었다. 그의 얼굴에 걱정으로 주름이 잡혀 있었다.

"제니, 제니, 괜찮아?"

나는 말을 할 수 없어 고개만 끄덕였다. 뒷골의 치명적인 고통은 사라졌지만 아픔의 기억은 강렬해서 감각은 둔탁했고 현실이 현실적으로 느껴지지 않았다. 무대 장치 작업을 하던 토마스와 다른 아이들도 내 주변에 모여들어 있었다. 폴은 날카로운 눈으로 나를 쳐다보고 있었다. 케리는 그 옆에 서서 결국엔 재미있는 뭔가를 찾아냈다는 듯이 나를 쳐다보고 있었다. 마이크가 케리 옆에 서 있다는 것은 알았지만, 나는 그 애를 쳐다보지 않기로 했다. 그 순간 나를 안고 있는 사람이 브라이언이 아닌 마이크였기를 얼마나 바랐는지를 그 애가 알아챌까 두려웠다.

“무슨 일이야?”

브라이언이 다정하게 물었다.

“모르겠어.”

“왜 기절했던 거야?”

그와 다른 아이들이 납득할 만한 대답을 생각할 수가 없어서 고개만 저었다.

“젠, 점심은 먹었어? 드라마 하우스로 돌아갔을 때, 뭐 좀 챙겨 먹었어?”

토마스가 물었다.

“아니, 그래서 그랬나.”

나는 그 변명을 덥석 잡아 물었다.

브라이언이 내 볼에 흘러내린 머리카락을 뒤로 쓸어 넘겨줬는데, 그의 어두운 눈빛이 의구심에 차 있었다.

“괜찮아.”

나는 일어나 앉아 그에게서 벗어나면서 말했다.

그는 마지못해 나를 놓아주었다. 주머니에 손을 넣고 뭔가 찾던 토마스가 허리를 숙이고 나에게 초코바를 하나 건네줬다.

“절묘하다. 고마워.”

“드라마 하우스로 데려다 줄까?”

브라이언이 제안했다.

“아니야, 이제 괜찮으니까 계속 작업해야지. 여기 망치, 토마스.”

그는 망치를 받아들더니 자기 시계를 곁눈질했다.

"모두들, 이제 청소 시작하자. 오래 걸릴 것 같으니까."

나는 일어나서 다른 아이들 몇 명을 따라서 그 애들이 나뭇잎을 자르고 있던 방의 모퉁이로 갔다. 브라이언은 내 고집에 고개를 젓더니 리허설로 돌아갔다.

나는 5분간 종이 부스러기를 줍다가, 아무도 내게 주의를 기울이지 않는 것 같을 때, 공구함 쪽으로 돌아갔다. 나는 공구함을 자세히 살펴보다가 망치를 잡아봤다. 처음에는 손잡이를, 그러고 나서 쇠로 된 머리 부분을 손가락으로 단단히 감싸 쥐었다. 아무 일도 없었다. 그저 상자에 들어 있는 다른 연장들과 같이 차가운 감촉이 느껴질 뿐, 아무것도 느껴지지 않았다. 얼음처럼 차가워지지도 않았고, 머리를 가벼워지게 만들지도 않았다. 파랗게 빛나지도 않았다.

나는 토마스가 일하고 있는 작업대로 걸어가서 첫 번째 망치에 손을 대 봤다. '그냥 차갑네.' 하고 혼잣말을 했지만, 차가움이 손가락 끝으로 스며들기 시작했다. 차가움은 정맥을 타고 흘러 팔을 타고 올라왔다. 작업대의 형광등이 파랗게 윙윙거렸다. 머리가 가벼워졌다. 나는 재빨리 다른 손을 내밀어서 작업대의 모서리를 잡고 몸을 지탱했다.

"너 정말 괜찮아?"

나는 망치에서 손을 뗐다.

"응."

마이크가 말했다.

"미안하지만, 난 못 믿겠어."

"난 더없이 좋은 상태인걸."

"뭐보다 좋다고? 연기해?"

그 애는 내가 대답을 바꿀 거라고 생각하기라도 하는 것처럼 기다리더니 결론을 냈다.

"그럼 내가 도와줄 수 있는 게 아무것도 없는 모양이구나."

"응, 어쨌든 고마워."

그 애는 가까이 걸어오더니, 몸을 숙이고는 속삭였다.

"제대로 하려면, 넌 내가 키스했을 때 기절했어야지, 30분이나 지난 후에 그럴 게 아니라."

"그것 때문에 기절한 거 아니거든."

"어이쿠! 나는 키스 때문이라고 확신했는데."

내가 그 애에게 말했다.

"우리 키스는 그냥 우발적인 사고였잖아."

"우발적인 사고? 넌 다른 누군가의 입술을 목표로 했는데 대신 내 입술하고 부딪힌 거란 뜻이야?"

"내…… 내 말은 그 키스는 별 뜻이 없었다는 거야."

"아."

"가끔 그냥 그런 일이 벌어지기도 하잖아. 일어났지만 전혀 의미 없는 경우 말이야."

"그렇겠지."

폴이 마이크를 불러서 배경 판을 들어 올리는 것을 도와 달라고 했다.

"그래, 기분이 좀 나아지길 바란다."

마이크가 말하고는 친구를 도와주러 갔다.

나는 깊은 숨을 들이쉬고 망치를 곁눈질로 내려다봤다. 다시는 일부러 만질 수가 없었다. 내가 보는 푸른 환상은 어린 시절의 무서운 푸른 꿈들처럼 되어 가고 있었다. 기이하고 너무나도 현실적이었다.

'*현실의* '영매 소녀'라니. 정말로 내가 영매라면 어떡하지?'

아이였던 나에게 너무나 이상하게 여겨졌던 그 이미지들이 실은 다른 사람들의 마음에서 온 거였다면? 아마도 언니는 그런 꿈들을 꾸고 난 후의 나를 간단하게 달래줄 수 없었을 것이다. 어쩌면 나는 정말로 언니의 정신을 공유하고 다른 사람들의 정신과 삶을 공유했었을 지도 몰랐다.

만약 그렇다면, 나는 어떻게 그 능력을 억제할 수 있을지를 알아야만 했다. 하지만 내가 지금 느끼는, 언니와 물리적 연결이 형성된 것들에 의해 유발되는 환상들은 내가 조절하기에는 너무나 강력했다. 언니가 앉았던 창가 자리, 언니가 즐겨 섰던 무대 위의 장소, 언니가 살해당한 장소의 그림, 그리고 지금, 그 망치. 입증할 수는 없었지만, 나는 의심의 여지없이, 그 망치가 우리 언니를 죽였던 흉기라는 걸 알게 되었다.

***

체이스 도서관은 여름 동안은 운영 시간이 짧았기 때문에, 신문 기록 문서에 접속해 보기 위해서 대학교 컴퓨터를 써야 했다. 나는 극장에서 곧바로 도서관으로 갔다. 내가 읽는 모든 기사마다, 똑같은 사실이 기술되어 있었다. 살해 흉기는 뭔가 묵직하고, 작고 뭉뚝

한 표면을 가진 금속 도구로 추정된다는 거였다. 경찰은 그것이 망치라고 생각했지만, 그 흉기는 찾지 못했다. 그 어떤 신문기사에도 부서진 시계가 어느 쪽 손목에 채워져 있었는지 적혀 있지 않았다.

처음에는 환상이기는 해도 시계가 엉뚱한 쪽 손목에 채워져 있었다는 사실에서 위안을 받았는데, 그건 그런 작은 부분은 언니를 잘 모르는 살인자라서 있을 수 있는 일이라는 생각에서였다. 하지만 사실은 범죄 현장을 서둘러 빠져나가려고 하던 누군가라면 그런 작은 문제를 쉽게 간과했을 수도 있었다.

내가 해야 할 일은 분명했다. 오늘 밤에 그 망치를 다리 밑으로 가져가서 어떤 이미지가 보이는지 확인하는 것. 하지만 나는 두려웠다. 나는 그 끔찍한 타격을 다시 느끼고 싶지 않았다. 그게 무엇이었는지 아는 것은 내가 언니의 죽음을 다시 체험했다는 것을 깨닫는 것이고, 나는 물리적 고통이 희미해진 후 시간이 흐를 때까지 아픔을 느낄 터였다.

도서관에서 소지품을 챙기면서, 극장에 내 대본을 놓고 왔다는 것을 깨달았다. 내가 스토다드에 도착했을 때는 5시 반이었지만 평소대로 뒷문은 잠겨 있지 않았고, 내가 작업하던 방에도 들어갈 수 있었다. 나는 작업대에서 내 책을 찾아왔다.

그 방에서 벗어나는데 복도 끝에서 목소리를 들은 것 같았다. 마치 그 사람들과 내가 엄청나게 긴 복도에서 서로 멀리 떨어져 있는 것처럼 이상하게 울리는 목소리였다. 호기심에 나는 복도를 따라가서 모퉁이를 돌고, 워커 선생님의 사무실을 지나서 매기 선생님의 사무실 앞까지 왔다. 아무도 안 보였다. 그 다음 방 세 개는 모두 교

수들 연구실이었는데 잠겨 있었다. 그때 복도의 마지막 방의 문이 약간 열려 있는 것이 보여, 나는 그쪽으로 성큼성큼 다가갔다.

어두운 옷장을 들여다보고 있는 것 같다고 생각했는데, 다시 말소리가 들렸다. 문을 좀 더 열었더니 철제 계단의 윤곽이 보였다. 계단은 좁은 사각형의 공간으로 올라가고 있었다. 한쪽 벽을 따라 네다섯 계단 정도 올라가면 모퉁이와 맞닿아 있었고 그 모퉁이를 돌아 벽을 따라 위로 올라가는 계단이 몇 개 더 있는 식으로, 계단이 꼭대기에 불빛이라도 있는 것처럼 흐릿한 어둠 속으로 나선형으로 뻗어 올라가고 있었다. 탑으로 올라가는 계단이었다!

나는 올라가보고 싶은 유혹을 느꼈다. 시계 위의 단은 강과 개울을 한 눈에 보기에 충분한 높이일 것이 틀림없었다. 그렇지만 위에서 들려오는 목소리가 점점 커지면서 뚜렷하게 들려오고 있었다. 남자아이 한 명과 여자아이 한 명이 내려오고 있었다. 폴과 케리였다. 내가 혼자가 아닐지라도 그 애들과는 마주치고 싶지 않았다. 나는 재빨리 문 밖으로 나가서 서둘러 복도를 따라갔다. 그러나 결국 호기심이 이겼다. 그 애들은 단순히 탑에서 로맨틱한 시간을 즐긴 것일까, 아니면 뭔가 다른 일을 하러 올라갔던 것일까? 나는 대본을 찾아왔던 그 방으로 들어가서 불을 끄고는 열린 문 뒤에 숨었다.

케리가 폴과 함께 복도를 걸으면서 하는 말이 들렸다.

"넌 날카로움을 잃었어."

폴이 웃었다.

"난 케리 너를 즐겁게 해 주려고 여기에 있는 게 아니야."

케리가 우겼다.

"그렇지만 넌 나를 즐겁게 해 주잖아. 네 뇌 속을 이리저리 기어 다니는 작고 못된 것이 나를 매혹시켜."

경첩 사이의 기다란 틈으로 그 애들을 보려고 나는 머리를 문과 벽 사이로 밀어 넣었다.

"넌 그게 네 머릿속을 이리저리 기어 다니고 있을지도 모른다는 생각은 해 보지도 않았냐? 넌 내가 누군지 몰라, 케리. 네 맘대로 날 지어내서, 네가 원하는 남자로 나를 만들려고 하고 있잖아."

케리가 날선 목소리로 대꾸했다.

"그거 좋네. 여자애 하나를 환상으로 바꾼 남자, 자기 마음속에서 그 애를 완벽한 여자로 만든 남자, 그 애가 시체가 되어서조차 포기하지 못하는 남자에서 진짜 좋은 남자로 만드는 거잖아."

폴이 돌아서는 바람에 내가 있는 곳에서는 그 애의 얼굴이 보이지 않았다.

"왜 리자가 그날 밤에 밖에 나갔는지 알아?"

케리가 물었다.

"그냥 말하는 게 어때? 말하고 싶어 몸살이 났잖아."

"걔는 마이크한테서 개울에서 만나자고 하는 쪽지를 받았거든."

누군가에게 명치를 얻어맞은 것 같은 기분이 들었다.

"만약 네가 나와 마이크 사이를 갈라놓으려는 수작이면……."

폴의 대꾸를 끊으며 케리가 계속 말했다.

"나는 그 쪽지를 봤어. 리자는 마이크가 적어 준 걸 내게 보여 주고 싶어서 안달이 나 있었거든. 참 시적이었지. 물가에서 그 애를 만날 수 있을 때까지 기다리겠다고."

"경찰에게 그 정보를 알릴 수도 있었을 텐데."

폴이 냉정하게 제시했다.

"너한테 전에도 말했잖아, 난 선생이나 경찰한테 달려가지 않는다고. 우리는 그 사람들하고 적이거든. 누군가 나한테 그러면 안 될 이유라도 대지 않는 한, 나는 그 점에 충실하거든."

폴이 케리를 마주봤다. 케리는 계속했다.

"그런데 내가 재밌는 걸 찾아냈지. 리자가 액자에 넣어서 보관하려고 했을 그 쪽지가 그 애의 시체나 방에서 발견되지 않았다는 점이야. 누군가가 경찰이 손에 넣기 전에 찢어 버린 게 틀림없어. 그게 너였어?"

케리가 폴에게 가까이 걸어갔다.

"그랬니, 폴?"

"그랬으면 좋겠냐?"

폴이 케리의 목을 감싸 쥐고 그 애의 피부 위로 가볍게 손가락을 놀리면서 물어봤다.

그 순간 케리는 아무 말도 하지 않았다. 그 애는 마치 그 괴롭힘이 뭔가 더 흥분되는 방향으로 변하길 바라는 것처럼 눈을 감고 있다가 폴을 밀어냈다.

케리는 화가 나서 낮아진 목소리로 말했다.

"나는 그냥 끝나길 바라는 거야. 리자는 죽었어. 넌 왜 그 애를 묻질 못하니?"

그 애는 돌아서더니 성큼성큼 멀어져갔다. 나는 바깥의 문이 휙 열렸다가 닫히는 소리를 들었다. 폴은 잠시 그 자리에 남아 있었다.

여전히 새로운 단서에 혼란스러운 상태로 나는 방에서 빠져나왔다. 오늘 밤 통행금지 시간 이후에 다리 밑에 가 보기로 결심했다. 마이크가 우리 언니에게 만나자고 했을 때 무슨 일이 있었는지를 밝혀낼 수 있을 것 같았다.

***

11시 30분, 나는 언니가 했던 대로 그때의 그 창문을 넘어 오이스터 크릭으로 내려가는 길을 따라갔다. 망치는 가지고 있지 않았다. 케리와 폴이 극장을 떠난 후에, 무대 장치가 있는 방과 건조실을 찾아보고 누군가가 무대 위로 공구를 가져갔을 경우를 생각해서 무대까지 뒤져 봤지만 찾을 수가 없었다. 나는 탑에도 올라가 보려 했었지만, 문이 잠겨 있었다.

드라마 하우스를 빠져나와서 구스 레인 길을 달려 내려가다가, 개천과 나란히 뻗어 있는 스컬에서 왼쪽으로 돌았다. 용기를 잃을까 봐 두려워서, 다리가 있는 곳에 도달하기까지 멈추지 않았다. 바람대로, 물가에는 사람이 없었다. 나는 쭈그리고 앉아 고개를 무릎에 묻고 개울의 둑에 앉아 중얼거렸다.

"나 왔어, 언니."

아무 일도 일어나지 않았다. 방어 자세에 매여 있는 몸처럼 마음도 뻣뻣해지는 것 같았다. 나는 깊은 숨을 쉬고, 일어나서 물가로 다섯 걸음 더 가까이 갔다. 나는 물 옆으로 등을 대고 누워서 긴장 완화 체조에서 하라고 배웠던 것처럼, 어깨, 팔꿈치, 종아리가 진흙과 자갈 틈으로 가라앉도록 느긋하게 있었다. 뒤통수에 개울물이 서서히 흐르는 것이 느껴지자 몸이 움찔했다. 꼭 피가 흐르는 것 같은 느낌이었다. 그렇지만 나는 몸과 마음이 안정을 찾을 때지 매기 선생님의 체조를 계속했다.

내 위의 다리는 어둠 속에 묻혀 있었다. 나는 고개를 옆으로 돌려서 콘크리트 기둥과 다리의 가로등 빛이 반사되어 흔들리는 개울을 쳐다봤다. 물이 파랗게 빛났다. 눈을 감았지만 여전히 푸른빛이 보였다. 머리가 점점 가벼워지더니, 내가 내 몸 위로 떠오른 것처럼 가벼워졌다. 공중에 매달려서, 어두운 시신과 반짝이는 시계의 표면을 내려다봤다. 어둠 속의 누군가가 그 시신 위로 몸을 숙였다가, 뒷걸음질 치더니 시계를 부쉈다.

나는 재빨리 일어나 앉아서 내 손목을 잡아봤지만, 망치에서 환상을 봤을 때와 달리 아픔이 없었다. 나는 혼란과 좌절을 느꼈다. 어째서 그 시계를 산산조각 낸 사람이 누군지는 볼 수 없었을까? 쫓기는 환상에서 나를 쫓는 추적자는 어둠 속에 있었고 내 뒤에서 내리쳤기 때문에 그의 얼굴을 볼 수 없었다. 그렇지만 어째서 지금, 그 사람이 언니 위로 몸을 숙였을 때 얼굴을 볼 수 없었을까?

나는 내가 언니의 정신 속에서 그 사건을 다시 체험한다고 생각했었다. 나는 언니가 느꼈던 것처럼 살인자의 일격을 느낀다고 알고 있었다. 그렇다면 그건 내게 일어난 일이었다. 그 시계가 언니의 손목에 채워져 있었을 때에는 이미 언니가 죽어 있었던 거였다. 거의 죽음에 이르렀던 체험을 했던 사람들은 몸을 떠난 영혼이 몸 주변을 맴돈다고들 했다. 이것이 바로 이번 환상에서는, 언니의 영혼이 그랬듯 내가 공중에 맴돌면서 시신과 시계 표면을 내려다본 이유였다.

따스한 밤이었음에도 한기와 축축함을 느끼면서 일어났다. 젖어서 들러붙은 머리카락을 손으로 빗어 내리고 팔에 붙은 모래 섞인 진흙을 털어내면서, 천천히 정자 쪽으로 걸었다.

나는 생각하기 위해서 정자로 가는 계단에 앉았다. 나는 이곳이 마이크와 리자 언니가 만났던 개울가 근처의 장소였는지가 궁금했다. 여기나 파빌리온일 거라고 생각했었다. 희미한 달빛 아래, 파빌리온, 말뚝 위에 높이 앉아서 키 큰 갈대에 둘러싸이면, 로맨틱한 작은 섬처럼 느껴졌겠지.

나는 눈을 깜빡였다. 키 큰 갈대, 옥수수만큼 큰 갈대. 내 환상 속의 말뚝은 다리 아래를 받치고 있는 거라고 추정해 왔지만, 그 말뚝들은 파빌리온 아래에도 있었고, 개울물은 갈대밭을 적시고 다리 아래에서와 같이 목조 구조물 밑까지 흐르고 있었다. 나는 벌떡 일어나서 파빌리온 쪽으로 뛰어가다가 그 주위를 둘러싼 갈대밭에서 멈췄다. 대나무처럼 두껍게 자라나 있었다. 나는 그 틈으로 팔을 거칠게 밀어 넣고, 긴 줄기를 양쪽으로 갈라 길을 내고 들어섰다. 계속해서 칼 같은 갈댓잎을 양쪽으로 밀어내면서, 빽빽한 초목 사이로 길을 내며 지나갔다. 햇빛이 들지 않을 것 같은 파빌리온 바닥 모서리에 이르러 불쑥 멈춰 섰다.

달빛도 들지 않았다. 나는 한걸음씩 파빌리온 밑의 어둠 속으로 들어갔다. 발밑의 바닥이 질척거렸다. 물살이 기둥에 가볍게 철썩거리는 소리와 갈대가 작게 바스락거리는 소리가 들렸다. 내가 그 구조물 아래로 더 깊이 들어서자, 물이 발목까지 차기 시작했다. 모기들이 귓가에서 왱왱거렸다. 무슨 소리를 들은 것 같았는데 기둥에 기대 쉬는 동안 한순간 소리가 멈췄다. 머리가 윙윙거리고 가벼워졌다. 내 주위의 어둠이 파랗게 반짝거렸다.

내 뒤 10미터도 안 되는 거리에서, 부드럽게 쿵 하고 풀잎 위에 고양이가 착지하는 듯한 가벼운 소리가 나더니 조용한 발소리가 들렸다. 그 사람이 나를 찾아낸 것 같았다.

심장이 고동쳤다. 목이 따가웠고, 뛰었더니 옆구리가 쑤셔서 간신히 숨을 쉴 수 있었다. 얼굴이 아니라면, 누구였는지 알 수 있는 단서가 될 몸집이나 걸음걸이라도 보길 바라면서 기둥 뒤로 숨어들어 갔지만 아무것도 볼 수 없었다. 그 사람이 더 가까이 더 가까이 오는 소리가 들렸다. 나는 어떻게 할지를 곰곰이 생각했다.

본능이 이겼다. 나는 갑자기 달아났고, 뒤에서 달려드는 갑작스런 움직임을 느꼈다. 이제 그만 환상에서 빠져나오고 싶었다. 지금 당장 멈추고 싶었다. 하지만 나는 돌아서야 했다, 나를 쫓는 추적자와 마주하고 계속 볼 수 없었던 그 모습을 확인하고 싶었다.

그러려고 했지만 발을 헛디뎌서 물속으로 얼굴을 박고 넘어졌다. 나는 다리를 버둥거렸다. 이제는 멈추기엔 너무나 겁에 질려 있었다. 나는 앞으로 달렸다. 손 하나가 나를 붙잡았고 내 어깨를 강하게 내리눌렀다. 손가락이 어깨를 파고들었다. 나는 비명을 지르고 또 질렀다. 다른 손이 내 입을 막았다. 그 사람이 뒤에서 나를 자기 쪽으로 끌어당기는데 너무 거칠어서 숨이 막혀 왔다. 푸른빛이 희미해졌다. 그 사람은 내 귓가에 대고 웃음을 터뜨렸다. 축축한 입술이 뺨에 닿았다. 폴이었다.

"어딜 가던 중이었어?"

나는 폴에게서 빠져나오려고 버둥거렸지만 그 애는 있는 힘을 다해 나를 붙들었다.

"놔 줘! 가게 해 줘!"

나는 소리쳤다.

"아직은 안 돼."

나는 뒤로 발길질을 해서 그 애의 정강이를 걷어찼다.

"나를 더 거칠게 만들지 마."

"놔 줘, 폴. 당장!"

"네가 뭘 하고 있었는지 말하기 전까지는 안 돼."

나는 계속 버둥거렸다.

"말해!"

폴이 나를 휙 돌려세우더니, 누가 우세한지를 보여 주듯 나를 들어올렸다.

"산책하고 있었어."

"늪에서? 아닌 것 같은데."

나는 그 애가 방심한 틈을 노리려고 기력을 아끼기 위해 몸부림을 멈췄다.

"공원을 산책하던 중이었는데, 네가 여기 밑으로 숨어드는 게 보였어. 얼마나 놀랐던지."

폴은 나를 조롱했다.

"우리의 제일 어린 참가자가 통행금지 시간 이후에 남몰래 돌아다니다니! 너답지 않아, 제니, 이렇게 늦은 시간에 밖에 있다니. 이건 전혀 우리 모두가 알고 사랑하는 친애하는 귀염둥이 제니 양답지가 않잖아."

나는 대답할 수가 없었다.

"자, 말해 봐! 즉석에서 변명거리라도 만들려고? 누가 너 주우라고 여기에 뭘 흘리기라도 했어?"

"별 일 아니야. 게다가 어찌되었든 아무것도 못 찾았으니까."

그 애는 주변을 둘러보더니, 나를 잡은 손을 느슨히 했다. 나는 폴에게서 벗어날 기회다 싶어 앞으로 달려나갔다. 그때 갈대밭 너머로 언뜻 빛이 보였다. 앞서 봤던 환상에서 나왔던 기둥들 위의 빛은 선착장의 빛이었다. 나는 거칠게 갈대밭으로 파고들어 깨끗한 지역으로 들어섰고, 대학의 보트 창고 쪽으로 달렸다. 뒤쪽 멀리에서 그 애의 웃음소리가 들려왔다. 폴은 추격에 신경 쓰지 않고 있었다. 그럼에도, 나는 스컬 받침대가 있는 곳에 도착할 때까지 멈추지 않았다. 그늘에 웅크리고 앉아서, 나는 파빌리온 쪽을 돌아봤다.

폴은 갈대밭에서 나와서 거리 쪽으로 걸어갔다. 나는 그 애가 나를 남겨두고 가 버린 건지 아니면 함정을 놓은 건지 알 수가 없었다. 그 애는 내가 돌아갈 길을 알고 있었다. 하지만 폴이 나를 다치게 하고 싶었다면, 그 애는 다른 방식으로 그렇게 할 것 같았다. 폴은 자신을 감춰서 내가 나중에 그 애를 고발할 수 없게 할 터였다. 게다가 그 애가 나를 죽이고 싶었다면, 파빌리온 아래에서 벌써 그렇게 했을 거였다. 나는 누군가 나를 발견할 때까지 며칠이고 그곳에 누워있게 되었을지도 몰랐다.

그곳은 살인을 하고 시체를 유기하기에 최적의 장소였다. 나는 내가 본 환상으로부터 언니가 파빌리온 밑에 쓰러져 있었다는 것을 확신할 수 있었다. 그렇지만 그곳은 연쇄 살인마가 선호할 만한 장소는 아니었다. 만약 경찰이 언니의 시신을 파빌리온 밑에서 발견했다면, 연쇄 살인마가 아닌 다른 살인자, 마을이나 교내의 누군가를 수사했을 터였다. 그리고 경찰이 내가 극장에서 찾아낸 망치에 대해 알았다면, 연극 캠프에 관련된 사람에게 중점을 두고 수사했을 테고. 더 이상 리자 언니를 죽인 살인자가 언니를 알던 사람이라는 가능성을 부인할 수가 없었다.

만약 그 사람이 경찰이 연쇄 살인마의 짓이라고 생각하길 바랐다면, 언니의 시체는 흔적을 남기지 않고 다리로 옮겨져야 했을 거였다. 언니의 죽음이 피범벅이었다면, 그 작업은 한 사람 이상이 관여해야 했을 수도 있었다. 만약 그렇다면, 리자 언니의 죽음에 대한 진실을 아는 사람이 위스테리아에 두 명은 있다는 뜻이었다.

나는 그들을 찾아내겠다고 작정했다.

열넷

"젠, 어떻게 생각해?"

다음 날 아침 리허설 시작을 기다리면서 토마스가 내게 물었다.

"저게 마음에 안 드는구나."

그 애가 얇은 파란 직물 한 필을 가리키면서 추측했다.

"다시 말해 줘. 제대로 못 들었어."

토마스는 참을성 있게 무대 앞을 가로지르는 10미터 가량 되는 높이에 있는 보행 통로와 무대 뒷벽에 만들어진 폭포와 5미터 가량 높이의 이랑 사이에 어떻게 반투명한 천을 펼쳐서 무대에 하늘을 만들 예정인지를 두 번째로 설명했다.

나는 토마스가 하는 말을 놓치지 않고 들으려고 애썼지만, 마이크와 폴이 나한테 할 말이 있다는 듯이 근처에 서 있는 것이 불안하게 거슬렸다. 나는 폴이 마이크에게 간밤의 일을 이야기했는지가 궁금했다. 그 상황에서 폴을 무서워하지 않은 어리석음을 범하긴 했음에도, 그 애에게 내가 얼마나 두려워하고 있는지를 보여 줬다는 것이 화가 났다.

"그래서 어떻게 생각해?"

토마스가 다시 물어봤다.

나는 그 천을 가만히 내려다봤다.

"예쁘네. 조명이 이걸 통과하면 여름 하늘처럼 어른거리겠다."

토마스가 활짝 웃었다.

"하나만 물어볼게. 누가 통로에 저걸 고정할 거야? 나 말고."

"아서가 고가 사다리를 가져왔어. 누군가 자원하겠지. 나는 못할 것 같아. 보트에서 내가 어떤지 봤잖아."

마이크가 앞으로 걸어 나왔다.

"내가 도와줄게."

"완전 잘됐다. 한 사람 더 구할 수 있나 알아볼게."

토마스는 폴이 나서기라도 할까 봐 겁이라도 난 것처럼, 재빨리 사라졌다.

폴은 위를 올려다보면서 금속 통로의 높이를 재 봤다. 뭔가 재미있는 일이라도 생긴 것처럼 그 애의 얼굴에 웃음이 퍼졌다. 그러더니 폴이 내게 돌아섰다.

"오늘 아침에 커피 좀 마셔야겠다, 제니?"

"아니, 전혀."

"피곤해 보여."

마이크도 말했다.

폴이 씩 웃었다.

"밤 11시 넘어서 창문을 뛰어넘은 대가지, 음."

폴은 마이크의 놀라움에 주목하면서 덧붙였다.

"우리 귀여운 제니가 말이야."

"그 늦은 시간에 왜 나갔어?"

마이크의 말투는 비난조였다.

"누가 나한테 쪽지를 보내서 말이야. 강가에서 만나자고 해서."

내 대답에 마이크의 눈빛이 어두워졌다. 그 애의 턱 근육이 긴장하더니, 얼굴이 굳어졌다. 나는 꼭 붙잡고 있던 한 조각 희망을 포기했다. 마이크는 내가 뭘 언급하는 건지 알고 있었다. 그 애는 언니에게 쪽지를 보냈던 거였다.

"더 조심하는 게 좋을 거야."

마이크가 말했다.

"그러게, 네가 밖에서 만나게 될 사람이 누가 될지는 절대 모르는 거니까."

폴이 덧붙였다.

"제니, 잠깐 좀 볼 수 있을까?"

무대 저편에서 매기 선생님이 불렀다.

"저 아줌마도 아는 것 같은데, 꼬맹이."

폴이 속삭였지만 나는 그 애를 무시하고 무대를 가로질러갔다.

"오늘은 좀 어때?"

매기 선생님이 내 어깨에 손을 얹고 물었다.

"좋아요. 준비됐어요."

"그러면 무대 조명을 25% 올리고 객석 조명을 그 정도로 내려서 리허설해 보는 건 어떨까? 견딜 수 있을 것 같니?"

"노력해 볼게요."

"너와 같은 장면에 등장하지 않는 애들이 모두 객석에 앉아 있었으면 해. 그게 너한테 너무 압박을 줄까? 네가 어지럽거나 기분이 안 좋아지면 즉시 그 장면을 멈출 수 있어."

"제가 신호를 보낼 때만 잘라 주세요. 약간 안색이 변할 수도 있어요, 그래도 저는 최선을 다해 견뎌 보고 싶어요."

매기 선생님이 미소를 지었다.

"나는 시작부터 네가 같이 일하기에 좋은 아이라는 걸 알았단다. 워커 선생님한테 말해 볼게."

워커 선생님은 '낙마했다면 타고 있던 말에 다시 올라타라.'를 최고의 기조로 삼고 있었기에 어제 하던 장면을 공연하길 바랐다. 조명이 조절되었고 아이들은 객석에 자리를 잡았다. 폴과 케리는 오베론과 티타니아로서 등장을 기다리며, 반대편 옆 무대에 섰다. 케리와 그녀를 따르는 요정은 무대 왼쪽에서 등장했고, 나는 오른쪽에서 뛰어넘고, 회전하고, 가볍게 착지했다.

"'어쩐 일이지, 요정들아, 어디로 가는 길인지?'"

목소리는 내가 표현하려고 했던 대로 나오지 않고 강하게 나왔지만, 난 잘 통제하고 있었다. 요정들은 자신들이 티타니아 여왕을 어떻게 섬기는지에 대해 이야기를 시작했고 나는 오베론에 대한 설명과 여왕과의 반목에 대해 이야기하기 시작했다. 어제 내가 망쳐 버린 그 부분이었다.

내 대사를 시작하고 평균대에서 연기를 하자, 갈수록 눈에 들어오는 무대 조명에 민감해져 갔다. 그건 마치 해돋이를 쳐다보다가 갑자기 그 광채로부터 눈길을 돌리는 것과도 같았다. 나는 멈췄다가 깊은 숨을 들이쉰 다음 계속했다.

"'그래서 질투 많은 오베론께서…… 그래서 질투 많은 오베론께서' ……대사."

"'그 아이를 데려다가.'"

브라이언이 가만히 말해 줬다.

"'그 아이를 데려다가, 야생의 숲을 따라 걷는 그분의 일행을 수행할 기사로 삼으시려는 거야.'"

나는 내가 다시 있어야 할 곳을 알고 있었고 약간 휘청거렸지만 단호하게 계속했다.

요정들이 내가 제일 좋아하는 부분인, 퍽이 좋아하는 짓궂은 장난들을 전부 읊는 대사에 앞서는 대사 열 줄을 했다. 우리는 이 대사들에 수많은 체조 동작을 짜 넣었다. 내 첫 곡예는 평균대 위에서 옆으로 재주넘기였다.

"'맞는 말을 하는구나. 내가 바로 그 명랑한 밤의…….'"

나는 대사를 시작했고, 내 오른손은 정확하게 평균대에 닿았다. 무대 조명이 깜박거렸다. 한 박자 후에 왼손이 닿았다. 조명이 완전히 꺼졌다. 완벽한 어둠. 나는 왼쪽 다리로 평균대 봉을 더듬어 찾았지만 헛디뎠다. 나는 미끄러져 내렸고, 나무 바닥에 팔부터 탕 하고 떨어졌다.

"아서!"

워커 선생님이 소리 질렀다.

"제니, 괜찮아?"

브라이언의 목소리였다.

"괜찮아. 괜찮아."

나는 화는 났지만 다치지는 않았다. 어둠 속에서 옆으로 재주넘기를 완벽하게 해낼 수도 있었다. 어둠 때문이 아니라, 집중력을 잃은 내 잘못이었다.

"가만히 있어라. 불이 들어올 때까지 다들 제자리에 가만히 있어."

매기 선생님이 말했다.

"아서! 브라이언, 이놈 찾아와."

워커 선생님이 다시 고함을 쳤다. 아이들이 키득거리자 매기 선생님이 엄격하게 말했다.

"웃을 일은 아무 것도 없는데. 이런 장난은 위험해. 누가 다칠 수도 있으니까."

초조한 웃음소리가 쏙 들어갔다. 아이들이 소곤거렸다. 나는 무대를 가로질러 가는 브라이언의 발소리를 들었다.

"이번 일 뒤에 누가 있는지 알아내면……."

워커 선생님의 목소리가 심각하고 위협적으로 어둠 속에 울려 퍼졌다. 소곤거림이 그쳤다.

그 침묵의 순간에 뭔가 떨어졌다. 작지만 무거운 것, 금속으로 된 물건인 것 같은 소리였다. 그 물건은 무대를 구르더니 내 가까이에 멈췄다. 나는 무릎을 꿇고, 체조용 매트 가장자리를 따라 손으로 더듬어서 그걸 찾아냈다. 반지였다.

조명이 깜박거렸고 나는 그 장신구 조각을 살펴봤다. 화려한 붉은 보석이 박힌 큰 반지로, 무대 소품으로 사용될 것 같은 반지 종류였다. 나는 그걸 손가락에 껴 보았다. 반지를 낀 손가락을 올려다보다가, 모든 사람들이 나를 쳐다보고 있다는 것을 깨달았다. 케이티, 케리, 그리고 폴…… 샤나와 린…… 데니스와 마이크. 작년 캠프에 참가했던 아이들 모두가 곤란한 표정으로 반지를 쳐다보고 있었다. 나는 손가락에서 반지를 뺐다. 샤나가 말했다.

"「십이야」에서 썼던 거잖아. 기억나? 바이올라가 받았던 반지인데, 리자가 꼈던 거잖아. 리자가 죽은 후로 못 찾았는데. 우리가 전부 찾아봤었잖아."

브라이언이 내 쪽으로 걸어오더니 손을 뻗었다. 나는 리자가 그 반지를 꼈었다는 사실을 알고는, 마지못해 그걸 내주었다.

"누가 이걸 여기에 가져왔어?"

브라이언이 강하게 따지고 들었다.

아이들은 서로를 의심스럽게 쳐다봤다. 워커 선생님은 이마에 맺힌 땀을 닦아냈고, 매기 선생님은 입술을 깨물었다. 마이크의 얼굴은 음침했다. 아무도 브라이언의 질문에 대답하지 않았다.

마침내 폴이 말을 꺼냈다.

"내가 갖고 싶어. 나한테 줘."

워커 선생님이 단호하게 말했다.

"안 돼. 그건 극장 소품이야. 있던 자리에 가져다 둬, 브라이언."

브라이언은 고개를 끄덕이더니 무대 뒤의 계단으로 향했다.

나는 손바닥을 문지르면서 생각했다. 그 반지를 꼈을 때는 아무것도 느끼지 못했고, 이번 사건 동안 희미한 푸른빛도 보이지 않았다. 내가 언니의 향수를 맡고 언니의 목소리를 들었을 때에도 푸른빛이 없었다. 이런 사건들은 내 환상과는 다른 것이고 최근 두 번은 내 주변의 다른 사람들도 사건을 목격했다. 그것들을 어떻게 간주해야 좋을지 알 수가 없었다. 언니가 유령이 되어 극장에 나타나는 걸까? 아니면 살아서 숨 쉬고 있는 누군가가 이 세 사건의 배후에 있는 걸까? 후자라면, 우리들 중 누군가는 사람들이 겁먹길 바라는 모양이었다.

아마도 내가 제니 몽고메리라고 의심하는 누군가가 내 정체를 밝히길 원하는 것 같았다. 아니면 이런 장난들은 다른 사람, 살인자를 괴롭히고 정체를 밝히려는 의도일지도 몰랐다.

언니의 살인범이 내가 리자 언니의 동생이라는 것을 발견하게 되면 어떻게 나올까? 지금까지는 언니와 나의 관계가 나를 위험으로 몰아넣을 일은 일어나지 않았다. 아무도 그 사실을 알아내지 못하도록 더 주의할 필요가 있었다.

화요일 밤에 나는 일찍 잠자리에 들었다. 또 환상을 볼까 봐 두려웠던 내 방이 이제는 피난처가 되었다. 나는 더 이상 창문에는 앉지 않았다. 나는 침대 안에 몸을 뻗고 누워서 매기 선생님의 긴장 완화 CD를 듣다가 잠들 때까지 책을 읽었다.

벨소리에 놀라서, 나는 꿈도 꾸지 않는 깊은 잠에서 깨어났다. 그 소리는 반복적으로, 학교 건물에서 나는 벨소리처럼 메아리쳤다. ……화재 경보! 일어나서 나가야 했지만, 팔다리가 너무 무거워서 몸이 움직이질 않았다. 나는 그저 누워서 벨소리를 듣고 있었다.

"제니, 일어나! 제니, 어서!"

리자 언니가 내 손을 잡았다. 언니를 볼 수는 없었지만, 거기에 있다는 건 알 수 있었다.

"무서워하지 마."

언니가 내 손가락을 꼭 잡으면서 말했다.

"그래도 무서워!"

"내가 도와줄게."

언니가 내 손을 더욱 꽉 잡으면서 말했다.

"제니, 제니, 일어나!"

누가 나를 세게 흔들었다. 샤나가 내 손을 잡아당기고 있었고, 매기 선생님은 내 위로 몸을 숙이고 있었는데, 얼굴이 창백하고 땀으로 번들거리고 있었다. 매기 선생님은 날카롭게 울려 대는 벨소리보다 목소리를 높여 말했다. 사이렌은 먼 곳에서 울리고 있었다.

"화재 경보야. 나가야 한다고."

샤나가 나를 잡아끌었다.

"불이 어디에 났는데?"

"몰라."

샤나가 말했다.

"아무래도 허위 경보인 모양이다. 그래도 창문 밖으로 나가자, 어서, 얘들아!"

매기 선생님이 말했다.

우리는 맨발로 잔디밭으로 뛰어내렸다. 매기 선생님이 우리를 따라와 우리가 저택에서 떨어지도록, 다른 사람들이 모이고 있는 남자 기숙사 쪽으로 떠밀었다. 나는 그녀가 소리 없이 입을 움직이는 것을 봤다. 그녀는 인원수를 확인하고 있었다.

"우리 건물에서는 모두 왔어요."

린이 그녀에게 확인시켜 주었다.

남자아이들이 남학생 기숙사에서 나오고 다른 두 곳의 숙소에서도 사이렌에 놀라서 아이들이 뛰쳐나왔다. 첫 번째 소방차가 건물 앞에 서자, 브라이언이 그의 어머니와 우리에게 합류했다.

"또 부엌이에요?"

그가 물었고, 나는 작년에 드라마 하우스에서 작은 불이 났었다는 것을 기억해 냈다.

"연기 냄새는 못 맡았는데."

매기 선생님이 대답했다.

그들은 그들과 얘기하려는 소방관들 쪽으로 향했다. 학생들 뿐 아니라 사이렌을 듣고 호기심에 끌려 온 마을 사람들까지 모여들어 우리 무리는 점점 커져갔다. 케리는 폴 옆에 서 있었고, 그 애의 얼굴은 조금 상기되어 있었다. 폴의 눈은 군중들 사이를 두리번거리고 있었다. 마이크는 떨어져 서서, 집을 둘러싼 소방관들을 쳐다보고 있었다. 그 애의 눈이 휙 나를 쳐다봤고, 잠시 나를 유심히 살피더니 다른 곳을 쳐다봤다. 브라이언은 내 옆에 있었다.

"모두들 괜찮아?"

브라이언이 나와 함께 뭉쳐 있는 다른 여자애들에게 말을 걸며 물었지만, 그의 눈은 나에게 머물고 있었다.

우리는 모두 동시에 입을 열어, 그에게 무슨 일이 벌어진 건지 물어봤다.

"아무래도 허위 경보 같아. 뭐 이상한 점 있었어? 집 안에서 누가 움직이는 소리라던가 주변을 서성거리는 소리라던가 못 들었어?"

브라이언이 우리에게 물었다. 나는 다른 아이들과 같이 고개를 저었고, 샤나가 웃음을 터뜨리며 놀렸다.

"아무것도 못 들었다고, 제니? 죽은 사람도 깨울 정도로 큰 소리가 났었다고! 이제부터 트럼펫을 갖고 다니면서 네 귀에 대고 불어줄게."

"일어나는 데 문제라도 있었어?"

브라이언이 물었다.

"경보음은 들었는데, 꿈인 줄 알고, 꿈에서 못 헤어나고 있었어."

그가 미간을 찡그렸다.

"무슨 소리야?"

"그냥 일어날 수가 없었어."

샤나가 그에게 말했다.

"걱정 마. 또 그러면, 나도 놀고 있진 않을 테니까. 반드시 일어나게 될걸."

브라이언은 자기 어머니에게로 돌아갔다. 토마스가 건너왔고 샤나가 그에게 지금 상황을 알려줬다. 나는 그들 옆 잔디밭에 앉아서, 내 꿈에 대해 생각해 봤다. 꿈 하나가 내 정신을 이렇게나 강력하게 쥐고 있다는 것, 그것에서 간신히 풀려났다는 것이 두려웠다. 벨이 울리고 누군가 나를 흔들어 깨우고 있을 때조차, 나는 현실로 깨어나 돌아오는 방법을 찾느라 애쓰고 있었다. 언니가 꿈에서 내 손을 꽉 잡았던 것처럼 내 정신도 꽉 잡고 있는 것 같았고 내가 언니의 살인범을 찾기 전까지는 언니가 나를 보내주지 않을 것 같은 느낌이 들었다.

소방관들이 정말로 허위 경보였는지 확인하기 위해 건물 수색을 계속하는 동안, 매기 선생님이 와서 학생들을 모두 불러 모았다.

회색 눈동자가 분노로 어두워진 매기 선생님이 말했다.

"믿을 수가 없구나. 무분별하고, 어리석고, 위험하기까지 한 짓이야. 허위 경보는 사람들이 다음에 알람을 들었을 때 재빨리 반응하길 망설이게 만들어. 그리고 진짜 화재가 일어났을 때, 30초가 우리의 생과 사를 가른다고. 체이스 대학의 규정에는 이런 종류의 기숙사 장난을 치거나 범죄 행위를 강요하면 유죄로 보고 퇴학시키도록 되어 있어. 누가 그랬는지 알아내면, 그 일의 결과를 알게 되겠지. 다시는 그런 일이 일어나지 않길 기대하겠다."

그녀는 성큼성큼 가 버렸고 모두들 시선을 교환했다.

"누구 워커 선생님 본 사람?"

짧은 침묵 후에 데니스가 물었다.

"아니, 그는 매기 선생님이 이런 일을 처리하도록 했잖아. 매기 선생님이 설교에 재능이 있으니까."

케이티가 대답했다.

"봐, 저기 이상한 관리인 녀석이다."

정원 귀퉁이에 아서가 서 있었는데, 몸의 반은 수풀에 가려진 채 신경질적으로 여기저기를 재빨리 둘러보고 있었다.

“저 사람 섬뜩해.”

린이 말했다.

“나도 그래. 넌 저 사람이 어떻게 얼굴을 씰룩거리는지 봤어? 얼마나 소름끼치는데.”

다른 여자애가 동의했다.

“나한테는 잘해 줬는데. 배경을 만드는 걸 많이 도와줬거든.”

토마스가 그들에게 말했다.

“저 사람이 왜 여기에 있지? 캠퍼스에 안 살잖아, 안 그래?”

샤나가 물었다.

“저 사람이 알람을 누른 거야. 다음에는 불을 지를걸.”

데니스가 말했다.

“난 저 사람이 미친 살인마일 거라고 확신해.”

케이티가 덧붙였다.

“어쩌면 그냥 다른 사람들처럼 사이렌을 듣고 왔을지도 모르지.”

내가 의견을 제시했다.

“야, 재미 깨지 말라고, 친구. 캠프마다 사람잡는 미치광이가 하나씩 있는 법이잖아.”

샤나가 나를 탓했다.

“이 캠프는 이미 한 건 했잖아.”

나는 말하자마자 후회했다.

샤나는 내 어조의 날카로움에 당황하면서 나를 향해 눈살을 찌푸렸다. 그 애는 어깨를 으쓱하며 대꾸했다.

“그래.”

우리는 마침내 건물 안으로 돌아가도 된다는 허가를 받았다. 다른 조교들이 각자의 학생들을 기숙사로 돌아가도록 안내하는 동안, 브라이언과 그의 어머니는 계속해서 의논하고 있었다. 드라마 하우스의 아이들이 현관 쪽으로 움직이기 시작하자, 아서는 잔디밭을 가로질러 왔다. 우리는 동시에 계단에 이르렀고, 여자애들 몇 명은 다른 쪽으로 피했다. 샤나와 나는 아서 쪽으로 돌아섰다.

아서가 다정하게 말했다.

"아무도 믿지 마. 아무도."

열다섯

워커 선생님은 다음 날 아침 리허설 전에 무슨 일이 있었는지를 얘기했어야 했지만, 한 마디도 꺼내지 않았다. 케이티가 맞았다. 징벌은 매기 선생님이 담당하고 있었다. 다들 잠이 부족했지만, 리허설은 놀라울 정도로 잘 진행됐다. 연극 전체의 동선 설정이 끝났고, 워커 선생님은 다음 주까지는 책을 떼고 연기하자고 했다.

아침 나절의 휴식 시간 동안 나는 매기 선생님에게 긴장 완화 CD를 돌려주고 다음 시리즈를 빌려 오려고 아래층으로 내려갔다. 그녀의 사무실 문이 닫혀 있어, 나는 노크를 하려고 손을 들었다가 누군가 이야기하는 소리를 들었다.

"너무 확대해석하고 계세요."

브라이언이 말했다.

"그렇지 않아. 어머니가 자기 아들을 믿을 수 있는 것은 꽤 중요하다고 생각한다."

매기 선생님이 차분하게 대꾸했다.

"그렇지만 어머니께 말씀드릴 필요가……."

"너무 늦었던 거니?"

그녀가 말했다.

"어머니 생각을 제 생각인 양 말씀하지 마세요!"

"브라이언, 내가 어떻게 아니란 네 말을 믿을 수……"

"그냥 그렇게 하셔야 해요. 제가 어머니보다 더 잘 해낼 수 있다고요. 제가 이 상황을 해결하게 해 주세요, 엄마, 아시겠죠? 네?"

"안 그럴걸."

숨죽인 목소리가 말참견을 했다. 그 목소리의 주인공이 너무 가까이에 있어서 나는 화들짝 놀랐다. 아서가 난데없이 나타나 있었다. 그가 말했다.

"저 두 사람은 항상 싸우거든."

내가 조용하게 대꾸했다.

"부모 자식 간엔 보통 그러죠."

그가 계속해서 말했다.

"난 저 둘 때문에 초조해. 사람들이 그렇듯, 너도 그들이 뭘 하려고 하는지 모르겠지."

"무슨 뜻이에요?"

"사람들은 그냥 갑자기 시들해지거든. 나는 그런 일을 봐 왔어."

나는 아서가 매기 선생님과 브라이언 사이의 진짜 문제를 알고 있는 건지 아니면 자신의 불편한 감정을 그들에게 투영하고 있는 건지가 궁금해졌다.

"아서, 어젯밤, 우리가 드라마 하우스로 돌아가고 있었을 때, 왜 아무도 믿지 말라고 말했어요?"

그는 대답하지 않고, 그저 네모진 노란 손톱을 씹을 뿐이었다. 그의 옷에서는 연기 냄새가 났다. 복도 저 끝에 탑으로 가는 문이 있었다. 그가 담배를 피우려고 거기에 슬그머니 들어갔다 나와서 갑자기 나타나 나를 놀라게 한 모양이라는 생각이 들었다. 그는 분명 이 극장의 구석구석 곳곳을 전부 알고 있을 거였다. 우리 어머니 말씀에 따르면, 세상의 비밀을 아는 것은 미국 중앙 정보부가 아니라 건물 관리인과 미용사라고 하셨다.

"스토다드에서 오래 일하셨나요?"

내가 물었다.

"할 만큼 했지."

그가 대답했다.

"작년 여름에도 여기에서 일하셨어요? 작년 캠프 때도?"

그는 신경질적으로 손을 주머니에 쑤셔 넣었다.

"아니. 난 겨울에 왔어. 겨울이 되면 난 어딘가 다른 곳으로 가야 할 것 같은 기분이 들거든. 나는 지난겨울에 여기에 왔어."

그렇다면 그는 우리 언니가 죽었을 때 뭔가 미심쩍은 일을 목격할 수가 없었다. 그래도 내가 알게 되면 유용할 최근의 일들을 주목하고 있을 수도 있었다.

"어제 전기가 나갔을 때, 어디 계셨어요?"

"나는 항상 근처에 있어."

그가 조심스럽게 대꾸했다.

"아, 저도 알죠, 저도 아저씨가 일하고 있는 거 알아요. 그냥 수상한 짓을 하는 누군가를 보지 않으셨을까 궁금해서요. 아니면 캠프 참가자 중 하나가 우리 무리들과 같이 있지 않고, 혼자 건물을 어슬렁거리는 걸 보셨을 수도 있고요."

"월요일에 네가 혼자 돌아왔었지."

아서가 말했다.

아주 잘됐다. 그는 *나*를 의심스럽게 지켜보고 있었고, 나는 그의 존재조차 모르고 있었으니.

"다른 사람은요?"

"폴하고 이상한 여자애."

"아서, 누가 전기를 끊었는지 짐작 가는 사람 없어요?"

그가 재빨리 대답했다.

"없어. 난 아무것도 몰라! 아무것도 못 봤다고!"

"알았어요, 네, 괜찮아요, 저는 그냥 궁금해서 그랬어요."

그는 매우 예민해져 있었고 이제는 정보를 제공한 것에 대해 걱정하고 있었는데, 이 상황에서 내게 최선은 물러나는 것이었다. 하지만 나는 지금까지 많은 관리인을 봐 왔고, 그와도 천천히 친해질 수 있을 터였다.

***

"어디 가는 거야?"

두 시간 후에, 내가 물었다.

"내 마음 내키는 대로 하자면, 캘리포니아로?"

브라이언이 내 점심이 담긴 식판을 받아서 사각형 안뜰의 제일 끝에 있는 단풍나무 아래에 차리더니 말했다.

"그렇지만 캘리포니아까지 가면 너무 오래 걸어야 하니까, 이 정도에서 그만."

우리 극단이 오늘 오전에 보여 준 에너지는 점심시간이 되자 다 떨어져 버렸다. 매기 선생님은 아이들이 감독에서 벗어나 기숙사로 돌아가는 것은 바라지 않았지만, 그녀의 시야에 들어오는 범위 안에서 정원으로 우리 점심을 들고 나가서 먹고 거기에서 낮잠을 자는 것은 내버려두었다. 몇 명은 키 크고 잎이 무성한 나무 아래, 몇 명은 햇볕 아래서 일광욕을 하면서, 아이들은 잔디밭에 흩어져 앉아 있었다.

"사실은, 제니, 주말까지 길고 긴 이틀이나 남았잖아. 요즘 여기에서 바보 같은 일들이 많이 있었고 내가 그것들을 해결해야 했어. 너랑 점심 같이 먹기 같은 보상이 필요해."

"너랑 너희 어머니가 정말 힘들었을 것 같아. 극장에서 하루 종일 일하는 데다가 기숙사까지 담당해야 해서, 쉬지도 못하잖아."

"나보다는 어머니가 더 고생하시지."

"어째서?"

브라이언은 등을 대고 누워서 나무를 올려다보며 대답하기 전에 생각을 했다. 나뭇가지가 움직이면서 별과 그늘을 오가며 그의 어두운 눈동자에 반사됐다.

"어머니는 너무 과잉 반응을 하셔. 극장에서의 장난질도 정말 속상해 하셨거든. 오늘 아침에도 그것 때문에 나를 추궁하셨고."

내가 그들이 다투는 소리를 들었다는 말은 하지 않기로 했다.

"왜 네가 그랬을 거라고 생각하시는 건데?"

"일을 망치려고. 워커 선생님에게 앙갚음하려고."

"네가 그렇게까지 워커 선생님을 싫어하는 줄은 몰랐는데."

"안 싫어해. 나도 내가 괜찮은 배우고, 괜찮은 무대 감독이기도 하다는 걸 알고 있어, 그래서 워커 선생님이 나한테 뭐라고 말하든 내버려 뒀어. 하지만 수년간 그가 나에 대한 비난을 우리 어머니께 해왔던 게 아닌가 싶어. 어머니는 전문가답게 행동하려고 애쓰셨고 자신이 뭔가에 화난 모습을 보이지 않으려고 하셨지만, 사실은 매우 예민한 분이야. 어머니는 그런 일들 때문에 낙심하셨을 수도 있고, 실제로 낙심하고 계셔. 게다가 나도 어머니처럼 느끼고 있을 거라고 생각하신다고."

"그 장난질 뒤에 있을 법한 사람이라도 있어?"

내가 물어봤다. 나는 언니의 유령이 우리를 놀리는 것이라는 나의 첫 가설에 대해서는 언급하지 않았다. 브라이언은 그런 것을 고려하기에는 너무나 현실적인 사람이었다.

"폴, 증거가 있는 건 아니야. 폴하고 전선을 끊을 수 있는 다른 누군가, 어쩌면 아서일지도. 어머니께서 인원수를 확인할 때 없어도 되는 누군가 말이야."

"폴이 워커 선생님에게 대든 적이 있어?"

브라이언은 옆으로 누워 팔꿈치로 몸을 받쳤다.

"설마. 워커 선생님은 폴에게는 휴식 시간을 많이 주거든. 내가 이런 말을 해도 괜찮을지 모르겠네. 내 예상이 틀릴 수도 있는 건 아는데, 폴이 리자 몽고메리가 계속 살아 있는 것처럼 꾸미는 장난을 하는 것 같아."

그 정도로는 만족할 수 없다는 듯이, 언니의 향수를 들이마시던 폴의 모습이 떠올랐다. 그만 속이 메스꺼워져서 먹던 샌드위치를 내려놨다.

"뭐가 잘못됐어?"

"아니."

브라이언이 일어나 앉았다.

"제니, 너한테 꼭 할 말이 있어. 미친 소리처럼 들리겠지만, 그게 아닐 것 같은 느낌이 들어."

나는 조심스럽게 그의 눈을 들여다봤다.

"말해 봐."

"오늘 아침에 내가 어머니와 이야기하고 있을 때, 작년에 리자 몽고메리와 했던 대화가 기억났거든. 내 기억에 리자는 제니라는 이름의 여동생이 있다고 했어."

나는 눈길을 피했다.

"리자가 말하길, 제니는 연극에 대해 잘 알고, 재능도 있는데, 무대 위에 서길 두려워한다고 했지. 그 애는 연기를 해 본 적이 없다고."

"아니야. 그 애는 체조 연기는 했는걸."

나는 차분하게 말했다. 그가 빠르게 숨을 들이쉬는 소리가 들렸다. 그는 내 손 위에 자기 손을 얹었다.

"왜 여기 온 거야? 네게는 비참한 곳이잖아."

"언니에게 오겠다고 말했었어. 언니를 방문하겠다고 약속했었거든. 나는 그저."

말이 목에 걸렸다.

"……조금 늦게 온 것뿐이야."

그는 손을 뻗어 내 볼을 부드럽게 쓰다듬었다.

"미안해. 그런 일이 생기게 해서 정말 미안해."

나는 입을 꾹 다물어, 내 목구멍에서 솟아오르는 흐느낌을 그가 듣지 못하길 바라면서 고개를 끄덕였다. 그는 나에게 몸을 가까이 숙이더니 얼굴에 흘러내린 머리카락을 뒤로 쓸어 넘겨주었다.

"그 밖에도 알고 싶은 게 있었는데, 네 기분이 좀 괜찮아지면 물어볼게."

"지금 물어봐."

브라이언은 내가 안정적으로 숨을 쉴 수 있게 될 때까지 잠시 기다렸다.

"여기에 네가 누군지 아는 사람이 더 있어?"

나는 고개를 저었다.

"확실해?"

"사람들에게 알릴 이유가 없잖아. 나는 리자 언니와 닮지도 않았고, 언니처럼 행동하지도 않고, 게다가 너처럼 대부분의 사람들은 그런 사건이 있은 후에 내가 여기 올 거라고는 예상하지 못하니까. 나는 언니를 진심으로 사랑했어, 하지만 너도 분명 알겠지만, 언니는 자기 자신에 대해서만 생각하고 이야기하는 데 많은 시간을 쏟는 사람이었어. 난 언니가 분명히 아빠에 대해서 심하게 자랑했을 거라 확신해. 그렇지만 진짜로, 네가 언니에게서 여동생이 있다는 이야기를 들었다는 것조차 놀라워."

"너희 부모님 이야기를 하면서 연극계에 관련되어 있는 것에 대한 장단점을 이야기하다가 한 번 네 얘기가 나온 거야. 그게 리자와 내가 공유한 어떤 점이지. 하지만 제니, 너는 당장 짐작할 수 없더라도, 내가 네 이름을 듣고 결국 관계를 알아냈다면, 다른 누군가도 그럴 수 있는 거야."

"그런 것 같아."

"마이크는 알아?"

"걔는 모를 게 확실해."

만약 마이크가 그 사실을 알아냈다면, 언니와의 관계에 대해서 나에게 거짓말을 하지 않았을 터였다.

브라이언이 계속 말했다.

"걱정된다. 만약 마이크가 알면, 폴도 아는 거야. 두 사람은 친하니까. 게다가 폴은 완전히 리자에게 집착하고 있었고, 지금도 그러니까. 네가 그 애의 동생이라는 걸 알게 되면, 걔는 아무래도……."

그의 목소리가 점점 작아졌다.

"뭐?"

내가 물었다. 브라이언은 대답을 할 것처럼 하다가 마음을 바꾼 것 같았다.

"모르겠다. 내 상상의 나래는 여기까지."

"브라이언, 넌 언니가 연쇄 살인마가 아닌 다른 누군가에게 살해당했다고 생각해 본 적 있어?"

"우리가 처음 리자의 죽음에 대해 들었을 때만 해도 모두들 서로를 의심했을걸. 그렇지만 우리도 그 살인이 연쇄 살인마가 동부 해안에서 했던 특유의 방식이라는 걸 알게 됐지."

"그런 건 무의미해. 다른 사람의 방식을 흉내 내는 건 극단 사람들이 아주 잘하는 일이니까."

"그게 무슨 말이야? 누구 의심 가는 사람이라도 있어?"

"나는 그럴 가능성을 염두에 두고 있어."

브라이언의 얼굴이 점점 걱정스러워졌다.

"제니, 여길 떠나는 게 좋을 것 같아."

"아직은 안 돼."

"누군가 네 정체를 알아내기 전에 말이야."

"못 가. 악몽이 끝날 때까지는."

"무슨 악몽?"

"계속 언니의 꿈을 꾸고 있거든. 나한테 뭔가 할 말이 있는 것만 같아."

초자연적인 환상을 본다고 말하는 것보단 낫겠다고 생각했다.

그는 눈살을 찌푸렸다. 그의 입매가 그의 어머니의 입처럼 단호함을 담고 있었다.

"가능한 어떤 *가정*도 없이 말하고 싶은데, 아무래도 넌 여기에서 나가야 해."

나는 단호하게 고개를 저었다.

"내 말 좀 들어, 제니. 폴의 방은 네 언니의 성지 같아. 가끔은 갠 리자의 죽음을 모르는 게 아닌가 하는 생각까지 들어. 머릿속에 있는 스위치를 탁 젖히기라도 한 것처럼, 그놈은 현실과 비현실도 구분 못한다고."

브라이언이 허리띠에 차고 있던 열쇠 뭉치를 떼어내더니 열쇠를 고리에서 빼내며 말했다.

"이게 내 마스터키야. 이걸로 남학생 기숙사의 모든 방을 열 수 있어. 오늘 오후에, 네 리허설 차례가 아니고 다들 리허설 중일 때, 내가 너한테 가짜 심부름을 시킬게. 네가 폴의 방에 가서 네 눈으로 직접 그 꼴을 봤으면 좋겠어. 2층이야. 이름은 문에 적혀 있고."

나는 브라이언이 내 손에 얹어 놓은 놋쇠 열쇠를 가만히 쳐다봤다. 그가 내 생각을 읽기라도 한 것처럼 덧붙여 말했다.

"안 돼, 이건 비도덕적이야 하고 생각하겠지. 그래도 난 신경 안 써. 내가 신경 쓰는 건 네가 직면한 상황을 네가 똑바로 보게 되는 것뿐이야."

그는 내 얼굴을 감싸 쥐었다.

"제발 믿어 줘, 제니, 나도 네가 가 버리는 건 싫어. 뉴욕은 여기에서 너무나 머니까. 그렇지만 난 네가 도박을 하고 있다고 생각해."

"난 아직 떠날 준비가 되지 않았어."

"오늘 오후면 준비가 되겠지."

그가 내 얼굴을 놓아주며 주변을 둘러봤다.

"먹는 게 좋겠다."

우리는 점심을 급하게 삼켰고 매기 선생님이 모두들 들어오라고 불렀다. 브라이언이 내 것과 자기 식판을 반납하면서, 나를 극장 쪽으로 보냈다. 나는 스토다드 안으로 줄지어 들어가는 사람들 뒤에 있던 토마스와 샤나에게 합류했다. 마이크가 그 애들 앞에 있다는 것을 깨달았을 때는 너무 늦어 있었다. 나는 가방을 껴안고 그를 못 본 척했다.

"안녕."

마이크가 기분 좋게 인사했다. 그 애가 다른 누군가에게 말하는 거였으면 좋겠다는 생각이 들었다.

"안녕, 제니. 거기 아무도 안 계세요?"

샤나와 토마스가 그 애의 질문에 웃었다. 나는 곁눈질을 했다.

"안녕."

"점심은 잘 먹었어?"

'지켜보고 있었던 걸까?'

내가 궁금해 하는데, 샤나가 장난기가 반짝이는 눈으로 말했다.

"우리도 너희랑 같이 먹으려고 했었어. 그런데 토마스가 그 나무 아래가 두 사람에게 딱 맞아 보인다고, 그래서 안 간 거지."

토마스는 살짝 어깨를 으쓱하더니 샤나를 따라 건물 안으로 들어갔다. 마이크는 뒤에 남아서 내가 들어가기 전에 잽싸게 나를 잡았다. 그 애가 가까이 서자, 그 애의 목과 어깨가 빛을 가려서 나는 그 애의 몸집과 힘을 여실히 깨달을 수 있었다. 내가 얼굴을 올려다보자, 마이크의 눈이 내 목 아래로 흐르는 땀방울을 따라 움직이는 것이 보였다.

"점심시간 동안 잠시…… 네가 또 다른 우발적인 사고를 칠까 봐 무서웠어."

볼이 뜨거워졌다. 내가 대꾸했다.

"점심시간이 꽤 지루했나 보구나. 저녁 식사는 더 낫길 바랄게."

열여섯

3시의 휴식에서 돌아오자마자, 브라이언이 내게 연극의 변경된 무대 장치의 도표를 주더니 '복사해' 오라고 심부름을 보냈다. 나는 스토다드를 맴돌다가 남학생 기숙사 쪽으로 향했다.

그 집의 디자인은 거의 드라마 하우스와 동일했지만, 바깥의 회색 페인트가 벗겨져 있는 데다 황폐한 안쪽 상태가 매우 다른 장소인 것처럼 보였다. 현관은 어두운 자주색으로 칠해져 있었고, 하나뿐인 조명은 갓도 없이 천장에 매달려 있는 전구 하나 뿐이었다. 계단의 난간도 자주색에, 깊게 긁힌 상처들이 있었고, 난간을 받치는 작은 기둥들은 없어져 있었다.

나는 계단에서 브라이언이 준 서류를 계단에 내려놓고, 계속 위로 올라가서 폴의 방을 찾아냈다. 순간 나는 망설였다. 나는 폴의 사생활을 침해하고 있었고, 그 애의 삶의 개인적인 부분이 내가 알고자 하는 그 무엇인지 확신할 수가 없었다. 그렇지만 나는 리자 언니와 나 자신을 위해서 이 일을 해야만 했다. 나는 열쇠 구멍에 열쇠를 밀어 넣었다.

문을 열자마자, 향수 냄새가 났다. 언니의 향수였다. 그 다음에는 사진이 보였다. 언니는 모든 곳에 있었다. 서랍장과 책상 위에 놓인 채, 거울의 틀 안쪽에 꽂힌 채, 사방의 벽에 테이프로 붙은 채, 언니의 얼굴이 사진들 속에 실물 크기로 들어 있었다. 언니를 비추는 거울이 가득한 집 내부로 들어선 것 같은 느낌이었다. 언니의 모습과 향이 나를 압도해 와 나는 휘청거리며 책상 의자로 손을 뻗었다.

의자를 천천히 돌리면서, 나는 그 사진들을 한 장 한 장 자세히 살폈다. 내가 본 적이 없는 사진들이 많았는데 캠프에서 찍은 것들임에 틀림없었다. 폴은 대학 강의가 있는 동안에는 이 방을 쓰지 않았을 테니, 그 애는 이 사진들을 가지고 갔다가 다시 도로 가져왔을 것이었다. 그 애는 왜 이런 사진들로 자기 주위를 둘러싸는 걸까? 아마도 브라이언이 폴이 그 장난을 쳤을 거라고 믿는 이유와 동일한 이유일 터였다. 언니가 '살아' 있도록 하기 위해서. 하지만 이건 언니를 살아 있는 것처럼 만들려는 그 애의 강박적인 사랑인 걸까, 아니면 뭔가 소름끼치는 일이 일어났던 것을 부정할 필요가 있어서인 걸까? 나는 낡은 책상 표면을 훑어보다가 눈길을 고정했다. 나는 펜 두 개를 집어서 내 손바닥에 긁적여 봤다. 연두색과 분홍색 자국이 남았다. 나는 책상 서랍을 열고 분홍색 물방울무늬가 있는 주소록을 펼쳤다. 주소 목록을 확인해 보긴 했지만, 나는 이미 그것이 언니의 것이란 것을 알고 있었다. 언니의 터키석 머리핀도 보였다. 마치 언니가 이 방에서 살았던 것 같았다!

나는 책상 서랍을 닫고 일어나서 방을 돌아다녔다. 책꽂이에도 리자 언니의 사진이 있었지만 언니의 소지품은 더 이상 없었다. 나는 서랍장 앞에 섰다. 언니가 행운의 부적으로 지니고 다니던 약간 붉은빛이 도는 오팔 펜던트가 달려 있는 언니의 목걸이가 있었다. 나는 조심스럽게 들어 올려 감싸 쥐었다.

목걸이를 가져가고 싶었고, 언니의 머리핀도, 주소록도, 펜도, 우리에겐 없는 사진들까지도 갖고 싶었다. 폴의 눈이 언니 얼굴을 찍은 사진을 헤매고, 그 애의 가느다란 손가락이 언니의 소지품들을 만지는 것이 싫었지만, 모든 것을 있던 자리에 그대로 두어야 했다.

나는 목걸이를 내려놓고 야단스러운 붉은 표지의 컴퓨터 게임 잡지에 반쯤 가려진 어떤 물건이 반짝이는 것을 발견했다. 그 잡지를 들어 올리자, 언니의 팔찌가 보였다. 내가 언니의 생일 선물로 줬던 폭이 넓은 은팔찌였다. 나는 그걸 집어서 내 손목에 꼈다.

은이 내 손목에 스치는 순간 차가운 얼얼함을 느꼈다. 냉기가 팔을 타고 올라왔고 심장에 으스스한 거미줄을 두른 것처럼, 공포가 파문처럼 번져왔다. 폴의 방은 차츰 그늘이 지더니 어두워졌고, 모퉁이가 푸르게 빛났다. 개울의 냄새가 났다.

'다신 안 돼! 제발, 다시 그런 일을 겪게 하지 말아 줘!'

나는 팔찌를 손에서 확 벗어 던졌고 팔찌가 서랍장으로 툭 떨어지는 소리가 들렸다. 푸른 반짝임은 사라졌지만 햇빛이 다시 방에 비쳐들 때까지 시야의 어둠이 신경을 날카롭게 했다. 공포로 심장 박동이 여전히 빠르게 뛰고 있었다. 언니가 느꼈던 공포가 내 안에서 욱신거렸다.

나는 손으로 머리를 짚고, 무슨 일이 일어났던 건지 정리해 보려고 노력했다. 펜이나 머리핀 같은 언니의 소지품 대부분은 만졌을 때 내게 아무 영향도 미치지 않았다. 마치 언니가 죽던 날 밤 언니를 통해 흐른 감정이 언니가 만졌던 특정 물건들(언니가 마이크를 만나러 갈 때 넘었던 창문, 다리 아래의 둑, 파빌리온 밑의 말뚝 등)에 각인된 것 같았다. 내가 그것들을 만졌을 때 내 환상을 불러일으킬 수 있을 만큼 강렬한 감정들이. 언니가 살해당하던 순간의 극도의 공포와 고통이 망치에는 한층 더 가득했던 거였다. 언니가 죽을 때 그 팔찌를 차고 있던 것인지, 내가 팔찌를 만졌을 때와 같은 감각을 느꼈던 것인지 궁금해졌다.

나는 재빨리 폴의 서랍장과 옷장 안을 살펴보았다. 그 순간에 할 수 있는 만큼은 전부 둘러봤다. 팔찌를 반 정도 덮도록 잡지를 얹어 놓은 후(다시 그 팔찌에 손을 댈 수가 없었다.) 처음 들어왔을 때처럼 모든 것이 놓여 있는지 확인하고, 방에서 나와서 문을 잠갔다. 계단 쪽으로 향하는데, 복도 건너편에 마이크의 이름이 붙은 문이 보였다.

내 염탐질을 합리화하려고 하지는 않았지만, 간단하게 그 문을 열고 들어갔다. 마이크의 방은 모든 것을 밖에 꺼내놓고 종류별로 소지품을 쌓아 놓는 그 애의 정리 개념에도 불구하고, 폴의 방보다는 정돈되어 있었다. 옷, 책, CD, 테니스공, 자외선 차단제와 면도용 로션이 전부 각자 한 무더기를 이루면서 책상과 서랍장, 의자 위를 점령하고 있었다. 책 무더기를 훑어보다가, 책들 가운데 윤이 나는 종이 한 장이 튀어나와 있는 것을 발견했다. 사진이었다. 호기심에 이

끌려 끄집어내 봤다.

그 사진을 보고 나는 놀라움에 사로잡혔다. 아빠의 수상을 기념하는 티셔츠를 입고, 어깨동무를 하고서 카메라를 향해 웃고 있는 언니와 나였다. “우리가 딱 우리 같이 나왔어!” 하고 말하며 언니가 가장 좋아하던 우리 자매의 사진이었다.

마이크는 나를 알고 있었다. 그 애는 처음부터 알고 있었다. 그렇지만 그 애가 내 정체를 알고 있었다면, 왜 내게 자신과 언니의 관계에 대해서 거짓말을 했던 걸까? 나에게 알려주고 싶지 않은 뭔가를 그 애가 밝힐 때까지 내가 자신에게 질문을 퍼부을까 봐 겁이 났던 걸까?

나는 그 사진을 다시 책 틈에 꽂아 놓았다. 나는 브라이언이 나에게 보여 주고 싶어 하던 것보다 훨씬 많은 것을 봤지만, 더 많이 알게 될수록 더 이해할 수가 없었다.

***

워커 선생님은 그날 리허설을 일찍 끝내면서, 우리에게 오늘이 ‘영화의 밤’이란 것을 상기시켰다. 아이들은 재빨리 극장을 떠났고, 워커 선생님은 매기 선생님을 따라 아래층의 사무실로 갔다. 이날 오후에는 둘 다 초조해 보였다. 샤나의 말에 따르면, 내가 심부름하러 나간 사이에 둘이서 격렬하게 말다툼을 했다고 했다. 브라이언이 흥분을 좀 식히게 해야겠다고 말하고는, 그들을 따라 아래층으로 내려갔다.

나는 주위에 사람들이 너무 많아서 둘이서 상의하기 어려울 때를 선택해서, 이미 그에게 마스터키를 돌려준 터였다. 내가 발견한 것들을 이야기하고 싶지 않았다.

토마스와 내가 막 공연장을 떠나려 할 때, 아서와 건물 보수 쪽에서 온 다른 사람이 토마스가 하루 종일 노래를 했던 고가 사다리를 들고 도착했다. 그 두 사람은 성급하게 나가 버렸는데, 아무래도 또 다른 요구를 할까 봐 피하려고 그런 것 같았다. 몇 번의 어설픈 시도 끝에 토마스와 나는 간신히 그 사다리를 10미터 조금 안 되는 높이의 보행 통로에 기대어 세워놓을 수가 있었다.

"내가 한번 해 볼까?"

내 질문에 토마스가 고개를 저었다.

"사다리 아래서 두 사람이 붙잡고 있어야 될 것 같아."

"걱정 마. 멀리 가지 않을게."

토마스가 사다리를 잡고 나는 사다리의 알루미늄 가로대를 오르기 시작했다. 나는 여섯 번째 단에서 멈췄다. 내 손 아래서 흔들리는 느낌과 금속성 소음 때문에, 선뜻 마음을 놓고 사다리에 의지할 수가 없었다.

"괜찮아?"

토마스가 나를 올려다보려고 머리를 뒤로 젖히면서 물었다.

"아무래도 도와줄 사람을 더 찾아봐야겠어."

나는 다시 내려가면서 말했다.

"이미 준비시켜 뒀어."

"옆으로 치워놓을까?"

"아니야. 내일 바로 하늘을 매달 거야."

토마스가 연장과 파란 천으로 뒤덮인 테이블 쪽을 가리켰다.

"사다리가 무대 한가운데 있는 상태로 하루를 시작하면 워커 선생님이 짜증을 낼 텐데."

"만약 그러면, 내가 사과하지 뭐."

토마스가 대꾸했다.

"알았어. 사전에 양해를 구하는 것보다는 나중에 사과하는 게 낫다는 거지?"

그 애가 웃었다.

"가끔은, 어떤 사람한테는, 그래."

"토마스, 너도 참 지속적으로 날 놀라게 하는구나."

우리는 소지품을 챙겨서 함께 기숙사로 돌아가면서 테니스 라켓과 공 한 통을 나르고 있던 마이크를 지나쳤다. 그 애는 나한테라기보다는 토마스에게 인사를 하고는 가던 길을 갔다. 토마스와 헤어진 후에, 나는 스토다드 주차장과 운동장 너머 어딘가에 코트가 있을 거라 생각하면서 마이크가 향하던 방향으로 향했다.

연습용 코트의 벽에 있는 힘껏 테니스공을 치면서 혼자 운동하고 있는 그 애가 보였다. *턱! 턱!* 낮 동안의 열기가 바닥에서 발산되고 있었고, 습기가 지고 있는 태양으로부터 마지막 열기까지 비틀어 짜내고 있었다. 마이크의 셔츠는 완전히 젖어 있었고, 팔뚝은 땀으로 번들거리는데도 그 애는 자기를 못살게 구는 악령을 상대하기라도 하는 듯 계속 공을 치고 있었다. 때때로 공을 되치기에는 너무 세게 치곤했는데, 그러면서 만족감을 얻는 것 같았다.

그 애는 내가 코트의 철조망 밖에 있는 벤치에 앉는 것을 알아채지 못했다. 나는 얼굴 앞을 날아다니는 하루살이들을 손으로 휘저어 쫓아내면서 기다렸다. 마침내 그 애가 물병에 든 물을 마시기 위해 멈췄다.

"얘기 좀 할래?"

마이크가 돌아보고 놀라더니 거기에 누구 다른 사람이라도 있는 것처럼 주위를 돌아봤다.

"그래."

그 애가 말했지만, 높다란 철조망 건너편의 코트 한가운데 자신이 서 있던 자리에 그대로 서 있었다.

"무슨 얘긴데?"

"우리 언니에 대해서."

그 애는 움직이지 않았다.

"우리 언니 리자."

그 애는 셔츠로 얼굴을 닦더니 내 쪽으로 걸어오긴 했지만, 여전히 철조망을 사이에 두고 서 있게 되었다.

"내가 누군지 언제 알았어?"

"너를 보자마자."

"왜 말 안 했어?"

"넌 왜 안 했는데?"

"난 그럴 사정이 있어."

"나도 그래."

나는 실망감에 잔디를 걷어찼다. 그 애는 라켓을 수평으로 돌리더니 코트에 공을 내리쳤다.

"왜 언니가 너한테 우리 사진을 준 거야?"

"내가 그 사진을 좋아했다고 네 언니가 얘기했을 텐데."

그 애가 계속해서 공을 드리블하면서 말했다. 그러더니 공을 덮쳐서 낚아챘다.

"아니, 걔가 말 못했을 수도 있겠구나. 만약 리자가 말했다면 너도 내가 널 알고 있다는 걸 알았을 테니까. 넌 어떻게 그 사진에 대해서 알고 있는 거야?"

"아까 오후에 네 방에서 봤어."

그 애가 눈을 가늘게 뜨자, 눈동자의 푸른빛의 색조가 변했다.

"내 방에서? 거기서 뭐했는데?"

"염탐."

그 애는 놀란 얼굴로 나를 쳐다봤다.

"믿을 수가 없어. 네가 그런 짓을 했다니 믿을 수가 없다."

"적어도 난 그걸 자백할 만큼 정직해. 넌 언니에 대해서 거짓말을 했잖아."

그 애는 나에게 등을 돌리고는 공을 벽에다 거세게 던졌다.

"넌 처음 만난 날에 네가 제니 베어드라고 거짓말했잖아."

"내가 누군지 알면서, 왜 나한테 언니에 대해서 거짓말을 했어?"

나는 집요하게 계속 질문했다. 그 애가 찡그린 얼굴로 나를 돌아봤다.

"왜 언니랑 좋아했다라거나, 사귀었다라거나 아니면 다른 어떤 관계였다라거나 하고 인정하지를 않았는데?"

"다른 어떤 관계였다라거나."

그 애가 내 마지막 말을 따라했다.

"언니가 나한테 두 사람이 어떤 사인지 말해줬을 거라는 것도 알았어야지. 자매는 거의 모든 것을 공유하니까."

"리자가 너한테 뭐라고 말했는지는 모르겠지만, 우리는 그냥 친구였어."

나는 고개를 젓고는 돌아서서 걸어갔다.

"제니, 잠깐만. 사실은 내가…… 리자가 오해하게 만들었는지도 모르겠어."

그 애가 주저하며 말했다. 나는 획 뒤돌아봤다.

"우리가 처음 캠프에서 만났을 때 우리는 거의 만나자마자 친구가 됐어. 우리는 같이 많은 시간을 보냈고 서로 가족에 대해서 이야기도 했어. 우린 공통점이 많았거든. 그러니까, 배우가 되겠다는 꿈이라든지 뭐든지. 리자가 그런 것들을, 내가 자기와 연인 사이가 되는 거에 관심이 있다고 오해하고 있다는 걸 나는 너무 늦게 깨달았어. 나는 사실은……."

마이크가 말을 멈췄다. 나는 철조망 쪽으로 걸어가서 그 애의 말을 끊어 버렸다.

"사실은 우리 아빠에게 관심이 있었던 거겠지, 아빠의 인맥에 말이야. 어쩌면 아빠가 워커 선생님이 하듯이, 너한테 장학금을 줄 수도 있고."

나는 말하고 나서 그 상황이 웃기다고 생각하는 것처럼 웃어 대기 시작했다.

"너도 알겠지만, 나는 언니하고 사귀고 싶어 하는 놈들에게 많이 이용당해 봤거든. 아빠하고 만나고 싶어 하는 연극 팬들에게 이용당하기도 했었고, 그런데 언니한테도 그런 일이 있었을 거라곤 생각도 못 했네."

마이크는 아무 말도 하지 않았다.

"넌 그런 식으로 이용당하는 게 얼마나 상처가 되는지 생각이나 해 봤어? 그게 자신을 얼마나 아무것도 아닌 존재처럼 느끼게 하는지 알아?"

"나는 걔가 상처받지 않게 오해를 풀려고 애썼어. 빠져나오려고 애썼지만, 그 애가 놓아 주질 않았어."

"언니한테 키스했어?"

나는 불쑥 내뱉고 말았다. 그 애는 나를 이상하게 쳐다봤다.

"그게 너한테 중요해?"

"아니, 물론 아니지."

'거짓말에 대해 이야기하고 있으면서, 정작 나야말로 방금 엄청나게 커다란 거짓말을 해 버리다니.'

마이크는 잠시 가만히 있었다.

"글쎄, 알다시피, 우연히 우발적인 사고가 일어나기도 하니까."

나는 분노에 차서 그 애를 노려봤다.

"다음번엔, 우리 아빠한테 키스해, 나나 언니한테 말고."

그 애가 뒤로 물러섰다.

"왜 언니한테 강가에서 만나자고 쪽지를 보냈어?"

"안 보냈어."

"너도 내가 말하는 쪽지가 뭔지 알잖아."

나는 계속 주장했다.

"케리가 봤다고 주장하는 그거, 내가 리자에게 정자에서 만나자고 했다던 거 말이지. 만약 그런 게 있었다 하더라도 내가 보낸 게 아니야. 게다가 그렇다 쳐도, 리자는 다리 밑에서 죽었잖아."

"파빌리온 밑이지."

내가 그 애의 말을 정정해 줬다. 그 애의 이마에 주름이 생겼다.

"리자는 다리 밑에서 발견됐잖아."

"언니는 파빌리온 밑에서 살해당했어."

"네가 그걸 어떻게 알아?"

그 애에게 환상에 대해서 말해야 할지 말지 망설여졌다.

"난…… 나는 느낄 수 있어."

그 애가 가까이 다가왔다.

"어떻게 느끼는데?"

나는 거짓말을 시도했다.

"거기에 대한 꿈을 꿨어, 보였거든."

"네가 어린애였을 때 꿨던 악몽 같은 거? 파란색 꿈 말이야?"

나는 눈을 깜박였다.

"네가 그걸 어떻게 알아?"

"리자가 말해 줬어. 네가 리자가 꾸는 것과 같은 꿈을 꾸는 것 같다고 말했어. 그 애는 너하고 자기가 특별하게 연결되어 있다고 생각했어. 텔레파시처럼."

나는 철망 사이에 손가락을 걸고 철조망을 꽉 쥐었다.

"그 애는 항상 네 얘기를 해 줬어. 리자는 널 정말로 보고 싶어 했어. 난 네가 그 애를 보러 꼭 올 거라고 생각했지."

"그래, 그랬지…… 결국에는."

나는 눈물을 삼키려고 애썼다. 마이크는 철조망 맞은편에서 내 손끝을 어루만졌다.

"왜 온 거야? 왜 지금이야?"

나는 철망에서 손을 빼냈다. 이런 식으로 마이크와 있고 싶지 않았다.

"폴은 내가 누군지 알아? 케리나 워커 선생님은? 그 사람들한테 말했어?"

"아무한테도 얘기 안 했어. 너는?"

"브라이언한테만. 누가 그런 장난을 쳤을까?"

"어제까지만 해도, 나는 브라이언을 의심했어. 브라이언은 아서에게 협조를 받을 수 있잖아."

그 애가 덧붙여 말했다.

"두 사람 다 워커 선생님의 리허설을 망치는 걸 즐길걸."

"브라이언은 폴이라고 했어."

"그것도 가능성 있지. 어제 바닥으로 굴러온 반지는 리자가 작년에 소품으로 꼈던 반지인데, 케리가 가져갔었거든. 애들은 그게 엉뚱한 데서 나온 거라 생각했지만, 작년에 케리가 가져간 걸 폴한테 준 거지."

"이해가 안 가. 케리는 언니한테 그렇게나 질투를 하고 있었는데, 그런 언니랑 관련된 걸 왜 폴한테 주겠어?"

그 애는 어깨를 으쓱했다.

"어쩌면 폴이 자기한테 고마워하길 바라는지도 모르겠어. 폴이 고마운 마음을 가지고 자신을 인정해 주길."

"그래도 앞뒤가 맞지 않아."

마이크가 미소를 지었다.

"넌 다른 누군가를 좋아하는 사람을 좋아해 본 적이 없는 것 같다. 그런 경우, 그 사람이 나를 그저 쳐다봐주기라도 했으면 하는 마음에 어리석은 말이나 행동을 하고 있는 자신을 발견하게 되거든."

나는 시선을 피했다.

"폴은 음향 설비에 대해서 얼마나 알아?"

"관심만 생기면 아주 잘 다룰걸. 왜?"

"캠프 첫 날, 네가 극장 안에 있었을 때, 발코니 위에서 혹시 목소리 같은 걸 듣지 않았어? 언니 목소리 같은 소리 못 들었어?"

"네가 리자의 대사를 하는 걸 들은 게 전부야."

"그 전에 말이야."

"난 그때 막 들어갔었어."

적어도 마이크의 얘기에는 일관성이 있었다.

"저기, 나는 목소리를 들었어. 언니의 향수나 갑자기 언니가 꼈던 반지가 나타났던 것처럼 그 소리도 유령의 짓 같았지만, 단순히 언니의 목소리를 겹쳐서 녹음한 게 아닐까 생각했거든."

"그러니까 그 장난들은 너를 겨냥한 거다?"

나는 고개를 저었다.

"그렇게 생각하진 않아. 내가 개인적인 리허설에 우연히 걸려든

게 아닐까 하는 생각이 들기 시작해서 그래. 그 장난들의 배후에 있는 인물에게는 연습하기에 알맞은 시간이었을 거야, 모두들 기숙사에 입실하느라 바빴던 때였으니까. 만약 내가 리허설에 불쑥 끼어들었던 거라면, 이 유령 놀음이 캠프가 시작되기 전에 계획되었고 그 누구도 나를 알아챌 기회를 얻기 전이란 거지. 게다가 아무도 내가 올 거라는 생각조차 못했을 거라고 확신해."

"나도 내가 올해 여기 오게 될 줄은 몰랐어. 그렇지만 내가 꼭 와야 한다는 걸 깨달았어. 너도 그랬어? 네가 온 이유도 그런 거야?"

그 애는 그 질문에 대한 답을 듣길 원하고 있었다.

"처음엔 그랬어."

"그럼 지금은?"

"언니는 내가 살인자를 찾길 바라고 있어."

그 애는 눈을 크게 떴다. 나는 변변찮게 덧붙였다.

"언니가 그렇게 말하는 것 같다고."

"하지만 연쇄 살인마는 어디에든 있을 수 있잖아."

"난 언니가 언니를 아는 사람에게 살해당했고, 그 후에 진짜 살인범이 연쇄 살인마의 사건들 중 하나로 위장했다고 생각해."

그 애는 한참 동안 가만히 있다가, 테니스 라켓을 빙빙 돌렸다.

"그게 내 방을 뒤진 이유였구나. 나도 관련되어 있다고 생각했구나, 너."

"적어도 한 명 이상은 관련되어 있고 한 사람 이상이 뭔가를 알고 있다고 생각해."

"네가 나를 그렇게 생각하고 있다는 걸 믿을 수가……."

"난 그래야만 했어. 아무도 믿을 수 없으니까."

"브라이언도?"

그 애가 찔러 봤다.

"내가 더 알게 될 때까지는, 모두가 용의자야, 리자 언니와 나를 제외한 모두가."

열일곱

마이크가 벽에 공을 치도록 내버려두고 드라마 하우스로 돌아왔다. 휴게실에는 에어컨이 켜져 있었지만 나는 세수를 하고 난 후에 조용하고 나른하게 따스한 내 방을 선택했다.

알람을 맞춰 두고 낮잠을 자고 싶었지만, 잠에 빠져들 수가 없었다. 마치 웹사이트라도 클릭하고 있는 것처럼 하나의 가설에서 그 다음 것으로 깜빡거리면서, 온갖 질문과 의혹으로 머릿속이 가득 차서 쉴 수가 없었다.

'맞다, 루이 삼촌!'

나는 갑자기 삼촌에 대한 생각이 떠올라서 노트북을 켜고 이메일을 확인해 봤다.

내 편지에 대한 삼촌의 답장이 화면에 떠올랐다. 루이 삼촌의 전형적인 어투였다.

잘 지내느냐, 나의 가장 아름다운 대녀야!

네 소식을 듣고 얼마나 기뻤는지 모른단다. 비록 나를 캠프 공연에 초대하는 건 아니었지만 말이다. 온갖 기쁨의 수다를 늘어놓을 수도 있겠지만, 네가 일정을 지켜야 하는 숙녀라는 것과 워커 브룩의 인생에 대한 시급한 질문을 내 손에 쥐어주었다는 것을 잘 알고 있단다.

사실 나는 전적으로 워커에게 부정적일 수는 없단다. 결국, 그가 네 아버지를 미국으로 초청함으로써, 오늘날 우리 브로드웨이에 최고의 스타를 준 셈이란다. 워커는 네 아버지에게 뉴욕에서의 첫 번째 배역을 제안했고, 그 역은 그의 재능을 꽤 멋지게 보여 줄 수 있는 공연이었지. 워커가 네 아버지에게 훌륭한 두 번째 직업을 찾아준 거란다.

워커의 문제는 그 해가 지나면서 네 아버지의 능력이 워커가 줄 수 있는 기회를 능가했는데도, 네 아버지가 그에게 신세를 졌다고 생각했다는 점이지. 아마도 네 아버지도 그렇게 느꼈을 테고, 그래서 내가 각본과 제작에 많은 의문이 들었던 그 새로운 연극의 주인공을 하는 데에 동의했단다. 처음에는, 제작자가 작가와 사랑에 빠졌단다…… 너도 연애 감정이 얼마나 눈을 흐리게 하는지 알 거야. 그리고 그는 그녀를 기쁘게 하려고 필사적이었다. 그러는 동안에, 워커는 브로드웨이의 연출감독으로 자리매김하려고 필사적이었고. 자기 재산까지 쏟아 부었단다. 극단 기준에서 보면 많지는 않았지만, 분명 그 시점, 그의 지위에서는 평생 모은 재산이었을 거다.

난 너희 아버지가 시사회 전에 그 연극이 글렀다는 것을 알았을 거라 생각한다. 개막 첫날밤 논평은 썩 좋지 않음에서 나쁨 사이였단다. 그럼에도 불구하고 리는 2주간 공연을 했고, 그의 명성 덕에 매일 밤 극장이 만석이었다. 워커, 극작가, 그리고 제작자는 그 공연에 꽤 만족했다. 그렇지 못했던 네 아버지는 셋째 주에 손을 뗐지. 그 연극은 타이타닉 호보다도 빠르게 침몰하고 말았단다.

재산과 명성을 잃은 워커는 몹시 화가 났고 모든 것을 네 아버지 탓으로 돌렸단다. 결국엔 뉴욕을 떠나서, 듣자 하니, 메릴랜드의 바닷가로 갔다더구나. 그가 과거를 털어내지 못한 것이 애석하구나. 오래된 원망과 통한은 자기 자신에게 상처를 줬다고 믿는 사람을 더 아프게 하는 법이란다.

그럼 오늘의 교훈으로 마무리.(내가 얼마나 충실한 대부인지 알겠느냐, 네 질문에 답해 줄 뿐 아니라 인생의 지혜 한 조각까지 남겨 주고!) 네가 그 캠프에서 즐길 점을 찾았으면 좋겠구나, 그리고 나도 네가 도전적으로 그것을 찾고 있다는 것을 알고 있단다. 과거에 대한 네 거리낌을 알면서도, 의논하고 있는 네가 말로 다하기 어려울 정도로 자랑스럽구나.

이 늙은이에게도 공연을 언제 하는지 알려다오.

사랑을 담아,

루이 삼촌이.

나는 책상 의자의 등받이에 등을 기대고, 워커 선생님에 대해 생각해 보다가, 그가 우리 아버지를 싫어할 이유가 무궁무진하다는 것을 깨달았다. 루이 삼촌은 우리 아버지의 관점과 같을 삼촌 자신의 관점에서 이야기했지만, LA에서 일하고자 하는 야망을 가진 브라이언이나 뉴욕의 극단에 대한 열정적인 애정을 가진 마이크를 상상해 보면, 워커 선생님이 어떻게 느꼈을지를 쉽게 이해할 수 있었다. 그에게 큰 기회가 왔고, 극장은 매일 밤 가득 차더니 모든 것이 완전히 부서져 버린 거였다. 꿈과 노력의 세월이 우리 아버지의 한 번의 결정으로 끝나버렸다.

원망이 상처를 견뎌야 했던 사람을 고통스럽게 한다는 루이 삼촌의 말씀은 옳았지만, 상처가 더 이상은 그 사람에게 늘 고통은 아닐 거였다. 만약 그 사람이 그 원망에 따라 행동하지 않았다면, 그 사람이 자신이 시기하던 이에게 가까운 누군가에게 그 원망을 쏟아낼 기회를 갑자기 잡지 않았다면 그럴 터였다. 그 누군가가 어린아이에 가까운 이라고 해도.

***

그날 저녁에 상영된 영화는 「베니스의 상인」이었다. 보통 나는 로렌스 올리비에에게 매료되곤 했지만, 오늘 밤은 워커 선생님이 나의 관심을 끌었다. 나는 시선 한 귀퉁이로 워커 선생님을 쳐다보면서 그가 정말로 그 영화에 골몰해 있는지 아니면 단순히 앉아만 있는지를 알아보려고 애썼다. 8시 30분, 영화가 45분가량 남았을 무렵, 나는 여자 화장실로 향하다가 그대로 학생 회관에서 나왔다. 나의 계획은 워커 선생님의 서류들을 찾아보고 나서 영화 마지막에 엔딩 크레딧이 나오기 전에 어두운 시청각실로 돌아오는 거였다.

내가 찾으려는 것이 무엇인지는 확실히 몰랐지만, 학생 명부부터 시작하기로 마음먹었다. 내 것하고, 그가 혹시 아직까지 갖고 있다면 언니의 것도 보고, 그 김에 폴, 케리, 마이크와 브라이언 것도 봐야겠다 싶었다. 워커 선생님이 해 둔 작은 표시 하나라든가 아니면 아이들의 지원서에서 사소한 사실 하나라도 어떻게 해서 그 또는 다른 누군가가 언니를 죽이려는 마음과 방도를 품었는지 밝혀 줄 지도 몰랐다.

스토다드의 뒷문은 항상 열려 있었다. 교내의 경비가 밤에 몇 시에 그 건물을 잠그는지 궁금했다. 만약 경찰에게 잡히면 할 변명은 많았다. 나는 워커 선생님의 사무실을 향해서 조용히 복도를 걷고 모퉁이를 돌아, 문을 열려고 했다. 잠겨 있었다.

제2안은 창문으로 들어가는 거였다. 나는 들어올 때처럼 조용하게 건물에서 나왔다. 워커 선생님의 사무실이 모퉁이에 있으니까, 그 방의 창문은 사각형 안뜰과 마주하는 첫 번째 것일 터였다. 그곳은 잘 보이는 장소였지만, 지금은 서쪽 하늘이 막 연보랏빛으로 어슴푸레해져 거의 어두워졌고, 스토다드의 바깥 조명은 정문과 후문에만 집중되어 있었다. 캠프 참가자들은 모두 학생 회관에 있었고, 안뜰에는 사람이 아무도 없었다.

그때 바로 옆 사무실의 창문에서 빛이 새어나오고 있는 것이 보였다. 매기 선생님의 사무실이었다. 나는 그녀가 영화를 상영하는 자리에 없는 것을 보고, 그녀가 너무 과로한 것을 깨달은 워커 선생님이 그녀에게 저녁시간을 쉴 수 있도록 해 준 것이길 바랐다. 어쩌면 그녀에게 내가 워커 선생님의 사무실에 뭔가 두고 왔으니 들어가게 해 달라고 말해 볼 수 있을지도 모르겠다는 생각이 들었다. 하지만 그렇게 되면 탐색해 볼 시간이 충분치 않을 것 같았다. 나는 워커 선생님의 창문 앞으로 돌아갔다.

창문에는 판유리가 끼워져 있었고 보통 창문의 반 정도 되는 높이에, 아래쪽 창틀은 잔디에 파묻혀 있었다. 부드럽게 힘을 줘서 가로 버팀대를 밀어 올렸다. 창문이 스르르 열렸다. 나는 신발을 벗어두고, 창문 틈으로 들어가서, 바닥으로 뛰어내렸다. 1미터쯤 되는 높이였다. 창문을 닫고 나서 블라인드를 치고 전등보다는 어두워서 주의를 덜 끌 것이라는 생각에, 책상의 스탠드를 켰다. 신발은 잊어버리지 않도록 창문 앞에 뒀다.

워커 선생님의 사무실에는 커다란 캐비닛이 두 개 있었다. 나는 그쪽으로 발끝으로 걸어가서 하나를 열어 보고, 다른 것도 열어 보려 했지만, 둘 다 잠겨 있었다. 낮 동안에는 워커 선생님이 열쇠고리를 가지고 다니지만, 사무실 문을 열 때는 작은 가죽 주머니에 달려 있는 열쇠 하나만 사용했던 것이 기억났다. 그가 일할 때는 극장 열쇠 꾸러미를 여기에 보관했을 것이라는 것을 깨닫고 방을 둘러봤다. 파일들, 책장, 죽은 화초가 심어진 화분, 다른 책장, 어수선한 책상. 책상 서랍을 열어 봤다. 제일 아래서랍에서 열쇠고리를 찾아냈다.

폴과 케리가 어떻게 해서 탑에 들어갈 수 있었는지 문득 떠올랐다. 워커 선생님은 항상 그 열쇠고리를 어딘가에 던져두곤 했다. 열쇠 하나를 슬그머니 빼내서 철물점에서 복사하기는 어렵지 않은 일이었을 거였다. 차츰 극장 내의 모든 방들과 창고에 들어갈 수 있었을 테고, 누군가 유령 놀이를 하기에 큰 도움이 되었을 거였다.

고리에 걸려 있는 몇 개 안 되는 열쇠 중에서 파일 캐비닛에 맞는 열쇠를 찾는 데는 오래 걸리지 않았다. 나는 한 캐비닛의 제일 위의 서랍을 손쉽게 열고 바인더 뭉치를 찾아냈다. 과거에 워커 선생님이 연출했던 연극을 위한 프롬프터용 대본이었다. 바로 아래 서랍에는 학생 기록부가 있었다. 색인표를 대충 봤지만, 그것들은 대학 강의를 듣는 학생들의 것으로, 여름 캠프 명단이 아니었다. 그 아래 서랍에는 강의 자료, 시험지와 강의 요강이 있었다. 제일 아래 서랍의 파일을 보려고 바닥에 무릎을 꿇었다.

그 서류철에는 흥미로운 잡동사니들이 들어 있었다. 무대와 조명 장비들의 기술 도안, 오래된 의상 카탈로그, 낡은 대본들, 커피포트와 헤어드라이어와 드릴의 보증서가 있었고, 거기에, 그 캐비닛 뒤에는 표시가 없는 파일이 하나 있었다. 내용물만 대충 보일 정도로만 살짝 열어 봤다. '다리 살인마 또다시 범행'이라는 표제가 달린 신문 기사가 보였다. 나는 그 파일을 끄집어내서 열어 봤다.

핀으로 고정되어 있는 윗부분은 플로리다에서 일어났던 사건 두 달 후에 사우스캐롤라이나에서 일어났던 살인 사건을 다루고 있었다. 그 신문지 뒤에는 첫 번째와 두 번째 살인 사건을 모두 다루고 있는 인터넷에서 모은 짧은 기사가 있었다. 버지니아에서의 세 번째 살인에 대한 기사도 한 다발은 들어 있었다. 그 사건으로 자신들이 쫓는 범인이 연쇄 살인범일지도 모른다는 경찰의 두려움 섞인 의심은 확신이 되었다. 모든 기사에는 부서진 시계, 다리 아래 시신의 위치와 피해자의 옷의 상태 등과 같은 확실한 세부사항에 덧붙여 이런 짓들을 할 사람의 유형에 대한 여러 가지 가설들이 노란색 형광펜으로 강조되어 있었다. 우리 언니의 살인 사건이나 뉴저지에서 있었던 사건에 대한 것은 없었다. 워커 선생님이 모으려고 했던 모든 정보는 언니가 죽기 전의 것이었다.

그 파일을 팔 밑에 끼웠다. 이건 살인자들의 방식과 세부사항을 조사하는 데 색다른 관심이 있었다는 것 외엔 아무것도 보여 주지 못했다. 그렇더라도, 환상을 통해 살인을 목격했다는 얘기를 하는 10대를 믿을 것 같지 않은 경찰에게 보여 줄 만했다.

나는 다른 캐비닛의 서류들도 확인했고, 아래쪽에 있는 서랍에서 올해의 캠프 참가자 명부를 찾아냈다. 내 파일에는 지원서, 자기 소개서, 추천서 외에는 아무것도 없었다. 폴의 것을 찾아보다가 시계를 흘깃 보고는 시간을 너무 많이 보냈다는 것을 깨닫고 침착하려 애썼다. 나는 불이 켜지기 전에 영화 보는 곳으로 돌아가고 싶었다. 나는 마지막 서랍을 닫고 재빨리 일어서다가, 부주의하게도 휴지통을 뒤엎고 말았다. 고요한 건물 안에서 금속 휴지통이 굴러가는 소리는 심벌즈를 울려 대는 것 같은 소리를 냈다. 나는 바닥에 납작 엎드리는 게 나을지 창문으로 달려가는 게 나을지를 고민했다. 만약 매기 선생님이 자기 방의 창문으로 내다보면, 창문을 기어나가는 나를 잡을 수도 있을 것 같았다. 나는 스탠드를 껐다.

"워커? 거기 있어요?"

매기 선생님이 물었다. 젖빛 유리를 통해서 보일지도 모른다는 생각에, 나는 벽에 납작 붙었다. 다가오는 그녀의 발소리가 들렸다.

"워커?"

나는 내가 여기에 있는 이유를 경비에게 둘러대는 것보다는 그녀에게 말하는 것이 더 쉬울 거라는 생각이 들었다. 아니 반대로, 이 근처의 경비는 매우 느슨해서, 경찰이 여기까지 오려면 오래 걸릴 수도 있었다. 창문으로 나가는 게 낫겠다고 판단했다. 그 순간 문 밖에서 열쇠 돌아가는 소리가 들렸고 매기 선생님이 문을 열기 직전이라는 것을 깨달았다. 내가 먼저 문을 열었다.

"제니! 여기서 뭐하는 거니?"

매기 선생님이 소리쳤다. 그녀는 눈빛뿐만 아니라 어깨까지 축 늘어져 있어 피곤해 보였다.

"뭐 좀 찾고 있었어요."

"뭘?"

그녀가 방의 불을 켜고, 내 팔 밑에 끼고 있는 서류철에 눈길을 주며 물었다.

나는 그녀에게 그 파일을 열어 보였다.

"워커 선생님의 캐비닛에서 이걸 찾았어요. 보세요. 연쇄 살인에 대한 기사들인데, 첫 세 건에 대한 것만 있고, 작년에 일어난 건 없어요. 워커 선생님은 왜 이런 걸 갖고 있을까요?"

그녀는 내게서 파일을 받아들더니 천천히 기사들을 넘겨봤다.

"분명히 내년 봄에 극장식 식당에서의 공연을 시도하고 싶어서 그랬을 거야. 유명한 살인 사건 미스터리를 관객까지 참여시켜서 무대에 올리려는 거지. 워커 선생님은 항상 연극에서 다뤄지는 역사적

시기나 주제를 뭐든지 실제 있었던 사건을 기술한 세부적인 사항을 수집하면서 조사하거든."

나는 입술을 깨물었다. 나는 납득이 가지 않았다.

"자, 제니, 이번엔 내가 물어볼 차례구나. 너는 왜 여기에 숨어들어 온 거니?"

"그럴 만한 이유가 있어요."

나는 말을 하다가, 그녀에게 어디까지 이야기해야 할지 그리고 어디에서부터 시작해야 할지를 판단하느라 잠시 멈췄다.

"어서 얘기하렴."

"좀 복잡해서요."

그녀는 시계를 흘깃 보더니 나에게 그 폴더를 넘겨줬다.

"네가 찾은 곳에 다시 넣어두고 내 사무실로 오렴. 학생 회관까지 같이 걸어가자, 가는 길에 설명할 수 있겠지."

나는 그 서류철을 다시 캐비닛에 집어넣고, 쓰레기통을 세우고, 신발을 신었다. 다시 매기 선생님과 만났을 때, 매기 선생님은 책장 옆에 기대고 서서, 손으로 머리를 짚고 있었다.

"매기 선생님, 괜찮으세요?"

그녀는 재빨리 고개를 들었다.

"그래, 괜찮아."

"안 괜찮아 보이시는데요."

그녀는 책상 쪽으로 가서 털썩 앉더니 시인했다.

"그냥 배가 고픈 거야. 하루 종일 아무것도 안 먹었거든. 그래서 조금 기운이 없어."

"너무 과로하셨어요. 좀 쉬셔야 해요. 계속 연극 캠프 걱정만 하고 있을 순 없잖아요."

그녀가 대답했다.

"일하는 게 쉬는 거야. 전부 내가 처리해야 한다면, 내 인생이 정말 멋질 텐데."

"무슨 말씀이세요?"

그녀는 스카프를 만지작거렸다.

"브라이언이 내게 거짓말했다는 걸 알았단다."

"무슨 거짓말을요?"

"심각한 문제라, 너한테 거론할 수 없는 문제야."

'그 장난질에 대한 것, 아니면 뭔가 더 진행되고 있는 걸까?'

나는 궁금했다.

매기 선생님은 손에 얼굴을 묻고, 책상에 엎드렸다. 안색이 창백했다.

"제가 할 수 있는 일이 있을까요?"

"아니다. 그만 가 보는 게 어떻겠니. 다음에 얘기하자."

"제가 뭐 드실 것 좀 가져올게요. 영화 보고 나면 샌드위치가 나오거든요. 제가 바로 하나 가져다 드릴게요."

그녀는 입술을 문지르면서, 나를 올려다봤다.

"그냥 여기서 쉬고 계세요, 아셨죠? 다녀올게요."

나는 그녀에게 말하면서, 그녀가 뭐라 반대하기 전에 서둘러 사무실을 나섰다. 학생 회관에 이르렀을 때, 영화는 벌써 끝났고 아이들은 샌드위치를 집어 들고 있었다. 브라이언은 워커 선생님이랑 이야기하는 중이었는데, 브라이언이 뭐라 말하고 나자 두 사람은 함께 웃었다.

매기 선생님이 걱정이 많은 사람이라는 것과, 지금 진이 빠진 상태란 것을 알고 있었다. 사람들은 피곤하면, 문제와 우려가 더 과장되어 보이기 마련이다. 하지만 브라이언이 믿을 만한 사람이 *아니라면* 어떻게 하나? 내 정체와 여기에 온 목적을 누설하기라도 하면 어떡하지? 나는 사람들의 일하는 방식에 대한 그의 표현을 기억해 냈다. 결국에 모든 사람들은 자신을 위한다. 그는 그렇게 말했고, 가끔 사람들이 널 위하는 것처럼 보이기도 하고, 가끔은 너와 맞서는 것처럼 보이기도 한다고 말했었다.

"제니, 어디 갔다 왔어?"

나는 놀라서 펄쩍 뛰었고 토마스는 호기심 가득한 눈으로 나를 쳐다봤다.

"놀라게 하려던 건 아니었는데."

토마스는 쟁반에 큰 샌드위치 두 개를 들고 있었다.

"매기 선생님이랑 이야기하러 스토다드에 다녀왔어. 매기 선생님이 몸이 좀 안 좋으신데, 토마스, 게다가 하루 종일 아무것도 안 드셨대. 네 샌드위치 중에 하나만 가져다드려도 될까?"

"그럼. 나도 같이 갈까?"

"아니야, 괜찮아."

그 애는 내게 건드리지도 않은 샌드위치가 담긴 종이 접시를 하나 건네줬다.

"사람들이 계속 안 보이네. 너에다가, 마이크랑 폴도."

나는 주변을 둘러봤다.

"마이크랑 폴은 돌아왔어?"

"못 봤어. 왜 워커 선생님이 뭐라 아무 말도 안 하는지 모르겠어."

'아마도, 그 두 사람이 워커 선생님을 위해 뭔가 하는 중이기 때문이겠지.'

"어쩌면 그런 일은 매기 선생님한테 맡기려고 그런 걸지도 모르지. 매기 선생님이 사무실에서 날 기다리고 계셔. 나중에 따라갈게, 알았지?"

나는 큰소리로 말했다. 토마스가 어리둥절한 표정을 지었다.

"알았어."

나는 서둘러 극장으로 돌아가서 뒷문으로 들어갔다. 매기 선생님의 사무실에 이르렀을 때, 매기 선생님의 사무실과 워커 선생님의 사무실 문은 둘 다 닫혀 있었고, 매기 선생님의 방에는 아직 불이 켜져 있었다.

"저예요."

나는 유리를 가볍게 두드리며 말했다.

그녀는 내 목소리에 반응하지 않았고 더 세게 노크를 해도 마찬가지여서 그냥 문을 열었다. 아무도 없었다. 나는 책상 쪽으로 다가가서 책상 위에 음식을 내려놓다가 의자 위에 놓인 쪽지를 봤다. 집어 들고 읽어봤다.

미안하다, 브라이언, 난 더 이상 못하겠어.

더 이상 못 견디겠구나.

내 유언장은 변호사에게 있단다.

모든 것이 잘될 거야.

그 짧은 문장들을 보고 있자니, 그 의미가 서서히 인식됐다. 이건 자살하려고 남긴 유서였다.

"매기 선생님? 매기 선생님!"

사무실 밖으로 뛰쳐나왔지만 어디로 가야 할지 몰라 멈춰 섰다. 내가 빠르게 전부 확인해 보기에는 이 건물에는 방이 너무 많았다. 게다가 이 건물 안에 있기나 하는지조차 알 수가 없었다.

'브라이언을 부르자. 아니야, 이 건물을 수색해 볼 사람을 찾으려면 경비를 부르고, 매기 선생님의 집으로 경찰을 보내야 해.'

나는 전화를 걸려고 다시 돌아서다가 복도 중간쯤의 바닥에 그녀의 스카프가 떨어져 있는 것을 봤다. 복도 끝에 문이 있고, 그 문이 열려 있다는 것을 깨달았다. 탑으로 가는 문! 너무 늦지 않았길 바라면서, 나는 그쪽으로 달려갔다.

열여덟

"매기 선생님! 매기 선생님, 할 얘기가 있어요!"

나는 철제 계단 아래에서 외쳤다. 저 멀리에서 뭔가 움직이는 소리를 들은 것 같아서 서둘러 계단을 뛰어올랐다.

"매기 선생님, 제 얘기 좀 들어보세요. 다 잘될 거예요. 제가 도울게요. 선생님을 어떻게 도울지 아는 사람을 찾아볼게요."

나는 제때 위까지 도달하지 못할까 봐 극도로 겁에 질린 채, 다섯 계단마다 모퉁이를 돌아서 다음 다섯 계단까지 뛰면서 최선을 다해 올라갔다. 매기 선생님을 부르느라 숨이 찼다. 100층 정도 올라간 것 같은 느낌이었다.

'겨우 4층 높이야, 스토다드는 4층밖에 안 되는걸.'

나는 스스로에게 말했다. 벽이 좁아지기 시작했다. 시계가 얹혀 있는 지붕널이 이어져 있는 구역인, 탑의 벽돌 부분의 꼭대기에 들어왔다는 사실을 깨달았다.

계단은 거기서부터 점점 좁아지는 공간을 통해 꾸불꾸불 기어 올라가는 나선형으로 변하더니 좁은 단과 각 방향과 마주하고 있는, 시계 장치가 들어 있는 네모난 여닫이창이 있는 구역으로 이어졌다. 삼각형 계단은 올라가기 너무 힘들었고, 딛기에 너무 좁아서 발이 계속 미끄러졌다. 나선 계단 다음에는 천장에 나 있는 작은 문으로 올라가는 사다리가 있었다. 어두웠지만, 위에서 불어오는 밤공기가 느껴졌다. 나는 열려 있는 문을 통해 올라갔고 각 모퉁이와 지붕 사이에 기둥이 세워진 1미터도 안 되는 벽으로 둘러싸인, 지붕이 있는 베란다 같은 공간에 서 있게 되었다.

매기 선생님은 네 귀퉁이 중 한 곳에, 다리를 창틀에 올리고, 팔로 무릎을 감싸 안고 옆으로 앉아 있었다. 그녀의 몸이 흔들렸다. 내 소리를 들은 것이 분명했지만, 고개도 돌리지 않고 그대로 있었다. 오른쪽으로 몸이 기울어지면, 6층 높이에서 떨어지게 될 터였다.

나는 다정하게 말했다.

"매기 선생님. 쪽지 봤어요."

그녀는 고개를 확 돌렸다. 어둠 속에서 그녀의 동공이 커졌다. 입은 떨리고 있었다.

탑의 폭은 1.5미터도 채 되지 않았지만, 그녀 쪽으로 재빨리 움직이기는 무서웠다. 내가 갑자기 다가가면, 그녀가 겁에 질려서 떨어져 버릴지도 몰랐다.

"제가 도와드릴 수 있어요."

"네가?"

신경이 곤두선 그녀에게서 새어나온 웃음의 음이 어긋났다.

"제가 누군가 도와줄 사람을 찾아볼게요. 이제 같이 내려가요."

"아무도 날 도울 수 없어. 내가 잃은 것은 절대 되찾을 수 없어!"

그녀가 날카로운 목소리로 말했다.

"브라이언 말씀이세요? 브라이언에 대한 신뢰를 말씀하시려는 거예요?"

그녀는 다시 웃었는데, 이번엔 내 신경이 곤두섰다. 뭔가 심각하게 잘못되어 보였다. 나는 끈질기게 말했다.

"무슨 일인지 말씀해 주세요. 말씀해 주시면 어쩌면 제가 방법을 찾아……."

"너한테도 나갈 방법 같은 것 없단다."

나는 그녀의 불안스러운 말들을 머릿속으로 다시 따라해 보고는 혼란에 빠졌다.

그녀는 바닥에 다리를 내려놓더니, 내 머리카락을 만지려고 팔을 뻗은 채로 내 쪽으로 두 걸음 다가왔다.

"얼마나 예쁜 아인지. 그리고 착한 애지, 네 언니와는 다르게."

"브라이언이 제가 누군지 말했군요."

"유감이네."

그녀가 내 머리카락을 만지작거리자, 나는 점점 불안해졌다. 그녀가 내 뺨을 만졌을 때는 움찔했다.

"넌 여기 오지 말았어야 했어, 제니. 리자는 죽었지. 넌 뭘 찾고 있었니?"

"평온이요."

매기 선생님은 차가운 사포 같은 느낌의 엄지손가락으로 내 얼굴을 쓰다듬었다.

"넌 모르는구나, 누군가를 너무 일찍 잃은 사람들에게는 평온이 없단다. 아직도 멜라니가 나를 부르는 소리가 들려. 한밤중에 잠에서 깨어나서 그 아이의 목소리를 듣지. *날 잊지 마, 엄마. 잊지 마.* 내가 집에서 멀리 멀리 떨어진 곳에서 일해야 했던 때 그랬던 것처럼, 그 애는 그렇게 말해. 한밤중에 볼에 닿는 그 아이의 부드러운 숨결을 느껴. 그 앤 때때로 내가 어찌해야 할지 말해 준단다."

"어찌하다니…… 뭘요?"

나는 조심스럽게 물었다. 매기 선생님은 이상하게 행동하고 있었지만 자살하려는 건 아닌 것 같았다. 그녀가 나를 여기로 불러내려고 그 유서를 적은 게 아닐까 하는 생각마저 들었다.

그녀는 고개를 갸우뚱하더니 나를 진지하게 들여다봤다.

"아무도 놀라지 않을 거야, 제니, 네가 캠프에 와서 우울해졌다는 사실에 말이야. 넌 리자에 대한 이야기를 계속 들어야 했지. 그 애에 대한 꿈을 꿔 왔고. 심지어 누군가 리자의 유령이 나타난 것처럼 극장에서 장난을 쳤지. 네가 혼란스럽고 우울해졌다 해도 당연하지."

"저는 우울하지 않아요."

그녀의 목소리는 마치 시럽처럼 매끄럽게 고음에서 저음으로 변했다.

"네 부모가 이번에 널 혼자 보내 준 게 얼마나 불행한 일인지. 나중에 네가 쓴 지원서와 똑같은 필체로 그런 걸 설명하는 유서를 쓸 거야. 왜 네가 스스로 죽어야만 했는지를 설명해 줄게."

나는 그녀에게서 한 걸음 물러났다. 이상하게도, 동정어린 매기 선생님의 얼굴이 나를 뼛속까지 시리게 만들었다. 나는 석조 창틀을 보고, 그 너머를 흘깃 봤다. 아래로 보이는 탑의 지붕은 추락을 막기에는 너무나 경사져 있었다. 나는 바닥의 문 쪽으로 조금씩 움직이기 시작했다.

내 움직임을 본 매기 선생님은 내게 달려들어서 발로 버티지 못할 정도로 세게 벽에 밀어붙였다. 나는 창틀로 밀려났다. 18미터 높이에서 누가 내 뒤에서 의자를 빼 버리기라도 한 것처럼, 내 머리가 뒤로 푹 꺾였다. 나는 돌 창틀이든, 기둥이든 뭐든지, 손에 닿는 뭐라도 잡으려고 팔을 허우적거렸다. 발이 시멘트 바닥에 다시 닿았고 나는 그대로 주저앉았다. 내가 그 창틀보다 낮은 곳에 있는 동안에는, 그녀도 나를 다시 그 위로 밀어 올릴 수는 없었다. 나는 바닥에 있는 문 쪽으로 기어갔다.

"일어나! 일어나라고!"

매기 선생님이 악을 쓰면서 발을 내 갈비뼈 속으로 세게 밀어, 내 배를 걷어찼다. 그 강타에 숨이 턱 막힌 상태로 나는 간신히 문을 통과했지만, 사다리 가로대를 제대로 딛지 못한 바람에 덜컹 떨어졌다가 두 단씩 아래로 내려갔다. 나는 할 수 있는 한 빨리 내려갔다. 나선형 계단에 이르르자 나는 앞을 보고 달릴 수 있도록 몸을 틀었다. 매기 선생님의 발소리가 저 위에서 들렸다.

적어도 나는 적당한 디딤판에 서 있었다. 나는 아래로 뛰어 내려갔다. 너무 빨랐다! 발뒤꿈치가 계단 모서리에 걸렸다. 뒤로 미끄러져 넘어졌고 왼쪽 팔목이 몸에 깔리며 접질렸다. 나는 벽에 기대 멈쳤다. 아파서 왼쪽 손목을 움직일 수가 없었다. 재빨리 오른손으로 난간을 잡고, 다리를 재촉해서 계속 아래로 내려갔다.

복도에 이르러서는 복도를 따라 달리다가 모퉁이 근처에서 극장의 뒷문 쪽으로 향했다. 이중문을 세게 밀었지만, 살짝 흔들리더니 멈췄다. 손잡이를 내려다봤다. 누군가 사슬로 문을 묶어 놨다!

무슨 생각을 해야 좋을지 알 수가 없었다. 이 문은 고작 몇 분전에 내가 들어왔던 입구였는데 지금은 안쪽에서 잠겨 있었다. 매기 선생님은 내가 온 후 혼자인 것처럼 행동했지만, 이 문은 분명 누군가 다른 사람이 사슬로 감아놓은 것이었다.

매기 선생님이 복도를 걸어오는 발소리가 들려서 무대로 가는 계단으로 서둘러 올라갔다. 계단 위의 전등이 갑자기 꺼졌다.

"거기 누구야?"

매기 선생님이 외쳤다.

나는 어깨너머로 곁눈질했다. 저 아래 복도의 전등들 역시 꺼져 버렸다. 매기 선생님의 목소리에서 묻어나는 불확실성으로 보아 그녀가 전기를 끊은 사람은 아닌 것 같았다. 나는 아래층에 잠기지 않은 문을 봤는지 기억해 내려 애썼다. 만약 내가 전기 설비가 있는 방이 어딘지 알았다면, 다른 사람이 있는 곳이 어딘지 짐작할 수 있을 테고, 아마도 그 사람이 문에 사슬을 걸어놓은 사람일 것임이 분명했다. 하지만 공포로 정신이 어지러웠고 갑작스런 어둠이 나를 혼란스럽게 했다. 저 밑에서 문이 열렸다 닫혔다 하는 소리와 경악해서 정신이 나간 것 같은 외침이 들려오는 것으로 보아, 이 상황은 매기 선생님에게도 역시 혼란스러운 것이 틀림없었다.

무대 뒤를 발끝으로 걸어가다가, 환한 비상구 표지들과 그곳으로 이어진 바닥의 작은 유도등을 봤다. 그곳으로 뛰어가고 싶었다. 하지만 로비의 바깥쪽 문들 역시 사슬이 걸려 있으면 어떡하지? 게다가 조명이 다시 들어오면 어떻게 해야 하나? 나는 숨을 곳이 없어 궁지에 몰리게 될 터였다.

나는 몸을 숨길 만한 뭔가가 있을지를 궁리하면서, 어떤 무대 배경과 소도구가 옆 무대에 있었는지를 기억해 내려 애썼다. 나는 고가 사다리를 생각해 냈다. 보행 통로로 올라간 다음 사다리를 옆으로 차 버릴 수 있을 것 같았다. 매기 선생님이 벽의 가로대를 타고 올라올 수 있을지도 모른다는 생각이 들었지만, 내가 아는 선에서는 그녀는 무기는 갖고 있지 않았다.

토마스와 내가 보행 통로 가운데 근처에 사다리를 놓아두었던 게 기억났다. 비상구 표지를 중심으로 잡고, 양손을 앞으로 내밀어 더듬거리면서, 천천히 무대 아래로 내려갔다. 더듬거리던 손이 사다리에 닿았다. 사다리의 첫 번째 단에 발을 올리면서, 왼손을 뻗어 가로대를 잡는데 아픔이 느껴졌다. 팔목을 얼마나 심하게 다쳤는지를 깨닫지도 못할 정도로 극도로 공포에 질려 있었던 거였다. 나는 숨을 깊이 쉬고 오른손만 이용해서 조용히 사다리를 타고 올라가기 시작했다.

무대로 올라오는 계단 아래에 있는 매기 선생님의 소리가 들렸다. 나는 계속해서 천천히 움직였다. 그녀가 계단을 다 올라와서 스위치를 딸각거리는 소리가 들렸다. 조명은 들어오지 않았다. 나는 계속해서 은밀하게 올라갔다.

"그 자리에 가만히 있어."

매기 선생님이 마치 캠프 참가자들에게 지시하는 것처럼 큰소리로 말했다.

물건들이 엎어지는 소리가 났다. 그녀가 뭔가를 찾고 있는 것 같은 소리였다. 한참 침묵이 흘렀고 나는 움직이기가 무서워졌다. 금속 사다리에서 무게 중심을 옮기기만 해도 내가 있는 곳이 드러날 것 같아 무서웠다. 내가 10미터 높이의 중간보다 조금 더 올라왔음을 깨달았다.

밝은 빛이 보였다. 그녀가 손전등을 찾아낸 거였다.

그 불빛은 천천히 무대 좌우로 흔들렸고, 그녀가 손을 떨고 있는지 광선도 떨리면서, 내 밑의 사다리를 훑고 지나갔다. 매기 선생님은 앞무대 쪽으로 걸어갔다. 나는 그 광선이 객석의 열을 따라 지나가는 것을 봤다. 불빛은 점차 안정되더니 휙 돌아서 쏜살같이 사다리를 타고 올라 나에게서 멈췄다.

나는 두 단을 더 기어올랐다.

"멈춰!"

그녀가 손전등으로 내 눈을 비추며 명령했다.

나는 무대 조명의 섬광 아래 있는 것 같은 기분이 들었다. 속이 메스꺼워졌다. 땀이 나기 시작했다. 한 단을 더 올라갔지만, 다리가 휘청거렸다.

"한 단이라도 더 올라가면 사다리를 엎어 버릴 거야."

매기 선생님이 위협했다. 나는 빛을 피하려고 얼굴을 돌렸다.

"저한테 왜 이러세요?"

매기 선생님은 계속 내 눈에 빛을 비추며 사다리 아래를 돌았다.

"이유를 말해 주세요."

"넌 기억조차 안 나지? 그렇겠지! 나는 사는 내내 그 화재를 떠올리며 깨어났는데 말이야."

그녀의 목소리가 떨렸다.

"멜라니가 있었던 그 화재요?"

"그 화재가 있었을 때 넌 겨우 세 살이었지. 멜라니랑 동갑이었고. 네 부모는 그 얘기를 하지 않도록 주의했겠지. 그렇지만 너도 기억은 남아 있을 거야. 넌 리자와 함께 3층 창문에 서 있었지. 소방차와 구급차의 불빛이 너희를 비추고 있었고. 아래에는 사람들이 모여들어 있었지."

그녀의 이야기를 듣자, 고통의 물결이 나를 덮쳤다. 나는 이를 갈며 한 단을 올라갔다. 손은 땀으로 미끈거렸다.

"네가 무대에 서서 조명을 받을 때마다, 어둠 속에서 너를 보는 관객들을 마주할 때마다, 그 기억과 공포가 돌아오는 거지."

나는 또 한 단을 올라갔다. 귀에서 심장 소리가 고동쳤다.

등에서 열기가 느껴졌다. 나보다 3층 아래에 있던 낯선 얼굴들, 어두운 뉴욕 거리에서 올려다보던 사람들이 보였다. 지상의 거리 위로 빨강, 노랑, 파랑 불빛들이 만드는 어지러운 무늬가 보였다.

"제니, 이리와! 제니, 어서!"

언니가 애걸했다. 언니는 내게 손을 내밀더니 내 손가락을 꽉 잡았다. 우리 앞으로 조금씩 움직이던 금속 사다리가 창틀에 기대며 섰지만, 나는 거기로 가기가 싫었다. 소방관이 우리 쪽으로 한 단씩 올라올 때마다 사다리가 철커덕 소리를 내면서 움직였다.

"무서워하지 마. 내가 도와줄게."

"이제 기억나지, 그렇지?"

매기 선생님이 말했고, 그 목소리가 기억을 파고들었다.

방금의 이미지에는 어슴푸레한 푸른빛이 없었다. 내가 매기 선생님의 집에서 봤던 이미지에도 푸른빛이 없었다. 나는 그 전에 이걸 깨달았어야 했다. 멜라니의 사진을 응시했을 때, 심령적인 환상의 이미지를 본 것이 아니라, 내가 묻어 두었던 기억의 파편을 본 것이었다.

매기 선생님이 계속해서 말했다.

"브라이언은 리자가 준 사진을 보고 네가 캠프에 온 첫날에 널 알아봤어. 그렇지만 그 애는 오늘 아침까지 나한테 그걸 말해 주지 않았어. 그 애는 너에게 관심이 있는 척하면서 네가 왜 여기에 왔는지를 알아낼 수 있었지. 그게 그 애의 어리석은 점이야. 난 이유를 알아, 그리고 너도 이제는 기억이 났을 테니, 왜 내가 리자를 죽여야만 했는지 이해하겠지."

"전 절대로 이해 못하겠어요."

"하게 될걸!"

그녀가 소리쳐 대꾸했다.

"그리고 내가 그 화재 이후로 매일 그랬던 것처럼 끔찍한 것들이 전부 세세하게 기억나게 되고 괴로움에 시달리게 될 거야. 우린 뉴욕에서 이웃에 살았고, 모두 어린 아이들을 키웠고, 장시간 일하고 있었지. 네 부모는 보모를 고용해서, 브라이언과 멜라니를 너희와 함께 있게 해 줬어. 내 남편은 돈을 아낄 수 있다며 좋아했지만 난 이렇게 될 줄 알았어야 했던 거야. 리자는 무모한 애였지. 2월의 어느 밤에, 내가 브라이언을 데리고 나가면서 멜라니는 너희 보모에게 맡겼을 때, 리자가 성냥으로 장난을 쳤어."

나는 다음에는 무슨 일이 일어날지를 예상하면서, 사다리에 축 늘어져 있었다.

"리자가 불을 냈어. 리자가 멜라니를 죽인 거야!"

이제야 나는 언니가 마지막 이메일에 언급했지만 그때는 의미를 몰랐던, 언니가 저질렀다던 끔찍한 일이 무엇인지를 이해하게 되었다.

"그리고 언니는 선생님과 브라이언을 봤을 때, 그걸 기억해 낸 거군요."

"그 애는 그 화재를 기억하고 있었지만, 브라이언과 나는 알아보지 못했어. 뉴욕에서는 나를 존스 부인으로 알고 있었으니까. 이혼하고 나서 다시 결혼 전의 성을 썼거든. 브라이언 존스라는 이름은 흔하고, 브라이언도 이제는 다섯 살 아이가 아니라 어른이니까. 그 애가 죽기 전날까지는 우리가 누군지 말해 주지 않았어. 캠프의 첫 3주간 반짝거리는 어두운 색 머리카락에, 파란 눈을 한 반짝이고 예쁜 그 애를 조용히 지켜봤지. 내 딸이 살아 있었다면 저렇게 예뻤을 텐데, 밝은 미래가 그 애 앞에 펼쳐져 있을 텐데. 그 미래는 내 딸 것이었어야 했는데."

매기 선생님의 목소리는 점점 호흡이 가빠졌다.

"리자는 끝도 없이 자기 경험에 대해 이야기했어. 그 경험들은 멜라니가 했어야 하는 거였어. 또 자기 성과에 대해서 전부 이야기했지. 그 성과들도 내 자식이 누렸어야 했다고!"

매기 선생님은 갑자기 돌아섰다. 그녀의 손에 들린 손전등 빛이 무대 여기저기를 휙휙 움직였다.

"거기 뭐야? 누구 있어?"

"전 아무 소리도 못 들었어요."

나는 누군가 다른 사람이 이 건물 안에 있다는 것을 알고 있었지만, 그 누군가가 나를 해치려는 사람이라고 한들 나에게는 더 나빠질 것도 없었다. 그리고 만약 그가 나를 도와주려 한다면, 난 못 들은 척하는 편이 더 나았다. 매기 선생님은 전기를 끊은 것에 대한 의문점에 대해 명확하게 생각하고 있지 않은 것 같았다. 아마도 그녀는 내가 그랬다고 생각하는 것 같았다.

그녀의 손전등 빛이 연장들이 놓인 탁자에 멈췄다. 매기 선생님은 그 쪽으로 걸어갔고, 나는 두 단을 더 올라갔다. 매기 선생님은 날카로운 연장들을 만지면서 계속해서 말했다.

"캠프 셋째 주 주말에 누군가 드라마 하우스에 불을 냈어. 리자는 화재에 대한 자기 경험을 자랑하듯 떠벌릴 수 있었지. 어떻게 해서 자기랑 자기 여동생이 보모랑 함께 3층 창문으로 탈출했는지, 어떻게 해서 같이 놀던 친구는 옷장에 숨어 있다가 죽었는지."

매기 선생님의 턱과 쏙 들어간 눈이 그녀가 탁자에 올려놓은 손전등 빛으로 환해지면서, 얼굴이 뒤틀려 보였다.

"너희 부모는 너희한테 극장을 비롯한 모든 장소에 머무를 때, 어떻게 화재 비상구를 찾아내야 하는지 미리 가르쳐 줬겠지, 너희가 어떻게 해야 할지를 말이야. 마치 나만 나쁜 부모인 것처럼!"

손전등의 빛이 까닥거리더니 탁자 위의 나이프를 비췄다.

"멜라니가 죽은 게 내 잘못인 것처럼!"

그녀는 튼튼한 손잡이가 달린 10센티 정도의 목공용 끌을 집어 들었다. 나는 위를 올려다봤다. 보행 통로까지 올라가려면 6개의 단이 더 남아 있었지만, 한 단만 더 올라가면 손을 뻗어 잡을 수 있을 정도였다.

"너희 부모는 리자에게 그 모든 건 보모가 부를 때 숨었던 멜라니의 잘못이라고 말했단다."

매기 선생님의 목소리가 커져 갔다.

"그 사람들은 리자에게 그 애가 얼마나 사악하고, 어떻게 누군가를 죽였으며, 어떻게 내 딸을 죽였는지를 말해 줘야 했어!"

"언니는 그 때 겨우 네 살이었어요. 언니도 그런 결과를 이해하지 못했을 거예요."

"리자는 나에게서 가장 소중한 보물을 빼앗았어!"

매기 선생님은 소리치더니 목소리를 낮췄다.

"작년 여름에 난 복수했어. 마이크가 보냈다고 생각할 법한 쪽지를 썼지. 난 리자가 빠져나와서 마이크를 기다릴 거라 예상했지. 그 애와 나만 있다는 확신이 들 때까지 말이야. 결국 난 심판을 내렸지. 너희 부모와 나는 공평해졌어, 각각 아이가 하나씩만 남았으니까. 그런데 네가 왔어."

그녀는 깊게 숨을 들이쉬었다.

"난 널 좋아했어, 제니. 너한테…… 모성애를 느꼈어, 네가 누군지 몰랐을 때 말이야."

"우리는 잘 해결할 수 있어요, 매기 선생님. 우리 둘 다 도움을 받을 수 있어요, 우리 가족은……."

그녀가 분노를 터뜨렸다.

"너 안 듣고 있었니? 아무도 날 도와줄 수 없다고! 난 그날 밤 사다리 아래에서 너를 구하는 걸 보고 있었어, 너랑 리자랑 그 보모를 보고 있던 나를 도운 사람은 결국 아무도 없었어. 나는 브라이언의 작은 손을 꼭 잡고 거리에서 기다렸지."

매기 선생님의 목소리가 신경질적으로 변해 갔다.

"나는 계속 지켜보면서 멜라니를 기다렸어. 나는 아직도 기다리고 있어!"

손전등 불빛이 갑작스럽게 움직여 나를 위협했다. 나는 한 단 더 올라갔고, 그녀가 사다리로 달려드는 충격을 느꼈다. 나는 힘껏 손을 위로 뻗어서 금속 통로 가장자리를 잡았고, 그 순간 사다리는 밑으로 끌려 내려가 버렸다. 사다리는 무대 위로 쿵 하고 부딪혔다.

"손전등아, 손전등아."

어린아이가 애완동물을 부르듯이 아니면 완전히 정신이 나간 어른처럼, 매기 선생님이 밑에서 불러 댔다.

"어디 있니, 손전등아?"

나는 그녀 머리 위의 어둠 속에 매달려 있었다. 왼손을 쓸 수가 없어서 오직 오른손으로만 매달려 있었다. 그녀는 손전등을 찾아서 나를 비췄다. 나는 철사 줄로 매달려 있는 보행 통로의 구조를 살펴보려고 다시 고개를 들었다. 내 그림자가 검은 나방처럼 나풀거렸다.

매기 선생님이 무시무시할 정도로 다정한 목소리로 말했다.

"이제 거의 끝나간다, 제니. 조만간, 넌 죽게 될 거야. 모두가 죽지, 나만 빼고."

내가 잡고 있는 얇은 금속 조각인 보행 통로의 가장자리를 따라 이랑이 있었고, 그것과 가드레일 사이에 넓은 틈이 있었다. 다리를 흔들어서 좁은 통로로 밀어 넣어야 한다는 건 알았지만 오른손이 땀으로 미끄러지고 있었다. 만약 몸을 세게 흔들면, 손이 미끄러져 버릴 것 같았다. 나는 한손으로 매달려서 매기 선생님을 내려다봤다.

"조만간에."

"매기 선생님, 제발 저 좀……."

나는 말하다가 멈췄다. 보행 통로가 진동하는 것이 느껴졌다. 나는 그 금속판을 더 세게 잡았지만, 계속 미끄러졌다. 손이 돌아가서, 손바닥이 얇은 이랑을 지나 미끄러졌다.

"꼭 잡아, 제니!"

마이크의 목소리였다. 그 애는 벽의 가로대를 타고 올라온 모양이었다. 그 애의 발길에 보행 통로가 흔들렸다.

손바닥 끝이 갑자기 가장자리를 지나 미끄러졌다. 나는 더 단단히 잡으려고 노력했지만, 보행 통로의 테두리가 내 손가락 끝으로 미끄러지는 것을 느꼈다. 더 이상 잡고 있을 수가 없었다.

"마이크!"

손 하나가 아래로 내려왔다.

극장이 완전히 어두워졌다.

'떨어졌나 봐. 정신을 잃었던 모양이야.'

그렇지만 마이크의 손가락들이 내 팔목을 단단히 감싸 잡았다. 정신을 잃은 게 아니라 매기 선생님이 손전등을 꺼 버린 거였다.

"다른 손! 다른 손도 줘, 제니!"

"어디에 있어? 안 보여."

"여기야, 네 오른쪽 위."

"이쪽 손으로는 못 잡아. 다쳤어."

"어디를 다쳤는데?"

"손목."

마이크의 손가락이 내 손가락을 더듬더니, 재빠르게 움직여서 다친 팔목을 가볍게 지나서 팔의 중간쯤으로 내려왔다. 이제 그 애가 날 꽉 잡았다.

"나는 배로 엎드려 있어. 발은 통로에 걸쳤고. 널 끌어올릴게."

그 애는 애썼지만, 이런 각도에서는 불가능했다. 나는 그 애에게 말했다.

"몸을 흔들 수 있어, 내가 다리를 흔들게. 네가 꽉 잡고만 있으면, 떨어지지 않아."

그 애가 멍이 들 정도로 세게 내 팔을 잡았다. 나는 철봉에서 하듯이 다리가 통로 위로 올라갈 때까지 다리와 엉덩이를 흔들었다. 마이크의 도움으로 마저 기어 올라왔다.

그 애는 나를 가까이 끌어당기고는 꽉 끌어안았다. 나는 떨림을 멈출 수가 없었다.

"괜찮아, 젠. 내가 구했어."

나는 그 애에게 매달려서 가슴 속으로 파고들었다. 그 애는 나를 떼어내고 들여다보며 한손으로 내 얼굴을 어루만지더니, 마치 그 애가 나를 놓아줄 때 내가 느낀 공포를 감지라도 한 것처럼 재빨리 다시 나를 끌어안았다. 그 애는 손 대신에 자신의 뺨으로 내 얼굴을 문질렀다.

"너한테 아무 일도 안 생기게 할 거야."

"그녀는 어디 있어? 매기 선생님은 어디에 있어?"

나는 속삭였다.

"몰라. 아직 있어, 들어봐."

그 애가 차분하게 대답했다. 한참 정적이 흐르다가, 갑자기 쿵 소리가 났다. 내가 말했다.

"문이야. 계단 아래 있는 문 앞에 있는 거야. 저기로는 못 나가. 사슬이 감겨 있었어."

"사슬?"

"응, 안쪽에서. 어떻게 들어왔어?"

"문으로 들어오려고 했는데 다 잠겨 있어서, 워커 선생님의 사무실 창문으로 들어왔어."

"네가 전기 내렸어?"

"아니."

"그렇다면 누군가 건물 안에 또 있나 봐."

그 애는 잠시 조용히 있었다.

"브라이언일까?"

"모르겠어."

"여기 있어 봐. 무슨 일인지 보고 올게."

마이크가 지시하더니 조심스럽게 나를 떼어놨다. 나는 일어서는 그 애의 발목을 잡았다.

"아, 안 돼, 그러지 마. 나 두고 가지 마."

"여기가 더 안전해."

"두 사람이 혼자보다 안전하잖아."

내가 반박했다.

"2대2가 될 수도 있어."

"그러니까 더욱 그렇지."

나는 그 애의 손을 잡고 일어서서 가드레일을 잡았다. 우리는 벽의 가로대를 타고 내려가서 계단 쪽으로 발끝으로 걸어가서 소리를 들어보려고 멈췄다. 마이크가 속삭였다.

"넌 내 뒤에 있었으면 좋겠는데."

"안 돼."

"용감하게 굴지 마, 제니. 우리는 그냥 여기서 나가기만 하면 되잖아."

"용감? 내가 더 빠른 데다 네 뒤에서 가만히 있고 싶지 않단 말이야."

그 애는 웃음을 삼키고, 나를 자기 뒤로 밀었다.

"우리가 여기서 살아나간다면, 달리기하면서 데이트하게 생겼네."

마이크는 내가 용감한 척하는 것만큼 용감하다고 생각하는 걸까?

"워커 선생님의 사무실 문은 열어놨어?"

"그쪽에다 걸어야지."

우리는 계단 제일 아래까지 내려와서 옆으로 살금살금 복도를 지나갔다. 나는 움직이는 소리를 잡아내려고 귀를 기울였다. 우리는 모퉁이, 워커 선생님의 사무실에 가까이 온 것 같았다. 나는 아무도 그 문을 닫고 잠그지 않았기를 기도했다. 마침내 손이 복도의 모퉁이에 닿았다.

내가 조용하게 말했다.

"거의 다 왔어."

우리가 그 사무실 문 앞에 이르자, 매기 선생님의 사무실에서 뭔가 넘어지는 소리가 났다.

마이크는 나를 뒤로 밀었다.

"가, 젠! 가라고!"

나는 워커 선생님의 사무실로 뛰어 들어가서 열린 창문 쪽으로 갔다. 마이크가 나를 밀어 줬고 내가 빠져나온 다음에 그를 끌어올려 줬다. 벌떡 일어나서 달릴 준비를 하는데 건물 안에서 요란한 소리가 들렸다. 매기 선생님이 비명을 질렀다. 뭔가 블라인드에 부딪힌 것처럼 그녀 방 창문의 블라인드가 유리창에 납작 붙었다. 마이크와 나는 떨면서 서로를 붙잡고 기다렸다.

한참 후에 아까 눌리던 무게가 더 이상 누르지 않는 것처럼, 블라인드가 불길하게 안쪽으로 흔들렸다. 블라인드의 흔들림이 멈췄고 아서가 밖을 내다봤다. 그가 창문을 열어 그의 얼굴에 희미한 빛이 비치자, 뺨에 어두운 얼룩이 보였다.

"내가 전부 끝냈어."

그가 알려줬다. 마이크의 팔이 나를 더욱 꽉 껴안았다.

"다 끝났어. 이젠 더 이상 무서워하지 않아도 돼."

마이크는 나를 함께 끌어당기면서, 그 건물에서 뒷걸음질쳤다.

"너희를 해치진 않을 거야. 내가 죽여야 했던 건 저 여자니까. 저 여자가 내 걸 가져갔거든. 저 여자가 여자애를 죽이고는 나인 척했다니까. 너흰 알고 있었지, 그렇지 않아? 시계랑 다리, 그건 다 내 거라고. 한 사람의 정체성을 뺏는 건 옳지 않아. 난 나 자신을 되찾기 위해서 그 여자를 죽여야 했어."

아서는 말하면서 뺨을 문지르더니 그의 손가락에 묻어난 피를 유심히 살펴보고는 냄새를 맡더니, 다른 손가락으로 비볐다. 토하고 싶었다.

다시 우리를 쳐다보는 아서는 편안해 보였고, 무거운 짐을 어깨에서 내려놓은 듯 거의 쾌활해 보이기까지 했다.

"너흰 달려가서 경찰에 신고해. 난 전기를 다시 들어오게 할 테니까."

열아홉

대학 경비실은 작고, 어디선가 사 온 치즈 냄새가 났다. 나는 마이크와 토마스 사이에 앉아서, 손목에 얼음으로 찜질을 하는 중이었다. 워커 선생님은 시끄러운 에어컨이 있는 창문 옆에 서서 팔짱을 끼고 있었는데, 그의 눈은 붓고 충혈되어 있었다. 폴은 사무실 칸막이 구석에 스스로를 접어 놓은 사람처럼 쭈그리고 앉아서 벽에 등을 기대고 있었다.

토마스의 말에 따르면, 내가 매기 선생님에게 샌드위치를 가져다주러 가고 잠시 후에 마이크가 학생 회관으로 돌아왔다고 했다. 그 애는 토마스에게 내가 어디에 있는지 물어보더니 극장으로 달려갔다고 했다. 시간이 흘러도 그 애가 돌아오지 않자, 토마스는 워커 선생님에게 그 애가 걱정된다고 말했다. 그들은 스토다드로 가는 길에 폴을 만났다. 그들 세 명은 아서가 우리에게 경찰에 신고하라고 말한 뒤 바로 매기 선생님의 창문 밖에서 우리를 발견했다.

워커 선생님이 자기 휴대 전화로 신고하는 동안, 폴은 그 사이 자기와 친해졌던 아서랑 이야기하려고 그 창문으로 기어들어갔다. 폴은 처음부터 리자 언니의 살인자는 언니를 아는 누군가일 거라고 의심했고 관리인에게 도움을 청해서 극장에서 유령 놀음을 함으로써 살인자를 끌어내려고 했었다. 폴은 아서가 그를 도와준 만큼, 자신도 아서가 아서의 정체성을 '뺏은' 사람을 찾는 것에 도움을 줬으리라고는 생각도 하지 못했었다. 유령 놀음은 매기 선생님을 불안하게 하는 것에는 성공했고, 브라이언과 다투도록 몰아넣었고, 그 다툼에서 아서가 매기 선생님이 살인자였다는 것을 엿들음으로써 사실이 밝혀졌던 거였다.

폴은 우리에게 매기 선생님이 죽었다는 것을 알려 줬다. 어쩌면 그 애는 모두가 그렇게 생각하길 의도했 왔던 것만큼 그렇게 폭력에 빠져 있는 애는 아닌 것 같았다. 토했던 사람은 내가 아니라 그 애였다.

경찰은 아무도 그 건물에 들어가지 못하게 했다. 그렇지만 우리 모두와 면담하기를 원해서, 우리는 모두 경비실에 모여 앉았다. 아서는 FBI에게 따로 불려갔다. 그는 전력을 차단하고 문에 사슬을 걸고 그날 밤에 매기 선생님을 죽일 계획을 세웠는데, 내가 그 건물에 들어갔다는 사실을 너무 늦게 알아차렸던 거였다. 그는 경찰과 우리들에게 조심스럽게 자기가 매기 선생님을 '죽였지'만, 자신은 네 명만 '살해했다'고 변명했다. 그의 미친 정신으로는, 매기 선생님의 죽음은 리자 언니의 죽음을 그의 명단에서 지우려는 심판의 형태였다. 매기 선생님의 죽음은 '포함시키지 않기' 때문에, 그는 그녀를 다리 밑에서 죽일 필요가 없었던 것이었다.

경찰은 아직도 브라이언을 찾고 있었다. 경비가 학생 회관에 있는 그를 부르러 갔을 때, 그는 거기에 없었다. 나는 브라이언은 그의 어머니가 리자를 죽였다는 것을 너무 늦기 전까지 몰랐을 거라고 생각하려 했다. 만약 그가 알았다면 내가 누군지 절대 말해 주지 않았을 거였다. 그는 그런 식으로 나를 배신하진 않았을 거라고 생각하려 애썼다.

하지만 내심 그 반대일 수도 있다는 것을 알고 있었다. 브라이언은 어머니의 살해 동기가 그 화재라는 것을 알고 있었기 때문에, 내가 그 화재에 대해서 무엇을 기억하고 있는지를 알아내려고 캐물었다. 그는 내가 그 퍼즐을 맞출 조각을 갖고 있는지를 알아보려 시도했던 거였다.

경비실 문이 열리고 브라이언이 경찰과 함께 들어섰다. 우리는 모두 그를 올려다봤다. 우리 중 누구도 무슨 말을 해야 할지 몰랐다.

브라이언이 주변을 둘러봤다.

"다들 행복해 보이네."

워커 선생님이 물었다.

"어디 있었냐? 너더러 학생들과 같이 있으라고 했잖아. 네가 책임지기로 되어 있었다고."

브라이언이 대수롭지 않게 대꾸했다.

"네, 네, 저에게 책임이 있었죠. 제가 집에 가기 전까지요. 해결해야 할 일이 몇 가지 있었어요."

그는 마치 주문한 피자를 기다리는 사람처럼 편안하게 주머니에 손을 넣더니 무심코 한쪽 어깨를 벽에 기댔다. 이 지독한 상황 중 어느 것에도 놀라지 않은 것 같았다. 나는 그의 어머니에 대해 내가 얼마나 유감을 느끼는지 그에게 말하고 싶었지만, 그의 차분함이 나의 연민을 억눌렀다.

마이크가 갑자기 크게 말했다.

"너 그 보트로 뭘 했던 거야?"

"무슨 보트?"

브라이언이 되물었다.

"리자가 죽던 날에 네 어머니가 빌려 갔던 보트 말이야."

"네가 무슨 말하는지 모르겠어."

마이크가 계속했다.

"난 네가 했다고 생각해. 제니가 나한테 리자가 파빌리온 밑에서 살해당했다고 말했을 때, 어떻게 그 애의 시체가 핏자국을 남기지 않고 다리 밑으로 옮겨졌을까를 생각해 봤거든. 그리고 만약 파빌리온 가까이 흐르는 얕은 개울에 보트를 띄웠다면, 시체 하나 정도는 끌어낼 수 있다는 걸 깨달았지. 남아 있던 피는 물살에 쓸려 갈 테고. 보트에는, 물론, 핏자국이 남겠지만."

브라이언의 입가에 작은 미소가 생겼다.

"리자가 죽기 바로 전에 네 어머니가 나에게 어떻게 학교에서 보트를 빌리는지 물어봤던 게 기억났어. 오늘 저녁에 영화를 보는 동안에 보트 창고를 관리하는 친구를 만나고 왔지. 우리는 구내와 선착장에 있던 모든 보트의 기록을 확인해 봤어. 네 어머니가 빌려 갔던 보트는 누군가 반납했지만, 분명히 그날 밤 이후로 없어졌어. 내가 묻는 건 그 점이야. 어디에 가라앉힌 거야?"

브라이언은 어깨를 으쓱하면서 손바닥을 펼쳐보였다.

"네가 무슨 얘길 하는지 전혀 모르겠는데."

브라이언을 데리고 와서 우리의 대화를 주의 깊게 듣고 있던 지역 경찰이 그의 머리를 탁 쳤다.

"리자의 팔찌에 대해서는 어때? 네가 나한테 폴의 방을 뒤져 보라고 설득했잖아. 네가 거기에 뒀던 거야? 우리가 먹은 점심 식판을 반납할 때 그럴 시간이 있었잖아."

그는 미소를 지었지만 아무 말도 하지 않았다.

"그리고 그 화재 경보도."

내가 덧붙였다.

"내가 한 걸로 할게."

브라이언이 기분 좋게 말했다.

우리의 대화는 주(州) 경찰의 등장으로 인해 중단되었다. 주 경찰이 브라이언에게 말했다.

"여기가 자네 놀이터인가. 자네가 무슨 놀이를 하고 있는지는 모르겠지만, 존스 군, 변호사를 만날 때까지는 너무 심하게 놀지 않길 충고하네. 자네 모친이 살인 후에 자네에게 왔고, 자네는 그녀가 그 시체를 보트로 옮기는 걸 도와줬다고 경찰에게 진술했지. 화재 경보로 말하자면, 우리는 누가 했는지 알고 있네. 동네 청소년이지, 자네가 아니야."

"그저 제 친구들에게 작은 즐거움을 주려고요."

브라이언이 미소를 지으면서 대꾸했다. 그러고 나서 그는 내게 몸을 돌렸는데, 그의 눈이 즐거움으로 반짝이고 있었다.

"너 꽤 놀란 것 같구나, 제니. 내가 처음부터 너한테 말했잖아, 나는 워커 선생님이 생각하는 것보다 훨씬 뛰어난 배우라고."

그는 워커 선생님에게 눈길을 획 돌렸다.

"좀 나아지거든, LA로 저 보러 오세요."

학교 경비원은 이스턴 병원에서 팔목에 깁스를 하고 팔걸이 붕대를 한 나를 새벽 2시에 데리고 돌아왔다. 드라마 하우스로 들어가는 문이 열려 있어서 그냥 들어갔다. 워커 선생님이 휴게실에서 나타나서 인사를 하더니 깁스에 눈길을 줬다.

"부러졌냐?"

"넵."

그는 깊이 숨을 들이쉬더니 천천히 내쉬었다. 그는 매우 지쳐 보였고, 내가 학교를 떠나기 전에는 맑아져 있었던 그의 눈은 다시 빨갛게 부어 있었다.

"유감이구나, 제니."

"저야말로 유감이에요. 매기 선생님은 선생님께 정말 좋은 친구였잖아요."

그는 고개를 끄덕이면서 말하기 전에 몇 번이나 입술을 지그시 다물었다.

"너희 부모님도 런던에서 돌아오는 길이라는구나. 제일 빠른 비행기를 타면 여기 시간으로 오후 1시쯤이면 도착하실 거다. 다른 아이들의 부모님과 모두 연락했고 이 캠프를 그만하겠다고 말했다."

그는 휴게실의 문가 쪽을 가리켰다.

"모두들 당황했다. 자기 방에서 자고 싶지 않은 사람들은 베개랑 담요를 가져와서 여기에서 자라고 했다. 아이들이 널 위해서 소파를 남겨놨지만, 너 편한 데서 어디서든 자라. 의사가 진통제는 처방해 줬냐?"

"네."

그는 나를 따라 휴게실로 들어와서, 내가 추측하기로는 그가 밤새 마신 것 같은 커피 잔 세 개가 옆에 놓여 있는 의자에 앉았다. 마이크, 토마스, 그리고 샤나가 비어 있는 소파 앞의 바닥에서 자고 있었다. 폴은 방의 구석에서 무릎을 구부리고 옆으로 몸을 말고 자고 있었다. 케리는 폴 근처에 누워 있었다.

나는 조심스럽게 잠자는 사람들 사이를 지나서 마이크 앞으로 가서 무릎을 꿇고 그 애의 볼을 어루만졌다.

"고마워."

나는 그 애가 듣지 못할 것을 알면서 다정하게 말했다.

토마스 쪽으로 돌아앉자, 스케치북이 제일 위에 들어 있는 배낭을 끌어안고 자는 그 애가 보였고, 미소가 절로 지어졌다. 나는 그걸 가지고 워커 선생님에게 돌아갔다.

"전 제 방으로 갈게요."

"착하다. 거기서 쉬는 게 낫겠지."

내가 어린애라도 된 것처럼 그가 말했다.

"제가 스케치북 가져갔다고 토마스에게 알려 주실래요?"

워커 선생님은 고개를 끄덕였다. 우리는 서로 잘 자라고 인사하고, 나는 내 방으로 곧장 갔다.

불을 켜지 않고, 문을 가만히 닫고는 스케치북을 가지고 창가 자리로 올라갔다. 그곳에서 마음을 진정시키면서, 스케치북을 펼치고 토마스가 새로 그린 그림을 들여다봤다. 검고 부드러운 선들이 달빛으로 빛나는 종이 위에, 다리, 정자, 파빌리온이 그려져 있었다. 눈을 감고 내 마음이 거닐도록 뒀다. 토마스가 그린 그림이 서서히 진짜 풍경으로, 길게 뻗은 갈대들, 콘크리트 다리, 어두운 나무 기둥들, 넓은 개울로 변해 갔다. 그 이미지 주변으로 푸른빛이 났지만, 나는 더 이상 두렵지 않았다. 산들바람이 부드럽고 개울은 평화롭게 흘렀다.

나는 언니에게 가만히 속삭였다.

"언니가 여기에 있는 거 알아. 언니는 항상 내 마음속에 나와 함께 있을 거잖아. 그렇지만 이제 자야겠어, 언니. 이번엔 좋은 꿈이야. 언니랑 나만을 위한 좋은 꿈."

스물

샤나가 다음 날 정오에 우리 부모님이 볼티모어 근처의 공항에서 전화하셨고 곧 위스테리아에 오실 거라고 얘기하면서 나를 깨웠다. 다른 아이들 대부분은 이미 불안해 하는 가족들이 데려갔지만, 샤나는 나와 작별인사를 하려고 출발을 미루고 있었다.

그 애가 가고 나서 토마스가 들렀다.

"내가 네 스케치북 가져왔어."

나는 그 애에게 말했다.

"인사하려고 왔어. 너 때문에 정말 걱정 많이 했어, 제니."

그 애가 대답했다.

마이크를 만나러 갈 기회를 잡기 전에, 우리 부모님이 도착하셨고 함께 개울가에 내려가 보자고 하셨다. 우리는 파빌리온 갑판에 서서 개울을 바라보며 한 시간가량을 보냈다. 우리는 언니에 대해 이야기하고, 떠올리고, 웃고, 조금 울었다.

"그래, 우리 딸."

아버지가 말씀하시며 내 손을 잡으셨다.

"우리는 캠퍼스로 돌아가야 해. 도착하자마자 네 어머니와 나는 워커 씨에게 차나 함께 하자고 했거든."

나는 놀라서 대꾸했다.

"그러셨어요? 그 사람이랑 만나도 괜찮으시겠어요?"

아버지께서 말씀하셨다.

"물론이지. 우린 다 큰 어른이니까."

어머니는 눈을 굴리셨다.

"늙은 노총각 둘이 예전 애인의 결혼식에서 만난 것만큼 어색하겠지. 내가 함께 차 마시자고 제안했는데, 네 아버지나 워커 씨나 싫다고 할 용기가 없었던 모양이란다."

나는 웃고는 부모님과 함께 경사로를 따라 걸어 내려갔다. 언덕 아래에 다다랐을 때, 어두운 색 머리카락의 남성과 함께 파빌리온을 둘러싼 기다란 갈대밭 옆에 서 있는 마이크가 보였다. 그들은 동시에 우리가 있는 쪽으로 돌아섰고, 그 남성은 작고 검은 책을 덮었다.

"안녕, 마이크. 우리 부모님을 만나게 해 주고 싶었어."

우리 어머니는 나비 같은 손놀림으로 재빨리 바람에 날린 머리카락을 토닥여서 제자리로 돌아가게 했다.

그 남자는 자신을 제임스 윌콕스 목사라고 소개했다. 그는 마이크와 같은 파란 눈에, 넓은 어깨, 저음의 깊은 목소리를 갖고 있었다.

"저희는 리자를 위해 기도하고 있던 참이었습니다."

윌콕스 목사가 말했다.

그와 우리 아버지가 서로를 관찰하는 방식이 재미있었다. 두 분 다 어떻게 우세하게, 자신을 과장하는 태도를 취할 수 있는지를 알고 있었다. 게다가 최선을 다하고 있기까지 했다. 마이크는 내 깁스를 자세히 들여다봤지만, 우리는 거의 아무 말도 하지 않았고, 부모님들이 말씀 나누시도록 가만히 있었다. 그러고 나서 우리 아버지는, 가장 좋아하시는 역할인 제자를 인정하는 유명 배우를 연기하시면서 마이크에게 연극에 흥미가 있는지에 대해 물었다.

"좋아해요. 하지만 이 캠프에 온 진짜 이유는 집에서 멀리 떠나 있고 싶어서였어요."

마이크가 대답했다.

"뭐?"

나는 조그맣게 외쳤다.

목사님의 입이 턱 벌어졌다.

"내가 네 말을 제대로 알아들은 건지 모르겠구나, 마이클."

"그게, 연기는 물론 여전히 재미있어요. 그냥 전처럼 흥미가 있는 건 아닐 뿐이에요."

목사는 몇 번 눈을 깜박거리더니 불신에 가득한 목소리로 말했다.

"믿을 수가 없어. 진심으로 믿을 수가 없구나!"

나는 미소가 나오는 걸 참았다. 마이크의 아버지는 내게 거만하고 멜로드라마처럼 과장된 이미지로 남을 것 같았다.

윌콕스 목사는 우리 부모님 쪽을 쳐다봤다.

"전 지난 2년간 제가 우리 아들의 소명을 받아들일 수 있게 해 달라고 기도해 왔답니다. 결국에는, 모든 재능은 축복받은 것이니까요."

"그렇죠."

아버지가 말씀하셨다.

"지난 2주를 마이클의 대학 카탈로그와 그 애가 두고 간 연기에 대한 책들을 읽으면서 보냈어요. 그런데 이제 와서, 제가 간신히 받아들일 수 있을 것 같을 때에, 이 아이가 흥미가 없다고 말하고 있는 겁니다."

"비극적이네요."

우리 아버지가 대꾸했다.

"죄송한데요. 마이크랑 둘이 얘기 좀 하고 싶어서요. 엄마 아빠, 윌콕스 목사님도 워커 선생님와 차를 함께 하는 게 어떨까요?"

내가 말했다.

'성직자는 화해에 능숙하겠지.'

아버지는 어리둥절하게 나를 바라봤다.

"우리 딸, 넌 안 가니? 나는 무척이나……."

아버지보다 직감이 뛰어난 어머니는 아버지께 고개를 저어 보이고는, 아버지와 마이크의 아버지를 구스 레인 길로 몰고 가셨다.

부모님들이 목소리가 들릴 거리에서 벗어나자, 나는 마이크를 돌아봤다.

"전부 어떻게 돌아가는 거야?"

그 애는 내 질문을 무시했다.

"제니, 기분은 어때?"

"대충, 너보단 좋은 것 같아."

나는 말하고는, 가까이 걸어갔다.

그 애는 뒤로 물러났다.

"난 괜찮아."

"어젯밤에 네가 받은 간단한 수술을 제외하면 그래 보이네. 뇌 이식을 받은 모양이야?"

그 애는 살짝 미소를 짓더니 가만히 나를 보는 것이 견디기 힘든 것처럼, 성큼성큼 빠르게 선착장 쪽으로 걸어가기 시작했다.

"아니, 대신 꿈은 많이 꿨어. 실제로는 같은 꿈을 또 꾸고 또 꾸고 한 거지만."

나는 그 애에게 뒤처지지 않으려고 애썼다.

"어두운 극장에서 계속 너를 찾고 있었어. 너를 찾았지만, 내가 너에게 닿으려고 할 때마다, 넌 내 손가락에서 미끄러져 빠져나갔어."

"그래서 그런 악몽을 꾸고 나서 더 이상 극장에서 일하지 않겠다고 결정했구나. 알겠다. 야, 천천히 가! 그리고 나 좀 봐, 좀."

나는 그 애의 셔츠 끝을 잡았다.

"외팔 여자애를 너무 힘들게 만들고 있잖아, 너."

그 애가 멈춰 섰다.

"미안해."

"내 눈 좀 봐, 마이크, 그리고 나한테 연극이 싫다고 말해 보란 말이야."

그 애는 내 눈을 보는 대신 머리카락을 쳐다봤다.

"더 아래로."

내가 그 애에게 말했다.

"머리카락이 불타는 덤불 같네."

"더 아래로."

나는 다시 말하고는 그 애의 눈이 내 눈과 마주치자 숨을 죽였다.

"잘했어. 내 눈을 쳐다보고 오디션 동안 했던 그 로맨틱한 대사들을 말하는 데 아무 문제도 없었잖아. 지금도 얼마나 연기를 잘하나 좀 보자. 서로 마주보고, 네가 연극을 싫어한다고 말해 봐."

"난 그때도 연기한 게 아니었어."

"마이크, 네가 두려워하는 게 뭔지 알아. 넌 내가 네가 우리 아빠한테 점수를 따려고 애쓰는 거라고 여길 거라고 생각하고 있는 거잖아. ……방금 뭐라고?"

"난 연기가 아니었다고, 제니. 난 리자의 아버지를 만나고 싶어서 리자의 주변을 어슬렁거린 게 아니었어. 난 리자의 여동생을 만나고 싶었던 거야."

"나를?"

심장이 공중제비를 돌았다.

"리자는 계속 네 이야기를 했어, 네가 뭘 했는지, 네가 무슨 말을 했는지, 네가 무슨 생각을 했는지, 네가 그 애를 어떻게 웃게 만드는지. 그 애가 나한테 네 사진을 보여 줬어. 난 계속 네가 그 애를 보러 오길 기다렸어."

"못 믿겠어!"

"난 리자가 너에 대한 관심을 자신에 대한 관심으로 오해했다는 걸 너무 늦게 깨달았어. 그 점에 대해서는 나도 마음이 너무 안 좋지만, 그 애한테 진실을 말하지는 못했어. 그 애를 상처 입히고 싶지 않았기 때문에. 벗어나려고 해 봤는데, 그 애가 그렇게 두질 않았어. 결국엔 그 애도 눈치를 채기 시작했을 거라 생각해. 그 애가 죽던 날 아침에, 그 애가 나한테 너희 둘의 사진을 줬거든."

나는 눈을 감고 마른침을 삼켰다.

"리자가 내가 썼다고 생각한 쪽지 때문에 집 밖으로 유인당해서 나갔다는 이야기를 케리한테서 듣고 알았을 때, 그 애의 죽음에 책임을 느꼈어. 만약 내가 너를 그렇게나 만나고 싶어 하지 않았더라면, 만약 내가 그렇게 너무 주변을 맴돌지 않았더라면, 그런 거에 걸려들지 않았을 텐데."

나는 고개를 저었다.

"너한텐 책임이 없어, 마이크. 만약 그렇지 않았더라도, 매기 선생님은 다른 누군가를 이용했을 거야. 매기 선생님은 너무나 아픔이 많아서, 무슨 일이 있어도 다른 방법을 찾아냈을 거야."

"그 쪽지 때문에 살인범이 리자를 아는 누군가일 거라고 생각했었어. 그렇지만 경찰이 그게 연쇄 살인마라는 결론을 내렸을 때, 나는 그걸 그대로 받아들였고 너무 다행이라고 생각했어. 케리가 그 이야기를 지어 낸 거라고 아니, 어쩌면 그 쪽지도 리자는 폴을 좋아하지 않는다고 폴에게 보여 주려고 케리가 쓴 거일지도 모른다고 자신을 납득시켰지. 나는 올해 여기로 돌아오고 싶지 않았지만, 워커 선생님이 계속 불렀어. 나도 과거에 무슨 일이 있었는지 알아보기로 결심했고, 돌아와야만 했어. 나는 도착해서 바로 그 극장으로 갔어. 리자가 제일 행복해하던 장소였기 때문에. 그런데 무대 위에 리자가 했던 그 대사를 정확하게 하고 있는 여자애를 보고 깜짝 놀랐지. 그게 네가 아닐까 의심했었고, 다리 아래서 너를 만났을 때, 확실히 알았지."

마이크와 나는 선착장에 이르러 그중 하나로 걸어갔다. 나는 그 애를 따라 경사면을 내려가서 부잔교로 올라갔다.

"네가 왜 왔는지 이해가 안 갔어, 제니. 아니, 어째서 결국 그 모든 일이 벌어진 후에도 아직도 너를 이렇게나 알고 싶은 건지 이해할 수가 없었어. 내가 이런 식으로 느끼는 게 잘못된 거라는 기분이 들었고, 그래서 널 피하려고 애썼지만, 그건 불가능했어. 너는 내 꿈속의 소녀가 아니라 현실의 여자애였고, 게다가 너를 알면 알수록 너에 대한 생각을 그만두기가 더 힘들어졌어."

그 애는 거리를 두고 이야기하면서 나를 쳐다봤다. 그 애의 눈길만으로도 발밑이 불안정한 느낌이 들었다.

"마이크, 가끔 너를 볼 때면 말이야……."

나는 적당한 단어를 찾느라, 주저했다. 이제 나도 왜 사람들이 연극 대사나 시를 인용하는지 알 것만 같았다.

"발밑의 땅이 흔들리는 것 같은 느낌이 들어."

그 애가 웃었다.

"그건 말이지, 제니. 우리가 부잔교에 서 있어서 그런 거야."

"내 말은 그런 게 아니야."

"널 좋아해."라는 그 말은 아직 너무 새롭고, 너무 두려웠다. 그렇지만 언젠가 그 애에게 설명해야만 했다.

"내 말은, 더 이상의 우발적인 사고는 없을 거라는 얘기였어."

그 애는 잠시 나를 들여다보더니, 눈빛이 회색으로 변했다.

"물론 그렇겠지, 알겠어, 이해했어."

"아니! 기다려! 넌 이해 못 했어. 지금부터 내가 하는 모든 키스는 순전히 고의라는 뜻이었어."

"그런 거야?"

나는 극적인 사람들이 그렇게 하듯, 그 애가 나를 안아 주길, 그리고 나를 확 들어 올려 주길 기다렸다. 그 애는 움직이지 않았다.

"그래서, 어, 나랑 키스하고 싶지 않아?"

"네가 먼저 해. 지난번엔 내가 했잖아."

그 애가 대답했다.

하지만 난 갑자기 부끄러워졌다.

"나한테 키스하고 싶으면, 제니, 그냥 하는 게 어때?"

나는 한 손으로 그 애의 팔을 잡고, 발끝으로 서서 그 애의 볼에 키스했다. 끔찍하게 어색했다.

그러자 마이크가 몸을 숙이더니 내 다친 쪽 손의 손가락에 부드럽게 키스했다. 그 애는 내가 떨어질 때 자신이 잡아 줬던, 내 팔의 멍든 곳마다 키스했다. 그 애는 나를 자기 쪽으로 가까이 당기더니 한 손으로 내 머리를 감싸고, 내 볼에 자기 볼을 맞댔다.

"난 항상 네게 키스하고 싶을 거야."

그 애가 속삭이더니, 부드럽게 자신의 말을 사실로 만들었다.

〈끝〉

옮긴이 | 박효정

고려대학교 생물공학과, 생명산업과학부 졸업, 동대학원 석사. 현실과 가상의 살아 있는 것을 좋아한다. 『웜 바디스』, 『스타터스』 등을 번역했다.

여배우는 죽어야 한다

1판 1쇄 찍음 2012년 9월 21일
1판 1쇄 펴냄 2012년 9월 28일

지은이 | 엘리자베스 챈들러
옮긴이 | 박효정
발행인 | 김세희
편집인 | 김준혁
책임편집 | 최고운
펴낸곳 | 황금가지

출판등록 | 2009. 10. 8 (제2009-000273호)
주소 | 135-887 서울 강남구 신사동 506 강남출판문화센터 5층
전화 | **영업부** 515-2000 **편집부** 3446-8774 **팩시밀리** 515-2007
홈페이지 | www.goldenbough.co.kr

ISBN 978-89-6017-431-3 03840

㈜민음인은 민음사 출판 그룹의 자회사입니다.
황금가지는 ㈜민음인의 픽션 전문 출간 브랜드입니다.

Black
Romance
Club

블랙 로맨스 클럽을 열며

로맨스 소설에도 흐름이 있다. 한참 인기를 지속하던 칙릿 이후 10대에서 출발해서 무서운 속도로 영역을 넓혔던 인터넷 소설 시장에 이어, 과히 광풍이라고 부를 수 있을 정도로 전 세계를 평정한 뱀파이어 소설이 최근의 주류를 이루고 있다. 하지만 한 작품이 인기를 끌고 나면 그 뒤로는 아류작이 쏟아져 나오는 시장의 특성상, 너무나 천편일률적인 작품들이 유행에 따라서 서점을 채우고 있다.

블랙 로맨스 클럽은 바로 이 획일화 되어 있는 로맨스 소설 시장에 대한 고민에서 출발했다. 사실 로맨스 소설은 다 비슷한 게 당연한 것 아니냐고? 천만의 말씀. 그냥저냥 잘생긴 남자랑 예쁜 여자가 만나서 악역 조연들에게 시달리며 오해를 겹겹이 쌓아가다가 어느 순간 너를 너무 사랑하니까 하고는 결혼에 골인하면 되는 거 아니냐고? 부디 블랙 로맨스 클럽을 통해 그 편견을 버려 주시길 바란다.

블랙 로맨스 클럽 편집부는 로맨스라면 흔히 떠올리는 소재나 플롯 등에서 벗어나 다양한 소재를 다룬 신선한 소설, 탄탄한 이야기 구조를 기반으로 재미와 감동을 전해 주는 소설만을 엄선하고자 한다. 시리즈의 작품들은 하나 같이 기존의 로맨스 소설의 공식을 깨는 개성 넘치는 작품들로, 시대를 초월한 재미를 추구하는 작품만을 선정했다. 추리, 호러, 스릴러, SF, 판타지, 역사, 좀비 등 소설에서 기대할 수 있는 모든 이야기에 로맨스라는 양념이 덧붙여진 종합 선물 세트와 같은 다양한 소설들로 독자들에게 색다른 재미를 드리고자 한다. 블랙 로맨스 클럽의 '블랙'은 하얀색, 분홍색, 빨강색 등의 색조로 흔히 표현되는 로맨스 소설을 뒤집어 개성 넘치는 로맨스 소설을 담고자 하는 출판사의 마음을 담고 있다.